대
마
종

大魔宗

임영기 新무협 판타지 소설

FANTASTIC ORIENTAL HEROES

대마종 2

임영기 新무협 판타지 소설

초판 1쇄 찍은 날 § 2008년 5월 7일
초판 1쇄 펴낸 날 § 2008년 5월 17일

지은이 § 임영기
펴낸이 § 서경석

편집장 § 문혜영
편집책임 § 이재권

펴낸곳 § 도서출판 청어람
등록번호 § 제1081-1-89호
등록일자 § 1999. 5. 31
어람번호 § 제2-1483호

주소 § 경기도 부천시 원미구 심곡1동 350-1 남성B/D 3F (우) 420-011
전화 § 032-656-4452 팩스 § 032-656-4453
http://www.chungeoram.com
E-mail § eoram99@chollian.net

大魔宗

대마종

②

천신강림(天神降臨)

임영기 新무협 판타지 소설
FANTASTIC ORIENTAL HEROES

도서출판
청어람

目次

第十一章
금만등의 비애[金萬登之悲哀]

"우와!"

항주성 내에 들어서 몇 걸음 걸어가던 무가내는 갑자기 그 자리에 걸음을 멈춘 채 얼굴 가득 놀라움을 떠올리고 입을 크게 벌린 상태에서 그대로 굳어버렸다. 부릅뜬 두 눈에는 경악과 불신이 가득했다.

그가 폭 넓은 대로 한복판에 우뚝 멈춰 서버렸기 때문에 지나는 행인들이 부딪치기도 하면서 힐끗거렸지만 그는 꿈쩍도 하지 않았다.

"후우, 굉… 장하다."

얼마나 놀랐는지 호흡까지 멈췄던 그는 한참 만에야 숨을 내쉬면서 중얼거렸다.

그의 말처럼 눈앞에 벌어져 있는 광경은 정말 굉장했다. 이틀 전에 그가 항주라고 착각했던 산촌 마을하고는 아예 비교 자체가 되지 않았다.

성문을 들어서자 그의 앞에 폭 십여 장의 넓은 대로가 일직선으로 곧게 뻗어 있었고, 수백, 아니, 수천 명의 사람이 대로를 가득 메운 채 오악도 앞바다의 파도처럼 넘실거리며 오가고 있었다.

각양각색의 사람들이었다. 번쩍거리는 최고급 비단옷이나 오색의 화려한 채의(彩衣)를 입은 멋진 남녀들과 평범한 옷차림의 사람들이 끝없이 밀려오고 또 밀려가고 있었으며, 더러는 경장 차림의 무림인들이나 번쩍거리는 갑옷을 입은 군사들이 도검과 창 따위를 메고, 혹은 차거나 쥐고 당당하게 활보하고 있었다.

또한 대로에는 여러 종류의 마차와 수레, 말 따위가 셀 수도 없이 오갔다.

이번에는 무가내의 시선이 대로 양편으로 향했다. 삼층, 사층, 오륙층의 높은 건물들이 형형색색으로 저마다의 웅자를 뽐내면서 처마를 맞댄 채 시선이 미치는 곳까지 줄지어 뻗어 있는 광경이 펼쳐져 있었다. 보이는 모든 것이 웅장한 건물들이었다.

"아!"

건물들을 보면서 무가내는 다시 한 번 낮은 탄성을 토해내고 말았다.

하지만 감탄은 그로써 끝이었다.

이윽고 그의 입술 끝이 비틀리면서 특유의 아름다우면서도 호기심 짙은 미소가 피어났다.

"후후, 재미있겠군."

바로 그때, 그의 뒤에서 우렁찬 외침이 터졌다.

"비키시오!"

무가내가 뒤돌아보니 일단의 무리가 짐이 가득 실린 세 대의 수레를 몰면서 다가오고 있었다.

각 수레에는 두 명씩 여섯 명이 타고 있었고, 수레 둘레에 십팔 명이 호위하듯이 따랐다.

그들 이십사 명은 모두 똑같은 복장이었으며, 가슴 한복판에는 누런 용, 즉 황룡이 커다랗게 수놓아져 있었고, 모두 어깨에 도검을 메고 있었다.

각 수레에는 삼각의 깃발이 펄럭였는데, 거기에는 한 마리 황룡과 '황룡표국'이라는 네 글자가 수놓아져 있었다.

그들은 바로 항주성에서 다섯 손가락 안에 꼽히는 황룡표국의 쟁자수들과 표사(鏢士), 표두(鏢頭)로서 표물을 운송해 오고 있는 중이었다.

무가내는 건물에서 시선을 떼지 않은 채 수레가 지나갈 수 있도록 어슬렁거리면서 옆으로 물러났다.

우두두두두!

"물러나라!"

바로 그때, 무가내는 세 대의 수레가 굴러가고 있는 앞쪽 대로 한복판에서 한 대의 마차와 네 필의 말이 지축을 울리면서 달려오는 것을 발견했다.

마차와 네 필의 말의 속도는 비록 전속력은 아니라고 하지만 복잡하기 이를 데 없는 성내 대로상에서는 전속력 그 이상의 위력을 발휘하고 있었다.

마차의 출현으로 행인들이 비명을 지르면서 양편으로 피하느라 난리법석을 피우면서 대로상은 순식간에 아수라장으로 변하고 말았다.

하지만 마차는 아랑곳하지 않고 달려왔다.

우두두둑!

"비켜라! 물러나지 않으면 짓밟겠다!"

두 필의 말이 마차보다 일 장쯤 앞서 달렸고, 마상의 인물들이 우렁차게 호통을 터뜨렸다.

무가내는 대로 양편으로 피하느라 법석을 떨고 있는 사람들을 쳐다보았다.

긴 치마가 발에 밟혀서 고꾸라지는 여자와 아이를 안고 달리다가 넘어지는 아낙네, 동작이 굼뜬 나이 든 사람들이 뒤뚱거리다가 쓰러지는 광경들이 펼쳐지고 있었다.

순간 무가내는 왠지 모르게 가슴속에서 무엇인가 불끈 솟구치는 것을 느꼈다.

그것이 무슨 감정인지는 잘 모르겠지만 한 가지 분명한 사실은, 달려오고 있는 마차와 네 필의 말에 대해서 은근히 화가 치밀어 오른다는 것이었다.

"어, 어서 피해!"

"충돌한다! 서둘러라!"

그때 무가내의 뒤에서 다급한 외침이 터져 나왔다.

그가 돌아보자 세 대의 수레를 몰고 호위하는 이십여 명의 황룡표국 쟁자수들이 서둘러 수레를 대로변으로 끌어내느라 아우성치고 있었다.

그러나 마차가 삼 장 가까이 쇄도하고 있는 데에도 소가 끄는 수레들은 재빨리 움직이지를 못했다. 소는 말보다 굼뜨기 때문이다.

'아아, 낭패다!'

선두 수레에 타고 있는 표두(鏢頭) 부광(阜匡)은 곧장 달려오는 마차를 보면서 얼굴색이 창백해졌다.

그의 시선이 마차 오른편에 꽂혀 있는 깃대로 향했다. 커다란 삼각 깃발에 아홉 마리의 각각 색이 다른 용(龍)이 뒤엉킨 채 승천하고 있는 그림이 수놓아져 있었다.

그의 시선이 이번에는 빠르게 마차 왼편에 꽂혀 있는 깃대로 옮겨졌다.

그곳에는 자주색의 용, 즉 자룡(紫龍)이 앞발에 한 자루 채

찍과 단창(短槍)을 각각 움켜쥔 채 꿈틀거리는 그림이 수놓아진 자룡기(紫龍旗)가 펄럭이고 있었다.

부광이 잘못 본 것이 아니었다. 지금 달려오고 있는 마차에는 구룡방(九龍幇)의 일곱 번째 방주인 자미룡(紫美龍)이 타고 있는 것이 분명했다.

마차는 화려하기 짝이 없었다. 전체가 자주색이었으며, 부광이 있는 곳에서는 보이지 않지만 마차 양옆에는 자룡기에 그려진 문양이 똑같이 그려져 있었다.

마차는 황룡표국의 수레와 충돌하지는 않을 것이다. 충돌하기 직전에 급히 멈추거나 피할 것이다. 마차를 모는 인물은 그 정도 실력은 지니고 있었다.

하지만 자미룡이 행차하는 길을 막고 있었다는 이유만으로 황룡표국 사람들은 몹시 난감한 지경에 처하게 될 것이 분명했다.

어떤 이유로든지 구룡방, 더구나 아홉 방주 중 한 명의 갈 길을 방해했다는 사실은 절대 좋게 끝날 일이 아니었다.

구룡방은 항주에 위치해 있지만 절강성 전체를 통틀어 가장 거대하고 막강한 세력을 자랑하고 있었다.

십팔 년 전, 새외(塞外) 세력으로부터 중원무림을 구한, 이른바 흔천대전(掀天大戰)에 참가했던 삼십육 개 방, 문파, 즉 중원삼십육태두(中原三十六泰斗)의 하나로써 절강성의 패자(覇者)가 바로 구룡방이었다.

마차와 수레 사이에는 무가내가 서 있었다.

어슬렁거리면서 느릿느릿 대로변으로 걸어가고 있던 그는 득달같이 쇄도하고 있는 네 필의 말을 보면서 가볍게 눈살을 찌푸렸다.

그는 마차와 네 필의 말이 수레 앞에서 급정거할 것이라고는 생각하지 않았다.

특히 마차가 그를 향해서 충돌할 것처럼 곧장 달려오고 있는 상황이었는데, 몸을 날려서 피해도 되지만 일부러 그러고 싶지는 않았다.

그래서 순전히 마차와 말로부터 자신을 보호하기 위해 손을 쓸 수밖에 없었다.

마차의 어자석에 앉아 있는 한 명의 경장 고수가 막 말고삐를 낚아채려고 하는 순간, 무가내는 마차를 향해 가볍게 소매를 떨쳤다.

그것은 마치 옷에 묻어 있는 먼지를 털어내는 것처럼 태연한 동작이었다.

순간 무형(無形), 무음(無音)의 지풍 한줄기가 지면에 깔리듯이 낮게 섬전 같은 속도로 발출됐다.

우직!

지풍은 마차의 앞바퀴 두 개를 연결하는 굴대[軸]에 적중되어 너무도 간단하게 부러뜨려 버렸다.

콰자작!

"으앗!"

다음 순간 마차의 앞부분이 고꾸라지듯이 대로 바닥으로 무너져 내렸다. 그렇지만 마차는 달리던 속도 때문에 앞으로 계속 밀려왔다.

마차를 끌던 두 필의 말이 무가내와 한 걸음 떨어진 거리까지 다가와 앞발을 높이 치켜들었다.

그것은 누가 보더라도 다음 순간에 말의 앞발이 무가내의 머리를 내리찍어 산산조각 박살 낼 것이라고 생각할 수 있는 광경이었다.

그 광경을 지켜보고 있던 행인들 여기저기에서 비명 소리가 터졌으며, 여자들은 얼굴을 가리면서 외면을 했지만 정작 당사자인 무가내는 우뚝 선 채 아예 말을 보지 못한 것처럼 딴청을 부리고 있었다.

파악!

히히힝!

그때 이미 정지해 버린 마차와 두 필의 말을 연결한 굵은 가죽 띠가 팽팽하게 늘어났다가 갑자기 수축되자 앞발을 처들었던 두 필의 말이 쏜살같이 뒤로 끌려가 바닥에 묵직하게 내동댕이쳐졌다.

척!

한 사람이 허공에서 하강하여 무가내에게서 가까운 곳에 깃털처럼 가볍게 내려섰다.

그 사람은 여자였다.

일신에 자주색 비단 금의와 바닥에 끌리는 긴 치마를 입었으며, 오른쪽 허리에는 둥글게 말린 자주색 채찍을, 왼쪽 허리에는 한 자 길이의 역시 자주색 둥근 막대기를 차고 있는 모습이었다.

그녀가 나타나자 갑자기 주위가 환해지는 듯한 느낌이었다.

그 이유는 그녀의 눈부신 미모 때문이었다.

나이는 십팔구 세 남짓. 긴 머리를 틀어 올려 머리 뒤에서 자주색 옥비녀를 찔렀으며, 갸름한 얼굴에 검은 눈매, 오똑한 콧날과 도톰하면서 붉은 입술이 조화를 이루어 짝을 찾아보기 어려울 정도의 아름다운 얼굴을 만들어냈다.

그녀의 옷은 몸에 착 달라붙어서 늘씬하면서도 풍만한 몸매를 고스란히 드러내고 있었다.

하지만 그녀에게서 가장 먼저 느껴지는 것은 아름다움도, 늘씬한 몸매도 아니었다.

천하를 자신의 발로 밟고 있는 듯한 오만함, 그리고 눈빛과 표정 자체가 잘 벼려져 있는 한 자루 도검 같았다.

그녀가 바로 구룡방의 일곱 번째 방주, 즉 칠방주인 자미룡이었다.

그녀는 원래 마차 안에 타고 있었는데, 마차의 굴대가 부러져 주저앉는 순간 뭔가 불길함을 감지하고 마차의 천장을 뚫고 허공으로 솟구쳤다가 내려선 것이었다.

그녀가 대로에 내려서자 어자석에 있던 수하까지 다섯 명이 신속하게 그녀 뒤에 일렬로 늘어섰다.

그들은 모두 자의 경장을 입었으며 오른쪽 어깨에는 검을, 왼쪽 어깨에는 두 자 반 길이의 단창을 메고 있었는데, 일견하기에도 일류고수들이었다.

자미룡은 주저앉아 있는 마차를 쳐다보다가 두 개의 앞바퀴를 가로지른 쇠막대로 만든 굴대가 여지없이 부러져 있는 것을 발견하고는 가볍게 표정이 변했다.

그녀는 부러진 굴대의 단면(斷面)이 매끄럽지 않고 불규칙하며 속에 녹이 슬지 않은 것을 보고 누군가 일부러 굴대를 부러뜨렸다는 것, 그러나 무기를 사용하지 않았다는 사실을 깨달았다.

그녀가 알고 있는 한 굴대가 부러지는 순간에 누군가 마차에 접근한 사람은 없었다.

그렇다면 암중인이 먼 거리에서 검기나 지풍을 발출하여 굴대를 부러뜨렸으며, 그 인물은 최소한 삼 갑자의 내공을 소유했다는 결론이 나온다.

삼 갑자의 내공이라면 절정고수다. 그만한 인물은 천하를 통틀어 수십 명에 불과하다.

하지만 그 정도의 막강한 인물이 항주성에 출현하여 갑자기 자미룡이 탄 마차의 굴대를 부러뜨렸다는 것은 지금으로

썬 현실성이 없었다.

만약 그 정도의 인물이 자미룡에게 무언가 볼일이 있다면 그런 방법을 쓰지 않고 직접 정정당당하게 모습을 나타낼 것이 분명하다.

자미룡은 일 갑자 반, 구십 년의 내공을 지니고 있다. 삼 갑자의 절정고수라면 그녀를 간단하게 일 초식에 제압할 수 있을 텐데, 굳이 무엇 때문에 굴대를 부러뜨리는 애꿎은 수고를 하겠는가.

속으로는 그렇게 생각하면서도 자미룡은 그래도 미심쩍은 구석이 남아 천천히 주위를 둘러보면서 공력을 끌어올려 청력을 극대화시켜 주변 수백 장 이내의 이상한 징후를 감지해 보았다.

아무렇지도 않게 사람들과 건물들을 스쳐 지나듯이 쳐다보는 것 같지만, 실상은 한 사람 한 사람, 건물의 창문, 지붕 등을 날카롭게 살피는 것이었다.

그렇지만 그녀는 아무것도 발견하거나 감지하지 못했다.

만약 삼 갑자의 절정고수가 정말 이 근처에 있다면 그녀의 능력으로는 감지하지 못할 터이다.

결국 그녀는 마차의 굴대가 저절로 부러졌을 것이라는 결론을 내릴 수밖에 없었다. 그렇지만 마음 한구석의 씁쓸한 기분을 떨쳐 버리기가 어려웠다.

"자미룡을 뵈옵니다!"

그때 황룡표국 사람 이십여 명이 자미룡을 향해 대로상에 무릎을 꿇고 머리를 조아렸고, 표두 부광이 대표로 큰 소리로 외쳤다.

대로 주변의 수많은 사람들도 자미룡을 향해 허리를 굽히고 예를 취하고 있는 광경이었다.

하지만 자미룡은 황룡표국 사람들이나 성민들을 거들떠보지도 않았다.

그런데 자미룡과 황룡표국 사람들 사이에 무가내가 떡 버티고 서 있었다.

무가내는 움직이지 않은 채 묵묵히 자미룡을 쳐다보았다. 모든 사람들이 그녀 앞에서 설설 기고 있지만, 무가내는 조금도 개의치 않았다.

자미룡은 자신의 면전에서 뻣뻣하게 서 있는 것으로도 모자라서 눈을 똑바로 뜬 채 자신을 쳐다보고 있는 무가내를 마주 보며 가볍게 아미를 찌푸렸다.

그녀는 원래 평소의 얼굴 표정에서 오만함과 싸늘함이 서리서리 뿜어지기 때문에 굳이 일부러 다른 표정을 지을 필요가 없다.

그래서 그녀가 아미를 찌푸리는 경우는 드물다. 그것은 곧 지금 상황이 몹시 못마땅하다는 뜻이며, 그로 인해서 상대를 죽일 수도 있다는 의미였다.

그녀의 생각으로는 이 얼뜨기 같은 놈은 자미룡이라는 별호를 모르고 있는 것이 분명했다.

알고 있다면 절대 제 무덤을 파는 이런 어리석은 행동은 하지 않을 터이다.

자미룡은 눈앞에 서 있는 얼뜨기가 마차의 굴대를 부러뜨렸을 것이라고는 눈곱만큼도 생각하지 않았다.

무가내는 이날까지 깊은 산속에서 화전이나 일구다가 평생 처음 큰 성도에 나와본 듯한 겉모습을 하고 있었다. 한 자루 검을 메고 있기는 했지만, 너무도 볼품이 없는 것이라 산속에서 칡덩굴이나 나뭇가지 따위를 자르던 것으로밖에는 보이지 않았다.

그녀는 남자들이 자신의 아름다운 얼굴와 몸을 쳐다보는 것도, 훔쳐보는 것도 매우 싫어하는 성격이었다.

필경 자신을 보면서 음탕한 생각을 할 것이라고 추측하기 때문이다.

또한 모든 사내들은 누구를 막론하고 그녀를 보면서 눈이 부신 듯, 그리고 홀린 듯한 표정을 짓기 마련이다. 그녀는 사내들이 그런 표정을 짓는 것도 싫어한다.

그런데 지금 무가내는 정면으로 당당하게 그녀를 쳐다보고 있었다.

하지만 그는 모든 남자들이 그녀를 보면서 당연히 짓는 표정이 아니라 그저 덤덤한, 아니, 약간 지루하면서도 졸린 듯한 얼굴을 하고 있었다.

자미룡은 어이가 없었다. 이런 경우를 처음 당해보기 때문이었다.

남자들이 자신을 쳐다보면서 감탄하는 것만 싫은 줄 알았는데, 무시를 당하니까 그것과는 비교도 할 수 없을 만큼 속이 뒤틀렸다.

그래서 자미룡이 막 폭발하려고 할 때, 무가내가 먼저 입을 열었다.

"여자야, 앞으로는 천천히 다녀라. 응?"

"……."

마치 철부지 어린아이를 타이르는 듯한 말투.

더구나 그의 말은 '마차를 험하게 몰아서 내가 굴대를 부러뜨렸다'라는 의미를 조금쯤 내포하고 있었다.

자미룡과 그녀의 수하들, 황룡표국 사람들, 그리고 무가내의 말을 들은 모든 사람이 소스라치게 놀랐다.

무가내가 소위 '항주의 빙화(氷花)'라고 불리는 자미룡을 어린아이 다루듯 하자 사람들은 그가 필경 미쳤을 것이라고 생각했다.

그러나 무가내는 아무 일도 없었다는 듯 자미룡에게서 시선을 거두는가 싶더니 걸음을 옮겨 대로변으로 어슬렁어슬렁 걸어갔다.

"막아라."

사사삭!

자미룡이 생각할 것도 없다는 듯 나직이 명령하자 그녀의 수하 다섯 명, 즉 자룡오위(紫龍五衛)가 가볍게 어깨를 흔드는가 싶더니 어느새 무가내를 포위해 버렸다.

　자룡오위는 자미룡의 심복들로서, 그녀가 직접 무공을 가르쳤기에 구룡방의 전체 이천여 고수 중에서 백 명 안에 꼽힐 정도의 일류고수들이었다.

　무가내는 걸음을 멈추고 태연히 자룡오위를 쓸어보았다.

　그는 지금 항주성 내를 구경하고 싶어 안달이 난 상태였기 때문에 자룡오위가 귀찮았다.

　하지만 그들을 죽이고 싶은 생각은 들지 않았다. 단지 막아섰다는 이유만으로 사람을 죽이는 것은 살인을 취미로 여기는 인물들이나 하는 짓이다. 무가내는 맹목적인 살인마가 되고 싶은 생각은 없었다.

　그때 자미룡이 오만함의 극치를 보여주는 듯한 태도로 느릿하게 걸어와 무가내 앞에 서서 벌레를 보듯이 훑어보다가 문득 가볍게 표정이 변했다.

　무가내가 까까머리에 알록달록 이상한 옷차림이긴 하지만, 매우 준수한 용모에 체구가 당당하다는 사실을 그제야 발견했기 때문이다.

　그렇지만 그녀의 구겨진 자존심과 기분이 저절로 회복될 정도는 아니었다.

　"방금 그 말이 무슨 뜻이냐?"

그녀가 무가내를 쏘아보는 눈빛은 날카로웠고, 목소리는 얼음장 같았다.

"별 뜻 아니다."

"죽고 싶으냐?"

순간 자미룡은 당장이라도 출수할 듯 오른손을 치켜들면서 아미를 상큼 찌푸렸다.

"귀찮은 여자로군."

무가내는 자미룡보다 더 눈살을 찌푸렸다. 그때 문득 그는 빙염이 가르쳐 준 한 가지 재주가 생각났다.

그 수법을 사용하면 이 귀찮은 여자를 떼어낼 수 있을 것이라는 생각이 들었다.

"그 말이 무슨 뜻이냐 하면……."

무가내가 자미룡의 눈을 응시하며 나직이 중얼거렸다.

그가 무시를 하는 것이나 반말을 하는 것을 자미룡은 꾹꾹 눌러서 참고 있었다.

대답을 듣고 난 다음 뜨거운 맛을 보여주어 무릎을 꿇고 눈물을 흘리면서 빌게 만든 후 죽여도 늦지 않을 것이라고 여기고 있기 때문이었다.

스우우.

그때 무가내의 두 눈이 약간 밝아지면서 기이한 색채를 띠면서 번뜩였다.

그 순간, 무심결에 무가내의 눈을 쳐다보던 자미룡의 늘씬한 교구가 가볍게 부르르 떨렸다.

그리고 그때부터 그녀는 눈을 무가내의 눈에 고정시킨 채 눈길을 떼지 못했다.

찰나지간, 그녀는 자신의 영혼이 눈을 통해서 무가내의 눈 속으로 송두리째 빨려드는 듯한 착각을 느꼈다.`

세 호흡 정도의 시간이 흐르는 동안 자미룡은 무가내의 두 눈에서 시선을 떼지 못한 상태로 입을 약간 벌린 채 석상이 돼버린 듯 뻣뻣하게 서 있기만 했다.

그 짧은 동안에 자미룡은 무가내의 눈 속에서 태양보다 더 빛나는 섬광과 지옥의 깊은 곳에서 이글거리는 불구덩이와 수십 가지 색깔의 무지개 같은 영롱한 광채가 찬란하게 일렁이는 것을 보았고, 그 속에 깊이 빠져 헐떡이면서 헤어나지 못했다.

무가내의 두 눈에서 일렁이고 있는 빛은 오직 자미룡만이 볼 수 있었다.

이윽고 어느 순간, 무가내의 두 눈에서 기이한 빛이 흔적도 없이 사라졌다.

그는 이 수법을 실전에서 지금 처음으로 전개해 보았다. 그래서 어떤 결과가 나왔는지 자못 궁금했기에 엷은 미소를 지으며 조용히 입을 열었다.

"네 이름이 무엇이냐?"

그러자 자미룡은 두 손을 앞에 모으고 공손한 자세와 목소리로 대답했다.

"자미룡 손진(孫眞)이에요."

'성공이로군.'

무가내는 흐릿한 미소를 머금었다. 처음 시도한 것치고는 제대로 먹혀들었다.

순간 주위에 있던 자룡오위는 움찔 놀랐고, 황룡표국 사람들은 크게 놀라 무릎을 꿇은 채 고개를 들고 어리둥절한 표정으로 자미룡을 우러러보았다.

자미룡의 이름을 알고 있는 사람은 극히 드물다. 물론 직속 수하인 자룡오위는 알고 있었지만, 이곳에 있는 사람들은 지금에야 비로소 그녀의 이름을 알게 되었다.

그러나 자룡오위와 황룡표국 사람들이 놀란 진짜 이유는 무가내의 물음에 자미룡이 공손히 대답했다는 믿을 수 없는 사실 때문이었다. 방금 전까지만 해도 서슬이 시퍼렇던 그녀가 말이다.

그러나 더 놀라운 일은 그다음에 일어났다.

"소란 피우지 말고 가던 길이나 가거라."

"네, 용서하세요."

무가내의 말에 자미룡이 허리까지 깊숙이 굽히면서 더욱 공손한 자세로 사과를 하는 것이 아닌가.

"그럼 가봐라."

무가내는 제 할 말만 마치고는 성큼성큼 걸어서 그녀를 스쳐 지나갔다.

"저……."

그러자 자미룡이 조심스럽게 그를 불렀다.

"뭐냐?"

무가내가 걸음을 멈추고 돌아보면서 무뚝뚝하게 묻자 그녀는 얼굴을 발그레 붉히며 수줍게 입을 열었다.

"당신은… 누구신가요?"

꿈을 꾸는 듯이 아련한 표정으로 무가내를 바라보는 자미룡의 눈빛은 필경 사랑에 흠뻑 빠진 여자의 그것과 많이 닮아 있었다.

그녀의 눈빛을 발견한 무가내는 내심 움찔 놀랐다. 갑자기 빙염과의 대화가 생각났기 때문이다.

"염안마령술에 제압된 여자는 그것을 풀어주기 전까지는 죽을 때까지 시술자를 따라다닌다."

"따라다니는 게 뭐야?"

"암컷 너구리들이 수컷 애꾸 너구리를 졸졸 따라다니는 것 본 적 있지?"

"응."

"사람도 그렇게 된다."

"징그러워. 그럴 때는 어떻게 하지?"

"그 자리를 피하거나 염안마령술을 풀어주면 된다."

사실 방금 전에 무가내가 눈빛으로 자미룡의 심지(心志)를 제압한 수법은 빙염이 가르쳐 준 염안마령술이었다.

　단지 잠깐 동안 쳐다보는 것만으로 상대의 이성과 감정을 완벽하게 제압하여 마음대로 부릴 수 있는 요마심공(妖魔心功)의 하나로써 자신보다 공력이 낮은 사람이라면 누구에게나 전개할 수가 있다.

　또한 염안마령술이 극성에 이르면 아주 찰나지간 쳐다보는 것만으로도 상대의 심지를 제압할 수 있다.

　그러나 무가내가 염안마령술을 실제로 전개하는 것은 지금이 처음이었다.

　그래서 그 위력과 그것이 가져오는 폐해에 대해서 아는 바가 별로 없는 것이다.

　염안마령술에 제압된 여자는 겉으로 보기에는 제압되기 전이나 달라진 것이 없다.

　그렇지만 심지가 제압된 상태라서 그때부터 시술자는 주인이고 자신이 종이라고 여기게 되며, 또 정신적으로나 육체적으로 시술자의 손길을 끝없이 원하게 된다. 즉, 사랑의 포로가 되는 것이다.

　심지어는 시술자가 죽으라고 명령해도 눈 하나 까딱하지 않고 스스로 목숨을 끊는다.

　빙염과의 대화를 생각해 낸 무가내는 가볍게 눈살을 찌푸리면서 염안마령술을 전개한 것을 약간 후회했다.

까딱 잘못하다가는 자신도 오악도의 수컷 애꾸 너구리처럼 암컷 너구리가 싼 똥을 먹어야 될지도 모른다는 생각이 들었기 때문이다.

무가내가 오악도를 떠나오기 전날 혈검과 빙염 등이 남녀관계는 그런 것이 아니라고 누누이 설명해 주었지만, 무가내가 보았던 그 장면은 머릿속에 깊이 각인되어 쉽사리 지워지지 않았다.

그래서 그는 남녀가 사랑이라는 것을 하게 되면 반드시 여자의 똥을 먹어야 할지도 모른다는 불안감을 여전히 느끼고 있었다.

빙염은 무가내가 눈빛이나 손, 몸을 사용하여 여자를 유혹하고 능수능란하게 다루는 방법이나, 심지어 한 번의 정사로 여자를 황홀경의 극치에 이르게 하는 방중술 같은 행동적인 것들을 전수했을 뿐이지, 정신적인 것, 즉 여자의 본질이나 남녀 간의 사랑, 마음, 변화 같은 복잡하고도 미묘한 것들을 가르치지는 않았다.

오죽하면 무가내는 여자가 한 달에 한 번씩 '월경'이라는 것을 한다는 사실조차도 모르겠는가.

그렇기 때문에 무가내에게 있어서 염안마령술 같은 수법을 여자에게 전개하는 것은 무공을 펼치는 것이나 별다른 의미가 없는 것이다.

그렇지만 지금 자미룡의 염안마령술을 풀어준다면 그녀는 또다시 아까처럼 무가내에게 시비를 걸려고 들 것이고 귀찮게 굴 것이 분명했다.

그렇다면 지금으로써 방법은 하나, 한시바삐 이 자리를 피하는 것뿐이다.

"알 것 없다."

무가내는 그렇게 대답하고는 뒤도 돌아보지 않고 자룡오위 사이를 빠져나가 인파 속에 섞이는가 싶더니 다음 순간 연기처럼 사라져 버렸다.

"상공!"

자미룡은 두어 걸음 뒤에서 무가내를 바짝 뒤쫓았지만 그를 놓치고 말았다.

"아……!"

그녀는 마치 세상을 다 잃은 것 같은 표정으로 한숨을 토해 내며 주위를 두리번거렸다.

아니, 그녀는 정말 세상을 다 잃었다. 지금의 그녀에게는 무가내가 세상 전부였으므로.

그녀는 주변을 샅샅이 뒤졌으나 끝내 무가내를 찾지 못했다.

"칠방주님, 왜 그러십니까?"

그때 자룡오위의 우두머리 오위장(五衛長)이 자미룡에게 다가와 염려스러운 얼굴로 조심스럽게 물었다.

그런데 방금까지만 해도 세상을 다 잃은 듯한 표정을 짓고 있던 자미룡의 얼굴이 오위장을 돌아보는 순간 평소의 싸늘함으로 되돌아갔다.

"입 닥치고 출발할 준비나 해라."

오위장은 찔끔하여 급히 물러났고, 자미룡은 시선을 다시 대로 저쪽으로 던지면서 얼굴이 무가내에 대한 그리움으로 가득 물들었다.

"너희는 물러가라."

오위장이 황룡표국 사람들에게 명령하자 그들은 저승의 문턱에서 구사일생 살아난 표정으로 서둘러 일어나 수레를 몰고 그 자리를 떠났다.

그런데 마지막 수레 꽁무니를 쫓아가고 있는 한 명의 쟁자수가 자꾸 뒤돌아보면서 얼굴에 놀라움과 감탄의 표정을 가득 떠올리고 있었다.

조금 전에 그는 아주 우연찮게 목격했다. 무가내가 태연히 소매를 흔들면서 마차의 아래쪽을 향해서 중지를 슬쩍 구부렸다가 튕겨내는 광경을 말이다.

'틀림없어. 그가 말로만 들었던 지풍을 쏘아내어 마차의 굴대를 부러뜨렸던 거야.'

만약 마차의 굴대가 부러지지 않았으면 누가내가 왜 손가락을 튕겼는지 몰랐을 것이다.

수레를 쫓아가면서도 자꾸만 뒤돌아보고 있는 젊은 쟁자

수는 황룡표국의 말직에 있는 석중명이라는 자였다.

우르릉! 쿠당탕! 우르르!

배가 너무 고파 무가내의 배에서 천둥소리가 끊임없이 흘러나왔다.

그 소리가 얼마나 컸는지 옆을 지나가고 있던 행인들이 놀라서 쳐다볼 정도였다.

해가 뉘엿뉘엿 지기 시작할 무렵, 무가내는 항주성 내 대로변의 어느 주루 앞에 우두커니 서 있었다.

그는 지난 두어 시진 동안 항주성 내 곳곳을 돌아다니면서 별별 구경을 다 했다.

그렇지만 아직 구경을 다 한 것이 아니다. 배가 고파서 잠시 멈추었을 뿐이다.

그의 인내심은 오악도의 네 마물이 혀를 내두를 정도이지만, 딱 하나 배고픔만큼은 절대로 견디지 못했다.

그는 두어 시진 동안 항주성 내를 구경하면서 새로운 견문을 많이 넓혔지만, 그중에서도 한 가지 절실하게 깨달은 것이 있었다.

중원이라는 곳에서는 돈이 없으면 아무것도 할 수 없다는 사실이었다.

먹는 것은 물론이고 옷을 사는 것도, 잠을 자는 것도, 필요한 물건을 구하는 것도 죄다 돈을 줘야만 가능하다는 사실을 깨달았다.

그리고 마지막에 찾아온 의문이 있었다.

'돈은 어디서 구하지?'

그것 때문에 그는 무척 고민을 했다.

옛말에 머리가 나쁘거나 무식하면 몸이 고생을 한다고 했다. 지금 무가내가 딱 그 꼴이었다.

도대체 사람들은 돈을 어떻게 구해서 사용하는 것일까? 자기가 직접 돈을 만드는 것인가? 아니면 자신의 물건을 돈과 바꾸는 것, 즉 파는 것인가?

그렇지만 무가내는 돈을 만드는 재주도, 팔 만한 물건도 지니고 있지 않았다.

그런데 배가 고팠다. 그것도 무지하게 고파서 사람이라도 잡아먹어야 할 판국이었다.

주루에서 요리를 판다는 사실은 괄창산의 작은 산촌 마을에서 이미 배웠다.

이곳 항주의 주루에서는 산촌 마을의 주루에서 맡았던 요리 냄새하고는 비교도 할 수 없을 정도로 향기롭고 구수해 무가내를 미치게 만들었다.

그렇다고 그는 돈도 없으면서 무작정 주루 안으로 들어가서 맛있는 요리를 내놓으라고 협박해서 배를 채우려는 생각은 아예 하지도 않았다.

아니, 못했다. 그런 방법이 있다는 사실을 아예 모르고 있기 때문에 당연했다.

만약 오악도의 네 마물이 그렇게 해도 된다고 가르쳤다면 그런 줄 알고 아무렇지도 않게 그랬을 것이지만 네 마물은 돈에 대해서는 일언반구 말이 없었다.

'멧돼지를 잡아오면……'

그는 길가에 우두커니 서서 내심 중얼거렸다.

그에게 쌀밥이라는 것을 주었던 노인 가족에게 회계산에서 멧돼지 두 마리를 잡아다 준 것을 떠올린 것이다.

'멧돼지를 잡아다가 팔아서 돈을 만들 수 있지 않을까? 아니면 멧돼지를 구워 먹든가.'

중원의 상식에 대해서 아무것도 모르는 그였지만, 그런 것은 가능할 것 같았다.

'에구, 그렇지만 배가 너무 고파서 힘이 없어.'

무가내가 노인 가족에게 멧돼지 두 마리를 잡아다 주었을 때, 노인은 멧돼지가 몹시 귀한 것이라고 말했다.

그러니 그것을 잡아와 항주성에서 팔면 능히 돈이 될 수 있을 터이다.

하지만 무가내는 너무 배가 고파서 그럴 힘이 없었다. 아니, 사실은 귀찮았다.

그는 회계산에서 멧돼지를 잡아다가 파는 것은 일단 보류하기로 했다.

그러나 무엇인가 자신의 힘으로 잡아와서 팔아도 된다는

사실을 깨달았다.

지금은 일단 허기를 메우고 볼 일이다. 뱃속의 밥벌레들이 먹을 것을 넣어주지 않는다고 성화가 이만저만이 아니었다.

원래 사람이란 막다른 궁지에 몰리면 무슨 짓이라도 서슴지 않는 법이다.

그런데도 무가내가 무작정 주루에 들어가서 먹고 보자든지, 아무에게서나 돈을 강탈하려 들지 않는 것은 어쩌면 그의 천성이 순후하기 때문일지도 모른다.

그는 주루 앞에 일각 이상 서 있었지만 요리를 먹을 수 있는 아무런 방법도 생각해 내지 못했다.

그는 배고픔이란 것이 그 어느 깃보다 무섭고 또 현실적이라는 사실을 체험하고 있었다.

그렇지만 그가 주루 앞에 언제까지나 서 있는다고 해서 누가 돈을 주는 것도 요리를 주는 것도 아니다. 무엇인가 움직여야 한다고 생각했다.

이윽고 그는 어슬렁거리면서 주루로 향했다. 일단 부딪쳐 보기로 한 것이다.

차륵!

주루의 문을 열고 들어가 주렴을 걷자 밖에서 맡던 요리 냄새하고는 차원이 다른 더욱 맛있는, 그리고 짙은 냄새가 코를 자극했다.

"어서 옵셔!"

점소이가 들어서는 무가내를 발견하고 쪼르르 달려오며 반갑게 외쳤다.

하지만 그는 곧 무가내의 꾀죄죄한 꼬락서니를 보고는 얼굴을 찌푸렸다.

"무슨 일이오?"

무가내는 쭈뼛거리면서 수줍게 대답했다.

"배가 고파."

"돈 있소?"

점소이의 오랜 경험으로 미루어보기에 무가내의 꼬락서니로는 돈이 한 푼도 없을 것 같았고, 그 짐작은 맞았다.

"없어."

"이런, 거지새끼 아냐?"

점소이는 늘 하던 대로 득달같이 무가내의 등을 힘껏 주루 밖으로 떠다밀었다.

"다리몽둥이를 꺾어놓기 전에 당장 꺼져!"

무가내는 힘없이 주루 밖으로 밀려나 쓸쓸하게 주루를 바라보았다.

"아!"

그러다가 문득 좋은 생각이 났다.

"노, 노래를 부르자! 그럼 돈을 벌 수 있을 거야!"

그는 주루에 들어가서 노래를 부를 생각을 했다. 괄창산 산촌 마을에서 장님소녀도 그렇게 해서 은자를 오십 냥이나 벌지 않았던가?

차륵!

그는 방금 쫓겨난 주루의 주렴을 걷고 다시 들어갔다.

"뭐야?"

점소이가 사나운 표정을 하고 으르딱딱거렸지만 무가내는 무시하고 성큼성큼 걸어 들어갔다.

"이 자식이?"

그러자 점소이는 무가내의 멱살을 잡으려고 득달같이 달려들었다.

붕!

"으왓!"

우지끈!

그러나 점소이는 무가내의 반 장 근처에도 이르지 못하고 그의 몸에서 뿜어진 음유한 호신강기에 의해 허공을 이 장여나 날아갔다가 식사를 하고 있는 손님들의 탁자 위에 냅다 추락해 버렸다.

무가내는 점소이를 다치지 않고 물러나게만 하려는 의도로 채 일성도 못 되는 내공으로 호신강기를 뿜어낸 것인데 점소이는 이 장이나 날아가 떨어진 후 입에 거품을 문 채 혼절하여 깨어나지를 못했다.

'이런, 노래를 불러야 하는데 분위기가 어찌 이 모양이야?'

무가내는 눈살을 찌푸렸다.

주루 안은 그야말로 아수라장으로 변해 버렸다. 그래서 무가내는 노래 부르는 것을 망설일 수밖에 없었다.

그는 원래 뻔뻔한 성격이지만, 자신이 주루를 이 지경으로 만들어놓고 노래를 불러서 돈을 내놓으라고 하는 것이 조금 미안하다는 생각이 든 것이다.

더구나 모두들 우뚝 서 있는 무가내를 두려운 표정으로 주시하고 있는 상황이었다.

그들은 무가내의 방금 전 솜씨를 보고 그를 무림의 일류고수쯤으로 여기고 있는 것이 분명했다.

이런 상황에서도 무가내는 몇 번이나 노래를 부를까 말까 망설이다가 결국 시무룩한 표정으로 중얼거리면서 주루를 나서야만 했다.

"무슨 일을 하려고 해도 분위기라는 것이 중요한 것이로군."

전대미문, 사상 초유의 마인이 배가 고파서 주루에 들어가 노래를 불러 허기를 채울 생각을 해야만 하는 것은 한마디로 비극이었다.

금만둥, 즉 내공이 오 갑자에 이르는 등봉조극에 도달했고, 만독불침지신, 거기에다가 금강불괴지체까지 이루었으며, 일신에 천하의 마공이란 마공과 사공, 사술, 독공, 요마술을 총망라해서 모조리 지니고 있는 그가 겨우 돈 몇 푼이 없어서 주루 밖으로 쫓겨나는 신세라니, 그 사실을 누군가 안다면 기가 막혀할 일이었다.

그때 문득 그는 오늘 낮에 항주로 오는 도중 자신에게 밥한 끼를 준 노인이 얼마나 고마운 사람이었는지를 그제야 깨달았다.

'그는 정말 고마운 사람이었구나.'

그리고 그는 더 이상 주루 앞에 서 있어봐야 아무 소용이 없다는 사실도 깨달았다.

그리고 마지막으로 또 한 가지를 깨달았다. 그에게 쌀밥을 주었던 노인이 말했다.

항주성에 가서 갈 곳이 없거는 노인의 둘째 아들 석중녕을 찾아가 보라고 말이다.

무가내는 그 자리에 서서 잠시 궁리를 해보았다.

'일단 그에게 가서 잠시 안정을 찾으면서 중원에 대해서 배우고 또 앞으로의 계획을 세워보도록 하자.'

그는 자신이 아직은 중원에 대해서 너무나 많이 모르고 있다고 판단했다.

그래서 일단은 당분간 석중명이라는 사람에게 몸을 의탁하여 지내면서 중원 공부도 하고 향후 계획도 세워야겠다고 생각한 것이다.

"그래, 그에게 가보자."

석중명이라는 사람에게 찾아가면 노인이 그랬듯이 따뜻한

쌀밥 한 그릇이라도 선뜻 내줄 것만 같았다.

이윽고 무가내는 허기진 배를 움켜잡고 무거운 발걸음을 떼어 이미 어두워진 거리로 나아갔다.

쌀밥을 실컷 먹을 수 있으리라는 벅찬 희망을 안고서.

第十二章
쟁자수(爭子手)

주루를 떠난 무가내는 행인들에게 물어물어 반 시진이 지난 후에야 항주성 보경로(寶鏡路) 끝자락에 위치한 황룡표국에 당도했다.

다행히 황룡표국의 거대한 전문은 활짝 열려 있었고, 많은 사람들이 드나들고 있었다.

원래 표국이란 어떠한 물건이라도 고객이 원하는 곳까지 운송해 주는 것이 주된 업무이다.

그렇기 때문에 표국에는 하루 종일 물선을 싣고서 떠나고 들어오는 사람들로 분주하기 마련이다.

무가내는 황룡표국의 활짝 열려 있는 전문 안으로 성큼성큼 거침없이 들어갔다.

일전 한 푼 없어 주루에서 문전박대당한 것이 반 시진 전의 일이었지만, 타고난 그의 성격이 워낙 천하태평이라서 그 사실은 이미 까맣게 잊어버리고 제집인 양 활개를 치며 들어갔다.

우르르!

"어이! 앞에 비켜라!"

두두두!

"눈이 없느냐? 썩 물러나라!"

그러나 전문 한복판으로 어슬렁거리면서 들어서고 있던 무가내는 전문을 통해서 쉴 새 없이 드나드는 수많은 수레와 마차들을 모는 쟁자수(爭子手)들에게 집중적으로 욕을 얻어먹어야만 했다.

중원이 처음이지만 무가내는 자신이 사람들의 방해가 된다는 사실을 깨닫는 것은 그리 어렵지 않았다.

그는 얼른 가장자리로 물러났다가 마당에 이르러 주위를 두리번거렸다.

석중명이 어떻게 생겼는지 모르기 때문에 누군가에게 묻기 위해서였다.

그때 그는 마당 건너 돌계단 위에 우뚝 서서 오른손에 쥔 상아로 만든 홀, 즉 상아홀(象牙笏)로 여기저기를 가리키면서 지시하고 있는 한 명의 중년인을 발견하고는 망설임없이 그곳으로 걸어갔다.

"석중명을 만나러 왔다."

중년인은 가까이 다가와서 툭 내뱉는 무가내의 말을 알아 듣지 못했다.

황룡표국 내에서 누군가 자신에게 거침없이 반말을 하는 사람이 있으리라고는 생각하지 못했고, 지시를 하느라 너무 도 바빴기 때문이다.

그러자 무가내는 중년인의 전면으로 부딪칠 듯이 바짝 다 가들며 다시 한 번 말했다.

"석중명을 만나러 왔다니까."

백의 단삼을 입고 왼쪽 허리에 한 자루 도를 차고 있으며, 네모난 얼굴에 송충이 같은 눈썹, 부리부리한 눈에 두툼한 입 술을 지닌 사십대 중반의 중년인은 가볍게 어이없는 표정으 로 무가내를 쳐다보았다.

"자넨 누군가?"

"무가내."

"무가내? 그런데 방금 내게 뭐라고 말했나?"

무가내의 대답은 거침이 없었다.

"석중명을 만나러 왔다고 말했다."

"석중명이 누군가?"

중년인, 아니, 황룡표국의 이인자인 총표두(總鏢頭)는 일개 말단 쟁자수인 석중명이 누군지 모르고 있었다. 아니, 알아야 할 필요도 없었다.

"나도 몰라. 여기 쟁자수라고 했어."

총표두는 그제야 무가내의 말을 조금쯤 이해할 수 있었다. 그렇지만 그가 예의라곤 눈곱만큼도 없이 행동하는 것까지는 용서할 수가 없었다.

"자넨 누군가?"

무가내는 총표두가 어이없는 표정을 짓든 말든 제 딴에는 참을성을 갖고 다시 대답해 주었다. 극도의 배고픔은 그의 참을성을 더욱 증폭시켜 주었다.

"방금 무가내라고 했잖아."

총표두는 입을 다물고 무가내의 얼굴을 물끄러미 주시했다.

까까머리에 제법 준수한 용모지만 고집과 까칠함이 더덕더덕 묻어 있었다.

그는 무가내를 보고 그에게서 더 이상의 대답은 듣지 못할 것이라고 판단했다.

"가서 석중명이라는 자가 있으면 데리고 오너라."

결국 그는 수하에게 그렇게 명령했다.

잠시 후, 수하가 석중명을 데리고 왔다.

석중명은 아까 낮에 운송해 온 물건들을 정리하느라 눈코 뜰 새 없이 바쁘게 일하고 있다가 총표두의 느닷없는 호출을 받고 극도로 긴장한 상태였다.

그는 황룡표국의 쟁자수가 된 지 이 년이 다 되어가지만 총표두의 부름을 받기는 이번이 처음이었다.

조심스럽게 걸어가던 석중명은 총표두 옆에 서 있는 무가내를 발견하고는 그 자리에 얼어붙었다.

'저 사람은?'

눈을 씻고 다시 쳐다봤지만 아까 대로상에서 자미룡을 설설 기게 만들었던 무가내가 분명했다.

그때까지만 해도 석중명은 무가내가 자신을 찾아왔을 것이라고는 추호도 상상하지 못했다.

"총표두, 부… 부르셨습니까?"

석중명은 총표두 앞에서 이마가 바닥에 닿을 정도로 허리를 굽히며 더듬거렸다.

"네가 석중명이냐?"

"그… 렇습니다."

총표두의 위엄있는 물음에 석중명은 감히 허리를 펴지도 못하고 전전긍긍했다.

총표두는 황룡표국의 이인자지만 사실상 실질적인 실력자로서 휘하에 있는 삼백여 표두와 표사, 쟁자수들의 생살여탈권을 한 손에 쥐고 있다.

그는 평소 근엄하고 대쪽 같은 성격으로 황룡표국 모든 사람들의 두려움과 존경의 대상으로 군림하는 인물이다.

"어디 소속이냐?"

"네, 제육표대(第六鏢隊) 하쟁자수(下爭子手)입니다."

황룡표국에는 원래 여섯 개의 표대가 있는데, 일표대가 최

정예고 그다음이 이표대, 삼표대 순서이다.

그리고 각 표대에는 두 명의 표두와 다섯 명의 표사, 오십여 명의 쟁자수가 있으며, 표사와 쟁자수의 직급은 상중하로 나뉜다.

석중명은 황룡표국이 보유하고 있는 도합 여섯 개의 표대 중에서 최하위인 육표대 소속이고, 그중에서도 최하급인 하쟁자수였다.

그렇지만 총표두는 자신의 수하를 지위만으로 대하지 않는 사람으로 잘 알려져 있다.

"이자가 너를 찾아왔다. 아는 사이냐?"

총표두의 물음에 석중명은 소스라치게 놀라 자신도 모르게 허리를 펴고 무가내를 쳐다보았다.

그 순간 그는 머릿속이 하얗게 탈색되어 아무 생각도 할 수가 없었다.

"이놈! 총표두께서 하문하시지 않느냐?"

"네넷?"

총표두 옆에 있던 한 명의 표두가 버럭 노성을 지르자 석중명은 화들짝 놀라 두 발이 바닥에서 떨어져 펄쩍 뛰어오를 정도였다.

석중명은 너무 당황한 상태라서 미처 생각할 겨를도 없이 얼떨결에 대답했다.

"아… 압니다."

"누구냐?"

석중명이 생각할 여유도 없이 총표두가 즉시 물었다.

"그게… 그러니까……."

석중명은 대답을 하지 못하고 더듬거렸다.

그가 무가내를 안다고 대답한 것은 아까 낮에 대로상에서 그를 본 적이 있기 때문이었는데, 총표두는 다르게 알아들은 것이었다.

그렇다고 아까 대로상에서 벌어졌던 일을 일일이 설명할 수는 없는 노릇이었고, 그럴 상황도 아니었다.

"이놈이?"

총표두는 아무 말이 없는데 그 옆의 표두가 또다시 발을 구르며 석중명을 닦달했다.

"치, 친구입니다!"

당황한 석중명은 결국 그렇게 대답하고 말았다. 하지만 그는 자신이 무슨 말을 했는지도 몰랐다.

"친구라고?"

총표두는 무가내를 쳐다보았다. 이상한 옷을 입은데다 까까머리의 모습은 결코 세속적인 모습이 아니었다. 그래서 깊은 산속에서 살다가 나왔기 때문에 예의범절을 잘 모르는 것이라고 좋게 이해를 했나.

이윽고 총표두는 고개를 끄떡였다.

"알았다. 가봐라."

"물… 러가겠습니다."

석중명은 지옥에서 살아나온 것처럼 급히 허리를 굽히고는 총총히 뒷걸음쳐서 그곳을 물러났다.

"석중명."

그때 총표두의 목소리가 석중명의 뒷덜미를 가로챘다.

"네, 넷?"

석중명이 깜짝 놀라며 돌아서자 총표두가 우두커니 서 있는 무가내를 턱으로 가리켰다.

"친구는 데려가지 않을 셈이냐?"

"앗! 죄… 송합니다."

석중명은 급히 무가내의 팔을 잡아끌며 그곳을 벗어났다.

석중명은 무가내를 잠시 기다리게 해놓고는 자신의 직속 상관인 육표대의 표두에게 대충 사정 얘기를 둘러댄 후 무가내를 이끌고 전각 사이의 골목으로 데리고 갔다.

"당신은 누구십니까?"

그는 조심스럽게 무가내를 살피면서 물었다.

"나는 무가내다."

무가내는 태연하게 대답했다.

"사실… 나는 당신을 모릅니다."

이십오 세의 석중명은 자신보다 훨씬 어려 보이는 무가내가 반말을 하는 데도 개의치 않았다. 그가 대단한 고수라고 생각되었기 때문이다.

"아까는 그자에게 나를 안다고 말했잖느냐?"

"그것은……."

석중명은 말이 꼬이기 시작하는 것을 느끼면서 급히 화제를 바꾸었다.

"내 이름을 어떻게 알고 계십니까?"

"네 아버지가 가르쳐 줬어."

"아버지께서?"

무가내는 자신이 노인에게 쌀밥을 얻어먹었던 일을 대충 설명해 주었다.

"아, 그랬었군요!"

적잖이 감탄을 하면서 고개를 끄벅이는 석중명은 한 번도 느껴보지 못한 묘한 기분을 느끼고 있었다.

그것은 자신과 무가내가 기이한 인연으로 이어지고 있다는 느낌이었다.

그는 낮에 항주 성내에서부터 줄곧 궁금하게 여기던 것을 물어보기로 했다.

"혹시… 아까 낮에 대로에서 굴대를 부러뜨린 사람이 당신입니까?"

"굴대가 뭐야?"

"마차의 바퀴를 연결하는 쇠막대입니다. 낮에 당신이 지붕으로 마차의 굴대를 부러뜨리는 것을 목격했습니다만, 제 눈이 틀렸습니까?"

"아니. 네 말이 맞다."

무가내로서는 그 사실을 굳이 부인할 이유가 없었다.

석중명의 심장이 미친 듯이 두방망이질 쳤다.

"그… 그렇다면 지풍을 한 번 보여주시겠습니까?"

그렇게 말하면서도 자신이 혹시 무가내의 심기를 잘못 건드리는 것이 아닌가 하여 조마조마한 표정을 지었다.

"그까짓 거야 뭐."

무가내는 대수롭지 않은 듯한 얼굴로 왼손을 들어 올려 한쪽 방향을 향해 슬쩍 중지를 튕겼다.

픽!

우지직!

다음 순간 무가내에게서 사 장여 거리의 아름드리나무 한 그루가 사람 가슴 높이에서 여지없이 부러져 꺾였다.

"아!"

석중명은 경악지색을 떠올린 채 쓰러져 있는 나무를 쳐다보면서 신음 같은 탄성을 흘렸다.

자신이 두 팔로 안아도 한 아름이 족히 됨 직한 나무를, 더구나 사 장이나 먼 거리였다.

그런데 단지 손가락을 튕겨내어 간단하게 부러뜨리는 것을 자신의 두 눈으로 똑똑히 목격했으니 놀라도 이만저만 놀란 것이 아니다.

"더 해봐? 백 개도 부러뜨릴 수 있어."

그때 무가내가 부러진 나무 근처에 있는 다른 나무를 향해 팔을 뻗으면서 태연히 말했다.

석중명은 소스라치게 놀라서 두 팔을 마구 휘저었다.

"아, 아닙니다! 그만 됐습니다!"

나무 한 그루를 부러뜨린 것만으로도 문책을 모면하기 어려운 판국인데 더 부러뜨린다면 아예 표국에서 쫓겨나고 말 것이 분명했다.

석중명은 그제야 생각이 난 듯 급히 주위를 둘러보았다. 누군가 방금 그 광경을 목격했다면 일이 복잡해질 텐데, 다행히 주변에는 아무도 없었다.

그는 몹시 긴장해서 마른침을 꿀꺽 삼킨 후 조심스럽게 무가내에게 물어보았다.

"그런데… 저를 찾아오신 이유가 무엇입니까?"

무가내는 기다렸다는 듯이 얼른 대답했다.

"배고파."

"네?"

석중명의 얼굴에 놀라면서도 어이없는 표정이 가득 떠오른 것은 아랑곳하지 않고 무가내는 또 한 가지 사실을 잊지 않고 당부했다.

"잠잘 곳노 없어."

석중명은 일단 무가내를 자신의 숙소로 안내했다.

그다음에는 표국 주방의 평소 친하게 알고 지내는 찬모(饌母)에게 부탁하여 남은 밥과 반찬을 얻어 무가내에게 갖다주었다.

두 사람이 먹어도 넉넉할 만큼의 양이었지만 무가내는 마파람에 게 눈 감추듯이 뚝딱 먹어치웠다.

결국 석중명은 세 번이나 더 주방에 드나들어야 했고, 무가내는 그제야 포만감을 느끼고 배를 쓰다듬었다.

석중명은 표국에서 최하급의 말단 쟁자수라서 거처는 세 평짜리 작은 방 한 칸이었다.

방에는 침상 하나와 낡고 작은 함롱(函籠:장롱) 하나가 세간의 전부였다.

밥을 먹고 난 무가내는 가타부타 아무 말도 없이 석검을 풀어 바닥에 내려놓고는 침상에 드러눕자마자 코를 골면서 잠이 들었다.

석중명은 한동안 물끄러미 무가내를 굽어보면서 요모조모 뜯어보다가 문득 석검을 발견했다.

보통 검과 달라 보이는 검이라서 호기심을 느껴 살펴보려고 석검을 집어 들려 했지만 바닥에 붙어버렸는지 꼼짝도 하지 않았다.

놀란 그는 두 손으로 석검을 잡고 온 힘을 쏟아서야 겨우 들어 올렸는데 너무 무거워서 곧 내려놓아야만 했다.

그의 어림짐작으로 석검의 무게가 아무리 못해도 백오십 근은 나갈 것 같았다.

그런 엄청난 무게의 검을 무가내가 아무렇지도 않게 일반 검처럼 어깨에 메고 다닌다는 생각을 하자 그가 더욱 신비하게 여겨졌다.

석중명은 밖으로 나가 수련장에서 한 시진 동안 검법 수련을 하여 땀을 흠뻑 흘린 후 방으로 돌아와 바닥에 누워 잠을 청했다.

다음날 아침, 눈을 뜨자마자 밥부터 찾는 무가내에게 석중명이 조심스럽게 물었다.

"식사를 하고 나서 무엇을 할 계획입니까?"

"계획 같은 것 없어."

무가내는 태연히 대꾸했다.

"집은 어딥니까? 집은 있을 것 아닙니까?"

"오악도야."

"섬입니까?"

"응. 땅에서 멀리 떨어져 있는데 무지하게 지겨운 곳이야."

무가내는 고개로 가로저었다.

"거긴 다시는 안 돌아갈 거야. 나는 중원을 활보하려고 왔어."

"어떻게 중원을 활보하겠다는 것입니까?"

"그건 나도 몰라. 네가 가르쳐 줘."

석중명은 말문이 막혔다. 무가내와 대화를 통해서 궁금증을 풀려던 참이었는데 더 꼬이고 말았다.

"나, 돈 갖고 싶다."

무가내의 그 말이 해결의 실마리를 제공했다.

"어떻게 하면 돈을 갖게 되는 거지?"

"일을 해서 돈을 벌어야지요."

"돈을 벌어? 넌 돈을 버냐?"

"그렇습니다."

"무엇을 해서 벌지?"

"나는 황룡표국에 고용된 쟁자수입니다. 쟁자수 일을 해서 돈을 법니다."

"쟁자수가 뭔데? 돈은 얼마나 벌어?"

석중명은 잠시 생각하고 나서 대답했다.

"물건을 천하의 여러 지역으로 호송하는 사람을 쟁자수라고 합니다. 그리고 한 달 녹봉(祿俸)은 은자 두 냥입니다."

"은자?"

무가내의 귀가 번쩍 뜨였다.

"은자를 모릅니까?"

"모르긴, 은자 하나가 엽전 오백 개잖아."

"그렇습니다."

"계탕면 한 그릇은 엽전 닷 푼이고."

무가내의 목소리는 의기양양했다.

"맞습니다."

"야아! 한 달에 엽전을 천 개. 계탕면 이백 그릇을 사 먹을 수 있는 돈을 벌다니, 너 정말 대단하구나!"

석중명은 어이없어 하다가 곧 씁쓸한 표정을 지었다.

계탕면을 기준으로 치면 한 달에 은자 두 냥은 많이 버는 것이라고 할 수 있다.

하지만 계탕면은 주루에서 파는 요리 중에서 가장 싼 것이고, 가난한 사람 외에는 먹지 않으며 양도 적다.

그리고 주루의 요리 중에는 은자 닷 냥이나 열 냥짜리도 수두룩하다.

또한 사람은 계탕면만으로는 살 수가 없다. 생활을 해야 하는 것이나.

더구나 가족을 부양하는 쟁자수에게 은자 두 냥은 지나치게 적은 돈이다.

은자 한 냥이 엽전 오백 개고, 계탕면 한 그릇이 엽전 닷 푼이라는 사실만 겨우 알고 있는 무가내가 그런 것을 알 리가 없었다.

참고로 석중명 같은 하쟁자수의 녹봉이 은자 두 냥이고, 중쟁자수는 석 냥, 상쟁자수는 넉 냥이다. 그리고 표사는 하표사가 여섯 냥, 중표사가 여덟 냥, 상표사가 열 냥이며, 표두는 이십 냥을 받는다.

"이봐, 중명. 나… 쟁자수 하면 안 될까?"

갑자기 무가내가 불쑥 말하자 석중명은 움찔 놀라 그를 쳐다보았다.

석중명은 무가내의 눈빛이 순진무구하게, 그리고 열정적으로 빛나는 것을 발견하고는 속으로 적잖이 놀랐다.

'이 사람은 정말 순진하구나. 그처럼 놀라운 무공을 지니고 있으면서도 쟁자수 따위를 하겠다니……'

또한 석중명은 무가내가 중원이나 사람이 살아가는 것에 대해서 거의 모르고 있다는 사실을 깨달았다.

하지만 그가 바보라고는 생각하지 않았다. 중원에서 살지 않았으니 모르는 것은 당연했다.

그렇지만 이 사람에게 쟁자수 따위를 시킬 수는 없는 일이었다. 그러자니 능력이 너무나 아까웠다.

석중명은 무가내의 능력으로 그가 원하는 돈, 그것도 큰돈을 벌 수 있는 일이 무엇이 있을까 잠시 궁리해 봤지만 마땅한 것이 생각나지 않았다.

이십삼 세까지 시골에서 살다가 항주로 와서 황룡표국의 쟁자수가 된 지 일 년 반밖에 되지 않았고, 그나마도 표물 호송에만 전념했기 때문에 성내의 직업에 대해서는 아는 바가 별로 없는 석중명이었다.

"중명, 쟁자수가 되려면 대단한 자격이 있어야 하는 거야? 나는 안 되겠어?"

석중명이 즉답을 하지 않고 고민하는 표정을 짓자 무가내가 몹시 염려스러운 표정을 지으며 물었다.

"아닙니다. 당신이라면 넘치고도 남는 자격이 있습니다."

"무술을 할 줄 아는가?"

육표대의 좌표두(左鏢頭)는 거만한 표정으로 무가내의 위 아래를 쏠어보면서 물었다.

무가내가 고개를 끄떡이자 좌표두는 뒷짐을 지고 물러나면서 요구했다.

"육합검법(六合劍法)을 전개해 보게."

"그게 뭐지?"

무가내가 의아한 얼굴로 물었다.

"육합검법도 모르면서 생사수가 되셨다는 것이냐?"

좌표두는 이맛살을 찌푸리더니 발길을 돌렸다.

"에잇! 되지도 않은 놈이 쟁자수가 되겠다니, 쟁자수가 뉘 집 강아지인 줄 아는 것이냐?"

그는 무가내를 데리고 온 석중명을 꾸짖었다.

"석중명, 할 일 없으면 무술이나 더 수련해라."

"좌표두님, 그게 아니라……."

육합검법은 검법에 입문할 때 수련하는 가장 쉽고 간단한 초식이다.

그래서 저잣거리를 활보하는 하오배나 건달들도 능수능란하게 펼칠 줄 안다.

그런 육합검법을 모른다니 좌표두가 더 이상 볼 것도 없다고 판단한 것은 무리가 아니었다.

"다른 것 하면 안 돼?"

그때 무가내가 걸어가고 있는 좌표두의 등에 대고 말했다.

좌표두는 시큰둥한 얼굴로 뒤돌아보았다.

"할 줄 아는 게 있느냐?"

"그래. 가지 말고 한번 봐줘. 열심히 해볼게."

좌표두가 무가내의 반말에 기분이 몹시 상해 얼굴을 잔뜩 찌푸리자 석중명이 쩔쩔매면서 해명을 했다.

"저 사람은 원래 존댓말을 배우지 못해서 그렇습니다. 부디 이해하십시오."

그것은 석중명의 짐작이었지만 사실이기도 했다.

"해봐라."

좌표두는 수하의 간곡한 부탁이라서 일단 보기로 했다. 하지만 무가내의 솜씨가 조금이라도 마음에 들지 않으면 여지없이 퇴짜를 놓을 생각이었다.

아니, 그는 이미 마음속으로 무가내를 받아들이지 않을 것이라고 마음을 굳힌 상태였다.

"그냥 검법을 펼쳐 보이기만 하면 되는 거지?"

"그렇다."

무가내의 확인에 좌표두는 귀찮은 듯한 얼굴로 대꾸했다.

스경!

무가내가 어깨의 석검을 뽑자 이상한 소리가 났다.

좌표두는 그것마저도 마음에 들지 않았다. 한 번 밉게 본 사람은 무슨 짓을 해도 다 밉기 마련이다.

그렇지만 석중명은 무가내가 아무렇지도 않게 뽑아서 오른손에 쥐고 있는 석검을 쳐다보면서 속으로 감탄을 금치 못하고 있었다. 석검이 백오십 근 이상 나간다는 사실을 알고 있기 때문이었다.

그때 무가내가 석검을 휘두르기 시작했다. 그런데 조금 이상한 동작이었다.

모든 사람들이 초식을 펼치기 전에 일정한 자세를 잡거나 기합을 토해내는 것과 달리 그는 우뚝 서 있다가 갑자기 초식을 펼친 것이다.

석검은 허공 여기저기를 수없이 찌르면서 베기도 하고, 켜켜이 자르며 현란하게 움직였다.

일단 무가내가 펼치는 검법 초식은 지독하게 빨랐다. 석중명은 물론이고, 좌표두마저도 육안으로 석검의 움직임을 미처 따라가지 못할 정도였다.

그리고 석검이 그토록 빠르게 움직이는 데에도 추호의 파공성도 일어나지 않았다.

어떤 무기든 움직임이 행해지면 파공성이 동반되기 마련이고, 그것은 실전에서 상대를 위압하는 도구로도 사용되는데, 무가내의 석검은 먹통이었다.

세 번째, 어떤 초식이든 그것을 전개할 때에는 그에 적합한

보법(步法)을 병행해야만 하는 법인데, 무가내는 그저 뻣뻣하게 선 채 오른팔을, 아니, 손목만으로 빙글빙글 돌려서 석검을 휘두르고 있었다.

움직인다는 것이 아주 가끔 몸의 방향을 약간 바꾸어주는 정도에 불과했다.

그리고 마지막 특징은 검법의 전개가 지나치게 짧고 간명하다는 사실이었다.

무가내는 초식을 전개한 지 채 다섯 호흡도 지나지 않아서 석검을 검집에 꽂고 우뚝 서서 어떠냐는 듯한 얼굴로 좌표두를 쳐다보았다.

사실 무가내가 방금 전개한 검 초식은 다섯 살 때 검법에 처음 입문할 당시 혈검이 기초로 배워두라고 해서 잠깐 동안 배웠던 것이다.

그러므로 당연히 혈검의 두 종류의 성명 검법은 아니고, 위력 면에서도 많이 떨어진다.

그렇지만 명색이 혈검의 검법이다. 공력이 실려 전개되면 일류고수라고 해도 막아내기 어려울 것이다.

무가내는 자신이 쟁자수가 되느냐 마느냐의 중대한 기회이기 때문에 혈검의 성명 검법인 혈전탄류와 마전검법(魔電劍法)을 전개할까 했다가 그만두었다.

좌표두가 검법의 초식을 보려고 전개하라고 했는데, 혈전탄류와 마전검법은 체내에서 구결에 따라 공력을 운용한 후 그저 한차례 검을 떨쳐 내는 것뿐이라서 보여줄 만한 것이 아니라는 생각이 들었기 때문이다.

좌표두의 눈살이 잔뜩 찌푸려졌다. 예상했던 대로 무가내의 검법이라는 것은 형편없었다.

"딴 데 가서 알아봐라."

그는 단호하게 잘라 말하고는 고소하다는 표정을 지으며 몸을 돌렸다.

"딴 데 가서 뭘 알아보라는 거야?"

무가내가 의아한 얼굴로 묻자 석중명이 착잡한 표정을 지으며 좌표두에게 애원조로 말했다.

"좌표두님, 이 사람 실력만큼은 제가 확실히 보장하겠습니다. 그리고 좌표두님께서 놀라실 만한 다른 것을 보여 드릴 수도 있습니다."

석중명은 무가내에게 지풍을 전개하라고 하여 좌표두를 기절초풍하게 만들 생각이었다.

"이런, 지금 생떼를 쓰는 것인가?"

좌표두가 몹시 언짢은 얼굴을 만들면서 딱딱거리자 석중명은 자칫하다가는 자신에게까지 화가 미칠 것 같은 불길한 예감이 들었다.

"자네, 쟁자수가 되기를 원하는 섯인가!"

그때 좌표두 뒤에서 나직하면서도 굵직한 목소리가 들렸다.

"앗! 총표두님!"

"총표두를 뵈옵니다!"

깜짝 놀라서 뒤돌아선 석중명과 좌표두는 늠연하게 서 있는 총표두를 발견하고 화들짝 놀라 급히 예를 취했다.

총표두는 손짓으로 두 사람을 일어나라고 지시하면서 천천히 무가내에게 걸어가 그 앞에 멈추었다.

"방금 그 검법, 이름이 무엇인가?"

무가내는 고개를 갸웃거리며 생각해 내려고 고심했다.

"뭐였더라?"

그러나 끝내 생각해 내지 못했다.

"모르겠어. 다섯 살 때 배운 검법이라서 기억이 안 나. 내가 기억력이 별로거든."

총표두는 가볍게 놀라는 표정을 지었다. 다섯 살 때부터 검법을 배운 사람은 그리 흔하지 않기 때문이다.

"총표두님, 이놈은 총표두님께서 신경 쓰실 가치도 없는 놈입니다. 그러니……."

좌표두가 무가내를 가리키며 고개를 내젓자 총표두는 조용히 물었다.

"자네 눈에는 그렇게 보였나?"

"네? 아… 네."

좌표두는 총표두의 입가에 흐릿하게 떠올랐다가 사라진 씁쓸한 미소를 놓치지 않았다.

총표두는 다시 무가내를 보면서 조용히 말했다.

"자네, 내 십 초식을 막아낼 수 있겠나?"

"그냥 막기만 하면 되는 거지?"

"그렇다네."

"해봐."

창!

말이 끝나기가 무섭게 총표두의 왼쪽 허리에서 그의 애도(愛刀)가 뽑혀 나왔다.

아니, 뽑혔는가 싶은 순간 맹렬하고도 빠르게 무가내의 어깨를 곧장 베어갔다.

석중명은 바짝 긴장해서 눈을 부릅뜨고 주시했다.

총표두는 표국주를 제외하고는 황룡표국에서 제일 고강한 인물이며, 내공이 일 갑자에 이르는 일류고수 수준이었다.

무가내가 지풍을 전개하는 것을 알고 있는 석중명이지만 일류고수인 총표두의 공격을 십 초식이나 막아낼 수 있을지는 의문이었다.

사실 석중명은 고향 현의 무도관에서 삼 년여 동안 검술과 권각술 나부랭이를 배운 것이 전부였다.

그렇기 때문에 그가 배운 것은 무공이라기보다는 무술이라고 하는 편이 옳았다.

육힙김법과 팔패권(八卦拳), 육합권(六合拳) 따위를 배운 것이 고작이다.

게다가 일신에 지니고 있는 공력이라고 해봐야 겨우 십 년 남짓 축적했을 뿐이다.

그나마 삼 년여 만에 십 년 공력을 이룬 것은 그가 쉬지 않고 부지런히 심법 연마에 매진했기 때문이다.

무도관에서 무술을 배우는 동안 그를 비롯한 많은 동료들이 무림 고수가 되는 것을 간절히 동경했으며, 그래서 틈만 나면 무림계나 무공에 대해서 주워들은 소문이나 상식을 교환하고 습득했다.

그러나 그런 소문이나 상식들은 대부분 근거가 없거나 잘못된 것들이었다.

그러므로 이 갑자의 내공을 소유해야만 지풍을 전개할 수 있으며, 무가내처럼 무음, 무형, 그리고 장풍보다 위력적인 지풍을 전개하려면 최소한 삼 갑자 이상의 내공을 지녀야만 가능하다는 사실을, 그러므로 결론적으로는 총표두가 무가내의 일 초식도 감당하지 못한다는 사실을 석중명이 알고 있을 턱이 없었다.

무가내는 자신의 어깨를 베려고 곧장 그어오는 도를 보고도 피하지 않았다.

총표두가 막으라고만 했지 피하라는 말은 하지 않았기 때문이다.

그러나 사실 총표두의 말은 막거나 피하라는 뜻이었다. 그리고 그것은 상식 중에서도 상식이다.

총표두는 무가내가 피하지 않자 그를 다치게 할지도 모른다는 생각에 급히 도를 멈추려고 했다.

껑!

그러나 다음 순간 무가내는 어느새 어깨의 석검을 뽑아 자신의 머리 위에서 가로로 눕혀 도를 막아냈다. 그 동작이 얼마나 빠른지 총표두는 제대로 보지도 못했다.

움찔 놀란 총표두는 불끈 호기가 일어 여태까지보다 더욱 맹렬하게 공격을 퍼붓기 시작했다.

쐐애액! 쐐액!

공격이 숨 쉴 틈 없이 계속 이어졌다.

쩌쩡! 쩡!

그리고 무가내는 우뚝 선 채 오른팔을 이리저리 휘둘러 너무도 간단하게 막아내고 있었다.

오 초식이 지나자 총표두는 적잖이 놀라면서도 반드시 무가내를 꺾고 말겠다는 호승심이 은근히 치밀어 올랐다.

자신의 공격이 시작된 이후 지금껏 무가내가 그 자리에 우뚝 선 채 한 걸음도 움직이지 않고 있는 것을 발견했기 때문에 그런 생각이 더욱 들었다.

총표두는 조금 전에 무가내가 좌표두 앞에서 전개한 검법을 봤지만 무슨 검법인지는 간파하지 못했다.

하지만 일난 그 쾌속함과 위력이 대단하다는 사실을 어느 정도 간파했다.

그 검법의 이름이나 종류가 무엇인지는 모르지만, 필경 범상하지 않을 것이라는 판단하에 무가내에게 자신의 십 초식을 막아보라고 제안한 것이었다.

그러면서도 설마 무가내가 이 정도로 고강할 것이라고는 생각하지 못했다.

잘해봐야 자신의 오륙 초식 정도를 막아낼 것이고, 설사 그렇다고 해도 그 정도면 대단한 수준이었다.

그런데 막상 뚜껑을 열어보니 그게 아니었다. 무가내의 실력은 총표두의 예상을 훨씬 뛰어넘고 있었다.

사실 총표두는 지금까지 전개한 오 초식은 절반의 공력만을 발휘했다.

하지만 계속 그런 식으로 공격하다가는 무가내가 십 초식을 모두 막아낼지도 모른다는 불길한 예감이 들었다. 그래서 육 초식부터는 전력을 다 쏟아내기 시작했다.

파아아!

총표두의 도가 허공을 가르는 파공성이 달라졌으며, 속도와 위력이 더욱 빠르고 강력해졌다.

보고 있는 석중명과 좌표두는 총표두가 전력을 다 쏟기 시작했다는 사실을 깨닫고 바짝 긴장했다. 두 사람은 총표두가 얼마나 고강한지 잘 알고 있었다.

쩌겅! 쩡!

총표두의 공격은 큰 변화가 있었지만, 무가내가 아무렇지도 않게 간단히 석검을 휘둘러 척척 막아내는 것에는 조금도 변함이 없었다.

"......!"

그때 총표두와 좌표두, 석중명은 발견했다. 무가내가 천천히 고개를 들어 하늘로 시선을 던지고 있었다.

그리고 얼굴에는 지루하다는 표정이 떠올랐다. 그러면서도 오른손으로는 석검을 휘둘러 총표두의 공격을 훤히 알고 있다는 듯 모조리 막아내고 있었다.

총표두와 석중명, 좌표두는 놀라움을 금치 못했다. 이 상황을 도대체 어떻게 이해해야 할지 갈피를 잡지 못했다.

"아, 예쁜 새다."

그때 문득 하늘을 올려다보고 있던 무가내의 얼굴이 환하게 밝아졌다.

한 마리 예쁜 새가 머리 위로 날아가고 있는 것을 발견했기 때문이다.

사실 오악도에는 철새나 바닷새가 주류를 이루고 있기 때문에 지금 그가 보고 있는 새처럼 알록달록 예쁜 새는 눈을 씻고도 찾아볼 수가 없었다.

문득 예쁜 새를 바라보는 무가내의 입 안에 침이 고였다.

"맛있겠다."

마침내 총표두의 얼굴에는 어이없음과 불신의 표정이 가득 떠올랐다.

석중명과 좌표두의 얼굴은 경악으로 물들어 벌린 입을 다물지 못했다.

쩡!

무가내는 새가 멀리 날아가는 것을 계속 눈으로 쫓다가 새가 더 이상 보이지 않자 아쉬운 표정을 지으며 총표두의 마지막 십 초식을 막아냈다.

"아아……!"

좌표두는 무가내를 쳐다보면서 망연자실한 표정을 짓고 있었다. 그는 그제야 비로소 무가내의 진가를 깨달았다.

지금껏 두 눈에 덮여 있던 뿌연 막이 한 꺼풀 벗겨진 것 같은 느낌이었다.

황룡표국에서 두 번째로 고강한 총표두가 전력으로 쏟아내는 공격을 한눈을 팔면서, 그것도 새에게 정신을 뺏긴 채 모두 막아냈다는 사실을 눈으로 똑똑히 목격했으면서도 도저히 믿어지지가 않았다.

"열 번 공격, 벌써 끝난 거야?"

이윽고 무가내가 하늘에서 시선을 거두어 총표두를 쳐다보며 물었다.

세 사람은 그때 무가내가 약하게 하품을 하는 것을 발견하고는 아예 기가 질린 표정이 되어버렸다.

총표두는 대답하지 않았다. 아니, 너무 놀라서 뭐라고 말을 해야 할지를 몰랐다.

그는 여태까지의 무가내에 대한 평가를 전면 수정할 수밖에 없었다.

무가내의 진정한 실력이 어느 정도인지는 정확하게 알 수 없지만, 최소한 자신보다는 훨씬 강하다고 판단했다.

그러나 총표두는 수치심을 느끼지는 않았다. 다만 무가내에 대한 놀라움과 감탄만을 거듭했다.

그는 대단히 공명정대한 사람이라서 타인의 탁월함을 대하면 진심으로 탄복하고 아울러 자신의 모자람을 반성하는 성격의 소유자였다.

"자네, 사문이 어딘가?"

한참 만에야 총표두가 진중하게 물었다.

"사문이 뭐지?"

"누구에게 무공을 배웠나?"

"아, 사문이 그런 뜻이야? 나는 어릴 때부터 네 명의 마물들에게 배웠어."

"네 명의 마물?"

"응. 혈검, 소기, 독구, 빙염이라고 해. 그들을 알아?"

총표두는 고개를 가로저었다. 무가내가 지어준 이름들을 총표두가 알 리 만무했다.

"나, 쟁자수 할 수 없는 거야? 자격이 안 돼?"

무가내가 진시한 얼굴로 물었다. 그가 지금처럼 진지한 표정을 짓는 것은 아마도 생전 처음일 것이다.

쟁자수가 되어 한 달 녹봉으로 은자 두 냥을 벌어야 한다는 것은 그만큼 그에게 절박한 일이었다.

총표두는 생각했다. 무가내 같은 고수가 황룡표국에 들어온다면 천군만마를 얻은 것이나 다름없다.

무가내가 세상이나 무림의 경험이 거의 없으며 예의범절도 전혀 모르는 것 같지만, 그런 것은 앞으로 가르치면 될 일이니 문제가 되지 않을 터이다.

잘만 가르치면 장차 황룡표국의 든든한 기둥이 될 것이라고 총표두는 믿어 의심치 않았다.

무가내의 실력은 지금 당장 표두를 맡겨도 무리가 없을 정도였다.

그렇지만 경험을 쌓기 위해서는 밑바닥에서부터 시작하는 것이 좋을 듯했다.

"충분하네. 자네를 황룡표국의 하쟁자수로 임명하고 육표대에 배속하겠네."

그래서 일단 그렇게 임명하고 이후 유심히 지켜보기로 했다. 그리고 석중명과 좌표두는 총표두의 그런 생각을 어렵지 않게 짐작할 수 있었다.

"육표대?"

"나와 함께 있는 것입니다."

"그거 좋군!"

석중명의 말에 무가내의 입이 함지박처럼 벌어졌다.

그러자 총표두가 의아한 표정으로 석중명에게 물었다.

"자네 둘은 아는 사이라더니, 게다가 연배도 중명, 자네가 위인 것 같은데 이 친구에게 존대를 하는 것인가?"

깜짝 놀란 석중명이 당황해서 얼버무렸다.

"아, 잠시 착각을 했습니다."

그는 자신의 말이 맞는다는 것을 증명하기 위해서 무가내에게 반말을 하였다.

"그렇지 않아, 무가내?"

"응, 그래."

무가내는 자신이 쟁자수가 됐다는 사실 때문에 기분이 좋아 싱글벙글 웃으면서 고개를 끄떡였다.

그리자 좌표두가 무가내를 사리키면서 총표누에게 조심스럽게 물었다.

"총표두님, 이 사람은 우표두 휘하에 두는 것이 좋겠습니다. 아무래도 우표대가 전력이 약간 떨어지니까……."

솔직히 그는 무가내 같은 괴물을 감당해 낼 자신이 없었다. 또한 변화가 두렵고 지금 이대로가 좋았다.

황룡표국의 여섯 개 표대는 각기 오십 명씩 배치되어 있으며, 각 표대에는 좌우 표대 두 개가 있는데, 좌표두, 우표두가 지휘를 하고, 두 명의 표사와 이십오 명씩의 쟁자수를 휘하에 두고 있나.

총표두는 좌표두의 속셈을 간파했지만 내색하지 않고 고개를 끄떡였다.

"알았네. 무가내와 석중명을 우표대에 배속하겠네."

그때 무가내가 총표두를 멀뚱멀뚱 쳐다보면서 물었다.

"그런데… 녹봉은 언제 주지?"

그의 목적은 오직 돈이었다.

석중명이 급히 대답했다.

"녹봉은 한 달이 지나야 나오는 것… 일세."

그는 하마터면 존대를 할 뻔했으나 위기를 잘 넘겼다.

"그럼 그동안 뭘 먹고살지?"

무가내가 잔뜩 걱정스러운 얼굴로 중얼거리자 석중명이 애써 웃어 보이며 설명했다.

"하하! 먹는 것과 입는 것, 자는 것은 표국에서 모두 제공하니까 걱정하지 않아도 되네!"

"그래? 핫핫핫! 그것 정말 잘됐군!"

무가내는 정말 기분이 좋아서 껄껄 웃고, 석중명은 진땀을 빼느라 억지웃음을 웃고 있을 때, 한 명의 표사가 달려와 총표두에게 공손히 보고했다.

"총표두님, 손님께서 도착하셨습니다."

"그래?"

단지 손님이라고만 보고를 접했는데도 그가 누군지 알고 있는 듯 총표두는 서둘러 그 자리를 떠났다.

第十三章
천신강림(天神降臨)

“상아!”

내실에 있던 황룡표국의 표국주 절강일협(浙江一俠) 은기도(殷寄道)는 수하의 전갈을 받고 한달음에 달려나와 반갑게 외쳤다.

대전 안으로 천상옥봉 은예상과 그녀의 호위무사인 냉운월이 들어서고 있었다.

“숙부님!”

은기도를 발견한 은예상은 그 사리에 걸음을 멈추고 가늘게 몸을 떨었다.

가문이 멸문한 후 구사일생으로 살아남아 단 한 명의 일가

친척인 은기도를 찾아 이곳까지 오는 동안 겪었던 고충과 심적인 고통을 꾹꾹 눌러 참고 있었는데, 은기도를 보는 순간 한꺼번에 솟구쳐 오른 것이다.

"소질 예상이 숙부님을 뵈어요."

은예상이 그 자리에 무릎을 꿇고 큰절을 올리자 은기도가 급히 그녀를 부축해서 일으켰다.

"얼마나 고생했느냐? 내가 그 사실을 너무 늦게 알게 되어 형님 내외와 너를 돕지 못했구나. 미안하다."

"아니에요, 숙부님. 소녀는… 으흑!"

은예상은 슬픔이 복받쳐 올라 말을 잇지 못하고 은기도의 품에 안겨 울음을 터뜨리고 말았다.

"이제는 괜찮다. 아무 걱정 말아라."

은기도는 은예상의 등을 다독거리며 위로했다. 하지만 그는 비명에 죽은 은예상의 부모, 즉 자신의 형과 형수 생각에 목이 메어서 말을 잇지 못했다.

은예상의 가문인 호남성(湖南省) 악양(岳陽)의 숭검문(崇劍門)이 멸문한 것은 이십여 일 전의 일이고, 그 사실을 은기도가 알게 된 것은 닷새가 지난 보름 전이었다.

은기도는 그 소식을 접하자마자 총표두를 비롯한 황룡표국의 뛰어난 표두와 표사, 쟁자수 백여 명을 이끌고 말을 몰아 쉬지 않고 숭검문으로 달려갔다.

그러나 잿더미로 변한 숭검문의 참혹한 광경만이 그를 맞아주었다.

청천벽력 같은 충격에서 겨우 벗어난 은기도는 일단 백여 구의 시신을 수습했다.

처참하게 죽음을 당한 형과 형수의 시신을 발견하고는 통곡을 하면서 피눈물을 흘렸다.

그러나 질녀인 은예상의 시신을 발견하지 못했기에 그녀가 살아 있을 것이라는 짐작으로 마음이 놓인 한편, 그녀가 어디에서 무슨 심한 고초를 겪고 있을지도 모른다는 생각에 초조함을 떨치지 못했다.

이후 은기도는 주변을 탐문한 결과 숭검문이 멸문을 당한 이유를 어렵지 않게 알아낼 수 있었다.

사해방(四海幇)은 저 유명한 혼천대전에 참가했던 중원삼십육태두의 하나로써 쟁쟁한 명성과 막강한 위세를 떨치고 있는 호남성의 패자이다.

사건의 발단은 대략 이러했다.

사해방의 소방주인 광천패도(光猛覇刀) 조진우(趙進祐)라는 자는 몇 년 전에 우연히 은예상을 한번 보고는 그때부터 마음 속 깊이 그녀를 흠모하여 어떻게 하면 그녀의 마음을 얻을 수 있을까 노심초사 애를 태워왔다.

그리던 중, 근래에 들어 마침내 결심을 굳히고 숭검문에 직접 찾아가서 그녀의 부친인 숭검협우(崇劍俠羽) 은장후(殷將厚)에게 그녀와 혼인을 하고 싶으니 허락해 달라고 단도직입적으로 요구하기에 이르렀다.

그러나 은장후는 일언지하에 거절했다. 조진우의 성품이 몹시 포악한데다가 무례하기로 소문이 나 있으며, 더 중요한 것은 은예상 본인이 조진우라면 경기를 일으킬 정도로 싫어한다는 사실이었다.

조진우는 숭검협우 은장후에게 자신이 은예상과 혼인을 하면 장차 숭검문이 세력과 명성을 크게 높이게 되어 부귀영화를 누릴 것이지만, 만약 혼인을 거절하면 숭검문을 멸문시킬 것이라고 협박했다.

그렇지만 성품이 대쪽 같고 불의와 타협을 할 줄 모르며, 강한 자에게는 강하게, 약한 사람에겐 약하게 응대를 하는 협골(俠骨)인 은장후는 조진우의 협박에 불같이 노하여 호통을 쳐서 내쫓았다.

은장후는 조진우의 협박이 내심 마음에 걸렸으나 크게 염려하지는 않았다.

사해방은 호남무림의 패자로서 정파이고 숭검문도 정파다. 대명 천지에 정파인 사해방이 단지 혼인을 거절했다는 이유만으로 숭검문을 공격하는 무모한 짓은 하지 않을 것이라고 생각했기 때문이다.

그렇지만 은장후의 그런 안일한 생각은 며칠이 지나지 않아 여지없이 깨지고 말았다.

조진우가 물러간 지 사흘째 되는 날 밤 자정 즈음, 그는 사해방의 정예 고수를 무려 삼백여 명이나 이끌고 와서 깊은 잠에 빠져 있는 숭검문을 급습했다.

그의 목적은 숭검문을 멸문시키고 은예상을 납치하여 강제로라도 혼인을 하겠다는 것이었다.

한 번 갖겠다고 마음을 굳히면 물불을 가리지 않는 평소의 성격 그대로였다.

숭검문은 호남성의 소문파 중 하나다. 사해방의 전력에 비하면 십분지 일에도 미치지 못하는 수준이다.

그렇기 때문에 불과 백여 명의 문하 제자만으로는 조진우가 직접 이끄는 사해방의 삼백여 정예 고수들의 급습을 당해낼 재간이 없었다.

그래서 숭검문은 너무도 어이없게 두 시진 만에 멸문당하고 말았다.

은장후 부부와 백여 명의 문하 제자들이 깡그리 몰살당한 것은 말할 필요도 없었다.

냉운월은 숭검문주인 은장후로부터 무슨 일이 있어도 은예상을 무사히 도주시키라는 엄명을 받았다.

그렇지만 그녀는 풍전등화의 위기에 처한 숭검문을 외면한 채 은장후의 명령을 수행할 수가 없었다.

그래서 그녀는 석을 한 명이라도 더 죽이려고 악귀처럼 날뛰면서 분투했다.

그러나 숭검문은 빠르게 멸문의 길로 치닫고 있었다. 도저히 회생의 기미가 보이지 않았다.

그리고 은예상과 냉운월이 지켜보고 있는 가운데 은장후 부부가 적에 의해서 무참하게 살해당했다.

결국 냉운월은 피눈물을 흘리며 도주를, 아니, 은예상을 도주시키기로 결심할 수밖에 없었다.

그녀는 돌아가신 부모님의 시신을 방치한 채 자신만 살려고 도주할 수 없다면서 울부짖는 은예상의 혼혈을 제압하여 품에 안고 잠시도 쉬지 않은 채 사흘 밤낮을 달려서야 기적적으로 그녀를 살려낼 수 있었다.

졸지에 가문과 부모를 잃은 은예상이 몸을 의탁할 곳은 숙부인 은기도의 황룡표국 한 군데뿐이었다.

그래서 냉운월의 호위를 받으면서 사해방의 추적을 피해 이십여 일 동안 길을 재촉한 끝에 이렇게 황룡표국에 도착한 것이었다.

"표국주님."

그때 총표두가 급히 달려 들어왔다.

"따라오게."

은기도는 은예상의 어깨를 팔로 감싸고 부축하면서 대전 안쪽으로 들어가며 지시했다.

"웅(雄) 제."

"말씀하십시오, 형님."

오십이 세의 은기도와 사십오 세의 총표두는 의형제지간이라서 사석에서는 호형호제했다.

　실내의 탁자에는 은기도와 은예상이 나란히 앉았고, 그 맞은편에 총표두 양신웅(梁信雄)이, 은예상의 옆에는 냉운월이 우뚝 서 있었다.

　실내에는 이들 네 사람뿐이었다.

　은기도가 은예상을 가리키면서 양신웅에게 말을 꺼냈다.

　"일전에 자네에게 말했던 내 질녀 상아일세."

　양신웅은 은기도와 함께 악양의 숭검문까지 다녀왔으므로 은예상에 대해서 잘 알고 있었다. 그는 은예상에게 정중히 포권을 했다.

　"양신웅이오. 천상옥봉 은 소저를 뵙게 되어 영광이오."

　양신웅은 원래 여색을 멀리하는 사람으로도 유명했다. 또한 이날까지 자신의 아내 이외의 여자는 손목을 잡아본 적도, 음심을 품어본 적도 없었다.

　여자의 미모라든지 몸매 따위에 전혀 관심이 없었고, 그의 관심은 오직 황룡표국의 발전과 자신의 무공을 증진시키는 것뿐이었다.

　그런 그였지만 아까부터 은예상의 얼굴에서 시선을 떼지 못하고 있으며, 내심 찬탄을 금치 못하고 있는 중이었다.

　그 정도로 은예상이 아름답기 때문이었다. 그가 본 은예상은 조물주가 만들어놓은 피조물 중에서 가장 아름다운 존재

일 것 같았다.

백옥보다 더 희고 눈부시며, 보고 있으면 시선을 떼지 못하고, 감탄 때문에 저절로 눈과 입이 벌어지는 절세적인 아름다움이라서 미상불 그녀의 미소 한 번이면 부처의 마음마저도 녹일 듯했다.

그런데 지금 양신웅이 보고 있는 은예상은 고혹적인 슬픔을 한껏 품고 있었다.

그래서 그녀를 바라보고 있는 양신웅의 마음도 괜히 슬퍼졌다.

그때 은예상이 눈을 내리깔면서 양신웅에게 공손히 입을 열었다.

"소녀는 숙부님의 질녀이니 부디 말씀을 낮추세요."

"그렇게 하게. 자네는 내 의제이니 상아는 자네에게도 질녀인 셈일세."

은예상과 은기도가 함께 부탁을 하자 양신웅은 마지못해서 고개를 끄떡였다.

"그렇게 하마."

은기도는 더욱 진중한 표정을 지으며 목소리를 낮추었다.

"무슨 일이 있어도 상아가 이곳에 머물고 있다는 사실은 비밀로 해야 하네. 상아를 목격한 표국 내의 수하들에겐 철저히 입단속을 시키고, 수상한 자들이 본 표국에 출입하는 것을 엄금하도록 하게."

"알았습니다."

양신웅은 대답을 한 후 은예상을 보면서 말을 이었다.

"상아의 거처를 후원의 별채로 정하고, 별채를 본 표국의 금지(禁地)로 정하는 것과 동시에 엄선한 표두 한 명과 표사 다섯 명으로 하여금 상시 호위하도록 하겠습니다."

"고맙네."

그러나 은예상은 뭔가를 곰곰이 생각하는 듯하다가 이윽고 입을 열었다.

"두 분의 말씀은 고맙지만 소질은 며칠 동안만 이곳에 머물겠어요. 그 이후 이곳을 떠나서 아무도 모르는 곳에 은거할 생각이에요."

"상아, 그게 무슨 소리냐? 내 집을 놔두고 네가 어디로 가겠다는 말이냐?"

은기도가 말도 되지 않는다는 듯 놀라서 외치자 은예상의 얼굴에 착잡함이 떠올랐다.

"소질 때문에 가문이 멸문을 당하고 부모님께서 돌아가셨어요. 아마도 조진우라는 자는 절대 포기하지 않을 거예요. 소질이 이곳에 있으면 황룡표국도 위험해요. 그러니까 소질이 떠나야만 해요."

그녀는 말끝에 단호한 표정을 지었지만 은기도는 그녀보다 더 강경했다.

"아마 그런 일은 없을 것이다. 사해방이 비록 호남무림의 패자이긴 하지만, 이곳 절강무림의 한복판인 항주에 있는 본 표국까지 어떻게 하지는 못할 것이다. 이곳에는 절강무림의 패자인 구룡방을 비롯한 쟁쟁한 명문대파들이 버티고 있기 때문이다. 구룡방과 그들은 사해방의 발호를 결코 좌시하지 않을 것이다."

그의 말이 맞다. 호남무림의 패자인 사해방이 절강무림에 와서 절강오대표국 중 하나인 황룡표국을 어떻게 하지는 못할 터이다.

그것은 절강무림의 패자인 구룡방과 이곳 명문대파들의 자존심이 걸린 일이기도 하기 때문이다.

"그러니 너는 아무 생각 말고 이곳에서 편하게 지내도록 해라. 만에 하나 조진우라는 놈이 또다시 너를 괴롭힌다면, 나는 목숨을 걸고서라도 너를 지키고 그참에 그놈을 죽여 버리고 말 테다."

"숙부님……."

"형님 말씀대로 해라, 상아. 나도 목숨을 걸고 너를 지키도록 하마. 본 표국의 표두와 표사들은 네가 생각하는 것보다 강하단다."

양신웅은 믿음직스러운 표정으로 은기도를 거들었다.

은예상은 이곳에 잘못 왔다는 생각이 들었다. 이곳에 들르지 말고 아무도 모르는 곳으로 가서 숨어 살 것을 잘못했다는 후회가 밀려들었다.

하지만 그렇게 하려면 얼마 정도의 돈이 필요했다. 그래서 그녀는 은기도에게 돈을 빌릴 생각으로 이곳에 들른 것인데 발목이 잡히고 만 것이다.

그러나 지금 그녀가 걱정하고 있는 것은 자신의 안위 같은 것이 아니었다.

그녀는 자신의 참담한 신세 때문에 거의 자신에 대해서는 포기하고 있는 심정이었다.

단지 자신 때문에 숙부 가족과 황룡표국의 무고한 사람들이 또다시 조진우에게 죽임을 당하게 될까 봐 그것을 염려하고 있었다.

*   *   *

무가내는 쟁자수가 된 다음날 첫 임무에 나섰다.

항주에서 안휘성의 성도인 합비(合肥)까지 구백여 리에 이르는 꽤나 먼 표행길이었다.

표물은 무림에서도 알아주는 항주 금보장(金寶莊)에서 제조한 도검 사천 자루로, 도와 검이 각각 이천 자루씩이었다.

하지만 무가내는 표물이 무엇인지는 관심도 없었다. 그는 출발하자마자 주위의 경치를 구경하기에 바빴다.

그러나 사실 그는 출발하기 전에 아무도 없을 때 표물이 무엇인지, 중원의 무림인들은 어떤 도검을 사용하고 있는지 꼼

꼼하게 살핀 후였다. 그렇지만 그것들은 그의 관심을 그리 오래 끌지는 못했다.

이른 아침 동이 트자마자 항주를 출발한 황룡표국 제육표대 우표대는 늦은 오후 무렵인 지금 영롱하(玲瓏河) 상류에 도달해 있었다.

무가내는 그야말로 신바람이 났다. 그래서 표물을 운반 중에는 표사와 쟁자수들이 표물에서 삼 장 이상 떨어지면 안 된다는 사실을 누누이 일러주었어도 듣는 즉시 잊어버리는 것 같았다.

구경하고 싶은 욕구가 그를 가만히 내버려 두지 않았다. 그러나 사실 잊어버린 것이 아니라 무시하는 것이었다. 대저 그 무엇이 무가내를 속박하겠는가.

그의 직속상관인 표사와 석중명이 아무리 꾸짖고 타일러도 막무가내였다.

조금 전에 그는 감쪽같이 사라졌다가 경치를 실컷 구경하고는 한 시진 만에 나타나서 모두를 황당하게 만들었다.

그래서 결국 그의 파행은 무리를 이끄는 우두머리인 우표두의 귀에까지 들어가고 말았다.

어떤 일이 있어도 표행이 멈춰서는 안 된다. 멈추는 경우는 잠을 잘 때와 식사를 할 때뿐이어야 한다.

그래서 그는 꾸지람을 듣기 위해서 우표두가 탄 수레의 어자석 옆 발판에 올라서 있었다.

그런데 그 상황에서도 그는 주위를 두리번거리면서 경치를 구경하기에 바빴다.

그에게 중원의 경치는 그야말로 환상적이었다. 볼품없는 숲이나 바윗덩어리뿐인 산, 그리고 독물이 득실거리는 계곡 따위만 가득한 오악도에서만 살아온 그에게 중원의 산천은 한마디로 별세계였다.

그는 아직 모르고 있었지만, 그가 광대한 중원의 경치를 보면서 가슴속이 가득하게 팽팽해지고 무엇인가 폭발할 듯이 분출하는 느낌을 받는 것은 이른바 호연지기(浩然之氣)라는 것이었다.

대장부라면 마땅히 기워야 할 그 호연지기를 자신도 모르는 사이에 산천의 풍광을 보면서 기르고 있었다.

어쩌면 그는 막연하게나마 무엇인가 가슴속에 차곡차곡 쌓여가는 것을 느끼고 있는지도 모른다. 그래서 자꾸만 경치를 보고 싶어하는 것일 게다.

"무가내, 천하의 무수한 방, 문파나 조직에는 각자 정한 규칙과 질서라는 것이 있다."

무가내는 듣고 있지 않는 것 같았다. 그의 시선은 언덕 저 아래 굽이쳐 흐르는 영롱하를 살피고 있었다.

하시만 우뾰누는 개의치 않았다. 그는 이런 망나니를 다루는 방법을 잘 알고 있었고, 자신의 경험을 믿었다.

그의 믿음은 한 가지뿐이다. 순종하면 받아들이고 반항하면 내치는 것이었다.

"본 표국에도 몇 가지 엄중한 규칙이 있다. 그중 하나가 표행 중에는 표사와 쟁자수가 표물에서 삼 장 이상 벗어나면 안 된다는 것이지."

무가내의 시선이 이번에는 저 멀리 운해(雲海)에 휘감겨 있는 웅장한 동천목산(東天目山)으로 향하더니 급기야 탄성이 터져 나왔다.

"햐아! 굉장하구나!"

그는 동천목산을 바라보면서 크게 심호흡을 했다. 마치 그 산의 정기를 빨아들이는 듯한 모습이었다.

우표두 옆에 앉아서 수레를 몰고 있는 쟁자수가 무가내의 어이없는 행동에 자신도 모르게 키득거리며 웃다가 우표두의 예리한 눈빛에 찔끔하여 괜히 애꿎은 말 잔등에 채찍을 후려 갈겼다.

"이랴! 이놈의 말이!"

짧은 거리이며 무거운 짐을 운송할 때의 표행에는 소가 끌지만 그 반대일 때에는 말 두 마리가 한 대의 수레를 끄는 것이 상식이다.

무가내는 두리번거리다가 자신이 방금 쳐다봤던 산 뒤쪽에 그와 비슷한 크기이며 높이인 산 하나를 더 발견하고는 방금 전보다 더 큰 탄성을 터뜨렸다.

"우와! 똑같은 산 두 개가 마주 보고 있구나! 저 두 개의 산

이름이 뭐지?"

두 산 사이의 거리는 대략 삼십여 리 정도이며, 동쪽에 있는 것이 동천목산이고 맞은편의 것이 서천목산이다.

지금 이들 무리는 두 산 사이를 흐르는 영롱하 강가를 지나고 있는 중이었다.

우표두는 무가내의 반응에 상관하지 않고 말을 이었다.

"만약 지금부터 한 번이라도 규칙을 어기면 그 즉시 자네의 쟁자수 지위를 가차없이 박탈하겠네."

우표두는 자신의 말을 무가내가 분명히 들었을 것이라고 생각했다.

아니, 사실은 듣지 않았어도 상관이 없다. 지금부터 무가내가 규칙을 어기면 그가 말한 대로 쟁자수의 지위를 거두면 될 테니까 말이다.

우표두는 황룡표국 내에서도 강직하고 엄격하기로 소문이 난 인물이다.

그는 황룡표국 열네 명의 표두 중에서 최말단이다.

그것은 그의 무술 실력이 최하위라서가 아니라 천성적으로 아첨을 못하고 무뚝뚝한 성격이라 윗사람과의 관계가 껄끄러워서 번번이 승급 심사에서 누락하기 때문이었다.

"이봐, 저 두 산 이름이 뭐지?"

무가내는 자신의 물음에 우표두가 대답하지 않자 수레와 나란히 가고 있는 말을 탄 표사에게 물었다.

표행에서는 표두와 표사들만 말을 탈 수 있고, 쟁자수들은 수레를 몰거나 걷는다.

무가내는 쟁자수가 된 지는 만 하루가 되어가고, 동료들과 첫 대면을 한 것은 오늘 아침이었다.

그런데 그 짧은 시간에 벌써 동료들 사이에서 골칫덩이로 낙인이 찍힌 상태였다. 그의 건방진 말투와 천방지축, 안하무인인 행동 때문이다.

"동천목산과 서천목산이다."

표사는 귀찮다는 듯 눈살을 찌푸리며 대답했다.

"나 구경 좀 다녀올게!"

말이 끝나기도 전에 무가내는 누가 말릴 사이도 없이 수레에서 뛰어내려 길을 벗어나 울창한 숲으로 쏙 들어가더니 금세 보이지 않았다. 우표두의 엄포 같은 것은 신경조차 쓰지 않은 행동이었다.

"무가내!"

석중명이 다급히 불렀으나 숲 속에서는 이름 모를 산새 소리만 들려올 뿐이었다.

놀라서 자신도 모르게 걸음을 멈춘 석중명은 무가내가 사라진 숲을 망연히 바라보았다.

우표두의 추상같은 명령이 있었으므로 무가내가 다시 돌아온다고 해도 그 즉시 쟁자수의 지위가 박탈될 것이다.

그렇게 되면 그는 쟁자수가 된 지 하루 만에 쫓겨나는 것이며, 이 무리에서 즉시 떠나야만 한다.

"석중명! 무엇 하는 것이냐?"

우두커니 서 있던 석중명은 표사의 호통에 화들짝 놀라서 황급히 수레를 뒤따랐다.

그로부터 한 시진이 지나서 우표두가 이끄는 무리가 절강성과 안휘성의 성계(省界)를 넘어 수양강(水陽江)의 상류로 접어들 때까지도 무가내는 돌아오지 않고 있었다.

이들 무리는 수양강의 중류 지역에 위치한 영국현(寧國縣)에서 첫날밤을 보낼 계획이었다.

지금 이들이 가고 있는 곳에서 영국현까지는 약 삼십여 리의 거리였다.

속도를 조금 더 빨리 해야만 해 지기 전에 당도할 수 있을 터이다.

"중속(中速)으로!"

늠름하게 말을 타고 가던 우표두는 행렬이 언덕 꼭대기에 이르렀을 때 팔을 들어 올리며 명령을 내렸다.

그러자 행렬의 속도가 여태까지보다 절반 정도 더 빨라졌다.

최저의 속노가 미속(微速)이고, 그다음이 저속(低速), 완속(緩速), 평속(平速), 중속, 쾌속(快速)으로 점차 빨라지며, 가장 빠른 최속(最速)은 전력으로 질주하는 것이다.

지금부터 이십여 리 정도는 경사가 완만한 내리막길이라서 중속으로 간다고 해도 쾌속의 속도가 날 것이다.

절강성 일대의 지리와 지형을 거의 완벽하게 파악하고 있는 우표두의 능력이 엿보이는 순간이었다.

이런 지형에서는 힘은 최소한으로 드는 대신 속도는 빠를 수밖에 없다.

우두두두!

네 대의 수레와 다섯 필의 말이 지축을 울리면서 흙먼지를 일으키며 내리막길을 달려 내려갔다.

쟁자수들은 평지에서는 걸어가고 오르막에서는 수레를 밀지만, 내리막길에서는 수레에 올라탄다.

그때 선두에서 길을 열고 있는 제이표사가 전방을 쳐다보다가 미간을 약간 좁혔다.

백여 장 전방의 좁은 길 한복판에 무엇인가 서 있는 것을 발견한 것이다.

그가 이십 년의 내공을 끌어올려 시력을 돋워 살펴보니 그것은 사람이었다.

백여 장의 먼 거리여서 자세하게는 확인할 수 없었지만 사람인 것만은 분명했다.

그는 즉시 오른팔을 치켜들어 활짝 펼친 손바닥을 좌우로 흔들어서 뒤쪽에 신호를 보냈다.

그것은 전방에 이상이 있으니 모두 경계하라는 표행 중의 신호였다.

우두둑!

중간쯤에 있던 우표두는 말을 몰아 선두의 이표사와 나란히 달리면서 전방을 주시했다.

그의 내공은 오십 년 수준이다. 내공과 무공 면으로는 황룡표국에서 다섯 번째의 실력자였다.

그는 칠십여 장으로 가까워진 전방에 우뚝 서 있는 인물이 홍의를 입었으며, 어깨에 한 자루 도를 메고 있고, 이쪽을 향하고 있다는 사실을 확인했다.

"완속하면서 주위를 경계하라."

그의 경험으로 미루어 무언가 심상치 않았다. 그는 전방의 홍의인에게서 시선을 떼지 않은 채 명령했다.

순간 수레의 속도가 절반 이하로 뚝 떨어졌으며, 그와 동시에 쟁자수들이 수레에서 뛰어내려 일사불란하게 행렬을 에워싼 채 이삼 장 거리를 유지하며 날카롭게 주변을 살피면서 전진하기 시작했다.

우표두는 심상치 않은 분위기를 느꼈다. 언제부터인지 주변의 숲에서 새소리가 들려오지 않고 있었다.

'방심했다.'

후회했지만 이미 늦었다. 숲에서 새소리가 들리지 않는 것은 숲 속에 사람들이 은신하고 있다는 뜻이다.

쿠르르—

다각다각.

적막한 산중에 수레바퀴가 구르는 소리와 말발굽 소리만이 메마르게 울려 퍼졌다.

"최속 전진으로 돌파한다."

마침내 우표두는 결정을 내렸다.

그가 나직하면서도 힘있는 목소리로 명령하자 말을 타고 있는 네 명의 표사가 전면으로 나섰다.

우표두와 일표사, 이표사가 선두에, 그 뒤에 삼표사와 사표사가 바짝 따르고, 그 뒤에 네 대의 수레가 간격을 최소한으로 좁힌 채 전속력으로 달리기 시작했다.

우두두두!

그 순간 느닷없이 좌우 숲에서 수십 명의 괴인물이 날렵하게 쏟아져 나와 흉의인 양옆에 늘어섰다.

순식간에 전방에는 삼십 명의 괴인물이 폭 이 장가량의 좁은 길을 겹겹이 가로막은 상황이 돼버렸다.

움찔 놀란 우표두는 전방을 주시하면서 이대로 돌파하느냐 아니면 멈추느냐를 놓고 갈등했다.

자신과 표사들, 그리고 쟁자수들이 괴인물들과 싸우는 동안 네 대의 수레가 전속력으로 달린다면 표물은 뺏기지 않을 수도 있다.

하지만 그러려면 우표대가 괴인물들을 몰살시키든가, 아니면 오랫동안 붙잡고 있어야만 할 것이다.

"우표두님, 뒤에도 적입니다."

그때 우표두의 뒤를 바짝 따르던 삼표사가 다급한 목소리로 보고했다.

우표두는 급히 뒤를 돌아보다가 안색이 어둡게 변했다.

언제 나타났는지 행렬의 뒤쪽에도 약 삼십 명의 괴인물이 나타나서 바짝 뒤쫓고 있었다.

괴인물들이 육십 명이나 된다면 돌파는 불가능하다. 이런 상황에서의 전면전은 표물도 잃고 우표대 전원이 몰살하는 최악의 결과를 초래하고 말 것이다.

"정지!"

우표두가 손을 쳐들며 급히 외치는 것과 동시에 전속력으로 질주하던 우표대의 행렬이 일제히 멈췄다.

전방을 가로막고 있는 괴인물들과 우표대와의 거리는 불과 오 장 남짓으로 좁혀졌다.

우표대는 표두까지 모두 합해봐야 이십육 명이다. 아니, 무가내가 빠졌으니 이십오 명뿐이다.

그런데 괴인물들은 이쪽보다 두 배가 훨씬 넘는 육십여 명에 달했다.

우표두는 재빨리 전방의 괴인물들을 살펴보면서 내심으로 그들이 산적이나 화적 떼이기를 간절히 바랐다.

산적이나 화적은 말 그대로 도적 떼이다. 오합지졸이기 때문에 백 명이라고 해도 무서울 것이 없다.

황룡표국의 표사와 쟁자수들은 잘 훈련된 정예 무사들이기 때문에 산적이나 화적들을 상대로 싸운다면 그야말로 일당백의 실력을 발휘한다.

　　그렇지만 우표두는 조금 전에 홍의인이 길 한복판에 서 있었으며, 잠시 후에 수십 명이 숲 좌우에서 튀어나왔고, 어느새 뒤쪽에서도 도주로를 차단하는 등의 용의주도한 행동으로 미루어 이들이 산적이나 화적은 아닐 것이라는 불길한 예감이 들었다.

　　산적이나 화적 떼는 작전 같은 것이 없다. 그저 있는 대로 악을 쓰면서 무기를 휘두르며 사방에서 파리 떼처럼 덤벼드는 것이 전술의 전부다.

　　우표두의 시선이 최초에 길을 막고 서 있던 인물, 즉 무리의 중심에 우뚝 서 있는 홍의인에게 고정됐다.

　　홍의인은 기골이 장대하고 떡 벌어진 어깨에 단삼 차림인데, 반 뼘가량의 검은 수염을 기른 사십대 중반의 나이에 굳게 다문 입과 부리부리한 눈빛을 지녔다.

　　순간 우표두는 눈에 뜨일 정도로 움찔 가볍게 몸을 떨면서 난색을 표했다.

　　그가 보기에 홍의인은 무림 고수가 분명했다. 그것도 우표두 자신보다 훨씬 고강할 것 같았다. 홍의인의 자세와 기도를 보면 알 수 있었다.

　　우표두의 시선이 이번에는 빠르게 홍의인의 좌우에 늘어

서 있는 자들을 살폈다.

그들은 홍의인보다는 못한 듯하지만 무림 고수인 것만은 분명했다.

모두들 경장 차림에 어깨에 도검을 메었으며, 녹림이나 산적, 화적의 복장이 아니었다.

원래 무림인들은 표물을 약탈하는 졸렬한 짓 따위를 하지 않는 것으로 알려져 있다.

그런 짓은 산적이나 화적 떼가 일삼고, 간혹 궁한 녹림 무리가 약탈을 할 때도 있다.

'음! 사파 고수들이 분명하다.'

믿고 싶지 않지만 우표두는 그렇게 생각할 수밖에 없었다. 그러고 보니까 괴인물들에게서 사기(邪氣)가 물씬 풍기는 것 같았다.

그때 홍의인 옆에 있던 한 명의 갈의경장인이 훌쩍 신형을 날려 우표두 쪽으로 쏘아왔다.

그런데 그의 달리는 속도가 쏘아낸 화살 같았으며, 땅을 살짝 딛는 것뿐인데 한 번에 이삼 장씩 도약했다.

우표두의 미간이 잔뜩 좁혀졌다.

'일류고수다!'

내심 그렇게 부르짖는 우표두의 등줄기에서 식은땀이 주르르 흘러내렸다.

상대가 일류고수라면 단지 네다섯 명만으로도 우표대 이

십오 명을 일각 안에 전멸시킬 수 있을 터이다.

그때 쏘아온 갈의경장인이 이 장 앞에 멈추어 선 후 우표두를 보며 나직한 어조로 말문을 열었다.

"우리는 그 수레에 실려 있는 도검이 필요하다. 순순히 내주면 아무도 다치지 않을 것이다."

표국의 수칙대로 하자면 이럴 때에는 아무 소리 말고 그냥 표물을 내준 후 표국으로 귀환하면 된다.

이런 상황은 불가항력이기 때문에 표국에서도 우표두에게 책임을 묻지 않을 것이다.

표두들은 적게는 한두 번, 많게는 대여섯 번씩 표물을 잃고 귀환한 쓰라린 경험들이 있다.

우표두의 마음은 더할 수 없이 착잡했다. 원칙대로 하자면 물러나야 하는데 피해가 너무나 컸다. 금보장의 도검은 한 자루에 은자 백 냥을 호가한다.

이천 자루면 무려 은자 이십만 냥에 달하며, 그것을 강탈당하면 고스란히 황룡표국이 변상해야 하는 것이다.

그러나 지금으로써는 표물을 강탈당하지 않고 표사와 쟁자수도 무사할 수 있는 방법이 전무하다.

산적이나 화적, 녹림 무리에게 걸려 싸움에서 패하면 표물을 빼앗기고도 표사와 쟁자수를 남김없이 잃는다.

그러니 지금은 사람이 한 명도 다치지 않게 된 것을 고맙게 여겨야 할 것이다.

"어쩔 테냐?"

갈의경장인이 조금 전보다 더 날카로운 눈빛과 목소리로 힐책했다.

우표두가 착잡한 표정으로 막 대답을 하려고 할 때,

"어? 저기 무가내라는 놈이 아닙니까?"

우표두 옆 마상의 이표사가 어이없다는 표정으로 전방에 운집해 있는 괴인물들 쪽을 가리켰다.

그러자 황룡표국 사람들의 시선이 일제히 그곳으로 집중되는가 싶더니 다음 순간 놀라고도 의아한 외침과 탄성이 와르르 쏟아져 나왔다.

"앗! 무가내가 틀림없다!"

"저 녀석이 왜 저기에 있는 거지?"

"설마 저놈이 저자들과 한패거리였다는 말인가?"

홍의인의 오른쪽에 괴인물들과 한데 섞여서 앞줄에 건들거리며 서 있는 사람은 틀림없는 무가내였다.

경치를 구경하겠다면서 말릴 사이도 없이 사라져서는 한 시진이 넘도록 돌아오지 않다가, 이제는 표물을 강탈하려는 무리 속에 섞여 있으니 놀랍고도 기가 막힐 일이었다.

우표두는 돌처럼 굳은 얼굴로 석중명을 쏘아보았다.

"석중명, 이게 어떻게 된 일이냐?"

무가내를 발견하고는 크게 당황하고 있던 석중명은 우표두의 물음에 몸을 부르르 떨며 충격에 휩싸였다.

"소… 속하는 모르는 일입니다!"

만약 무가내가 저자들과 한패라면, 그를 황룡표국에 소개한 석중명은 공범의 누명을 쓰게 될 것이다. 아무리 억울하다고 호소해도 소용이 없을 터이다.

눈앞이 캄캄해지고 천 길 낭떠러지로 추락하는 기분인 석중명은 아무 생각도 나지 않았고, 아무것도 보이지 않았다. 오직 누명을 벗어야겠다는 일념뿐이었다.

순간 그는 앞쪽으로 뛰어나가 무가내를 가리키며 악을 쓰듯 소리 질렀다.

"무가내! 도대체 왜 그곳에 있는 것이냐?"

그러자 무가내는 석중명을 발견하고는 두 팔을 번쩍 쳐들어 흔들면서 반갑게 외쳤다.

"어이! 중명! 왜 그쪽에 있는 거지?"

아가사창(我歌査唱). 내가 부를 노래를 사돈이 하고 있다.

"네가 그자들과 한통속이 아니라면 당장 이쪽으로 와라!"

석중명은 입에 거품을 물고 악을 썼다.

무가내는 주위 사람들을 두리번거리다가 어리둥절한 표정을 지었다.

"어? 너희들은 누구냐?"

사실 무가내는 유람을 마치고 돌아오다가 숲 속에 숨어 있는 괴인물들을 발견하고는 그들을 우표대의 동료들이 그늘에서 휴식을 취하고 있는 것이라고 착각하여 슬그머니 그 속에 끼어들었던 것이다.

괴인물들은 그제야 자신들 속에 못 보던 놈이 하나 끼어 있는 것을 발견하고는 순식간에 사방 일 장 거리로 일제히 물러나 무가내를 쏘아보았다.

무가내는 쑥스러운 듯 머리를 긁적이면서 우표대의 동료들을 향해 어슬렁거리며 걸어갔다.

홍의인과 괴인물들은 날카로운 눈빛으로 무가내를 주시할 뿐, 그를 해치려 들지는 않았다.

무가내는 모두의 따가운 시선에도 아랑곳하지 않고 동료들에게 돌아왔다.

그때 괴인물들이 네 내의 수레에 달려들어 일사불란하게 밧줄을 풀고 표물, 즉 도검이 든 궤짝을 내리기 시작했다.

그렇지만 우표두를 비롯한 표사들과 쟁자수들은 착잡한 표정만 지을 뿐, 꼼짝도 하지 않았다.

그 광경을 보고 무가내는 무언가 깨닫는 바가 있는지 석중명에게 아는 체를 했다.

"이봐, 중명. 여기에서 이자들에게 표물을 넘겨주고 우린 표국으로 돌아가는 것이로구나?"

그는 아쉬운 듯 입맛을 다셨다.

"쩝! 조금 너 유람하면서 경치를 구경하면 좋을 텐데 벌써 끝나다니……."

막중한 표물 호송의 업무가 그에게는 한낱 유람이었다.

그러자 참다 못한 석중명이 발끈하여 낮게 외쳤다.

"눈으로 보고 있으면서도 이자들이 우리 표물을 강탈하는 것을 모르겠느냐!"

"강탈이 뭔데?"

"강제로 뺏는 것이다!"

석중명은 열혈청년이다. 자신의 능력으로는 이 상황을 어쩌지 못한다는 사실이 너무도 분통이 터져서 주먹을 힘껏 움켜쥐고 얼굴이 벌게져서 소리를 버럭 질렀다.

"그럼 이놈들이 우리 표물을 뺏어가는 거야?"

"그렇다! 그러니 잠자코 있어!"

무가내의 실력을 알고 있는 석중명이지만, 괴인물들의 수가 육십여 명이나 되기 때문에 무가내로서도 어쩔 수가 없을 것이라고 생각했다.

무가내와 석중명의 대화를 괴인물들이 못 들었을 리 없지만, 그들은 묵묵히 수레에서 궤짝을 내리는 일에만 열중했다.

그때 무가내가 수레에서 궤짝을 내리고 있는 괴인물들에게 느릿느릿 다가갔다.

"뭘 하려는 거야?"

석중명이 급히 무가내의 팔을 잡았지만 그는 팔을 뿌리치고 괴인물들에게 다가가서 타이르듯 말했다.

"어이, 너희들! 그만 멈춰라!"

석중명은 화들짝 놀랐으나 일은 이미 벌어지고 있었다.

그런데 무가내의 말에 그와 가장 가까이에서 궤짝을 안아 내리던 괴인물 한 명만 힐끗 쳐다봤을 뿐, 아무도 동작을 멈추거나 그의 말에 신경 쓰지 않았다.

심지어 무가내를 쳐다봤던 괴인물까지 그를 무시하고는 하던 일을 계속했다.

"이놈들 봐라? 감히 나를 무시해?"

무가내의 짙은 눈썹이 살짝 찌푸려졌다.

"이놈들!"

갑자기 무가내가 발을 가볍게 구르면서 나직이 호통을 쳤다.

"크으……"

"흐윽!"

쿵! 쿠쿵!

순간 궤짝을 내리고 있던 괴인물 이십여 명이 신음을 흘리면서 비틀거리다가 풀썩풀썩 쓰러졌다.

그들이 안거나 메고 있던 궤짝들은 그들과 함께 무너져서 몸을 짓눌렀다.

쓰러진 자들은 입에서 피를 꾸역꾸역 흘리면서 몇 차례 몸을 부들부들 떨다가 곧 잠잠해졌다. 혼절을 한 것이었다.

난데없이 벌어진 일에 황통표국 사람들도, 가까이 다가와 포위망을 형성하고 있던 괴인물들도 크게 놀라고 말았다.

괴인물 이십여 명이 왜 갑자기 혼절했는지에 대해서 아는 사람은, 아니, 눈곱만큼이라도 짐작할 수 있는 사람은 아무도 없었다.

다음 순간, 사람들은 일제히 주변을 둘러보았다. 누가 이십여 명을 혼절시켰는지 찾으려는 것이었다.

그들의 그런 행동은 무가내가 그랬을 것이라고는 터럭만큼도 생각하지 않는다는 반증이었다.

그렇지만 사람들은 주변에서 아무도 찾아내지 못했다. 원래 없는 사람을 어떻게 찾아낸다는 말인가.

이윽고 사람들의 시선이 무가내에게 집중되었다. 그가 이십여 구의 시체와 가장 가까이 서 있었기 때문이다.

'설마 무가내가…….'

어쩌면 무가내가 괴인물 이십여 명을 혼절시켰을지도 모른다는 가능성을 일 할이나마 품는 사람은 석중명뿐이었다.

좌중에는 건드리기만 해도 폭발할 듯한 팽팽한 긴장이 짙게 깔렸다.

괴인물들은 모두 어깨의 도검을 움켜잡은 채 홍의인의 명령이 떨어지기만을 기다리고 있었다.

반면에 우표대 사람들은 극도로 긴장하여 원래 모여 있던 원의 형태가 더욱 안으로 수축되었다.

다만 무가내만이 괴인물들과 우표대 사이에 우뚝 서 있을 뿐이었다.

홍의인은 원래 굳은 얼굴이 더욱 굳어져서 우표대 사람들을 한 명씩 날카롭게 쏘아보았다.

자신의 수하 이십여 명을 죽인 암중인을 그들 중에서 찾아내려는 의도였다.

그러나 홍의인의 눈썹이 가볍게 찌푸려졌다. 그럴 만한 사람을 찾아내지 못한 것이다.

그는 가장 고강한 우표두라고 해도 자신의 십 초식을 견디지 못할 것이라고 판단했다.

이윽고 그의 시선이 우표대 사람들에게서 십여 걸음쯤 떨어져 있는 무가내에게 향했다.

그러나 무가내가 쟁자수의 복장을 하고 있는 것을 보고는 그 즉시 시선을 거두었다.

하늘이 두 쪽 나는 한이 있어도 일개 쟁자수 따위가 자신의 수하 이십여 명을 순식간에 혼절시킬 수는 없을 것이기 때문이었다.

홍의인은 쓰러져 있는 자신의 수하들을 충분한 시간을 두고 예리하게 살펴보았다.

하지만 겉으로 보기에는 아무런 상처도 없었고, 암기에 당한 흔적도 없었다.

그렇다면 결론은 하나밖에 없었다. 실로 믿기 어려운 일이지만, 입에서 피를 흘리고 누 눈을 허옇게 까뒤집고 있는 모습으로 미루어 내가중수법(內家重手法)에 의해 내상을 입은 것이 분명했다.

내가중수법은 심후한 무형의 내공을 뿜어내서 상대를 혼절시키거나 심하면 죽이는 상승 수법이다.

더구나 허공을 격하여 한꺼번에 이십여 명이나 혼절시킬 수 있을 정도의 고수라면 절대로 이름없는 무명소졸이 아니다.

오히려 무림에서 쟁쟁한 명성을 날리는 절정고수일 것이 분명했다.

문득 홍의인은 허공을 향해 포권을 해 보이면서 정중하지만 웅혼한 목소리로 입을 열었다.

"어느 방면의 고인이신지 모습을 드러내시오!"

그는 어떤 절정고수가 암중에서 자신의 수하들을 죽인 것이라고 확신했다.

홍의인의 행동에 피아(彼我)간을 막론하고 모두 긴장된 얼굴로 조심스럽게 주위를 두리번거렸다.

그렇지만 잠시가 지나도록 아무도 나타나지 않았다. 산바람에 나뭇잎 부대끼는 소리만 우수수 들려올 뿐이었다.

홍의인은 이대로 물러날 수 없었다. 어떤 대가를 치르더라도 반드시 이천 자루의 도검을 확보해야만 하기 때문이다.

결국 그는 결심했다. 암중인이 누군지 알아내려면 희생이 따르는 시험이 필요했다.

"쳐라!"

홍의인이 우표대를 가리키면서 나직이 중얼거렸다.

차차차창!

쏴아—

순간 이제나저제나 기다리고 있던 괴인물 사십여 명이 일제히 도검을 뽑으면서 우표대를 향해 쏘아갔다.

"당황하지 말고 원형을 유지한 채 적을 맞아 싸워라!"

우표두는 검을 뽑으면서 우렁차게 명령했다.

수하들에게는 당황하지 말라고 했으나 그 자신도 당황하고 있었다.

산적이나 녹림 무리하고는 싸워봤지만 사파 고수들과의 싸움은 처음이기 때문이었다.

그렇지만 홍의인은 싸움에는 조금도 관심이 없었다. 그는 공력을 극한으로 끌어올려 청력을 극대화시킨 상태에서 날카롭게 주위를 쓸어보면서 과연 장내에 어떤 변화가 벌어지는지 지켜보았다.

"네가 우두머리냐?"

"······!"

그 순간 홍의인은 갑자기 자신의 뒤에서 들려온 나직한 목소리에 움찔 놀랐다.

얼마나 가까운지 상대의 입김이 뒤통수에 훅 끼쳐지는 것을 생생하게 느꼈다.

그 순간 그는 본능적인 위험을 느끼고 번개같이 몸을 돌리는 것과 동시에 어깨의 도를 뽑아 맹렬히 휘둘렀다.

쾌액!

홍의인은 자신의 반 장 앞에 무가내가 팔짱을 낀 자세로 우뚝 서 있는 것을 발견했다.

그가 왜 그곳에 서 있는 것인지 의문을 품을 사이도 없이 홍의인은 자신의 도가 그의 목을 향해 수평으로 쾌속하게 그어가는 것을 보았다.

그의 도는 정확하게 무가내의 목을 적중시켰다.

깡!

"우웃!"

순간 쇠와 쇠끼리 거세게 부딪치는 소리가 터져 나왔다.

그것은 결코 도가 사람의 목을 자르는 소리가 아니었다.

그와 동시에 홍의인은 강렬한 반탄력 때문에 손목과 팔이 부러질 듯한 충격을 받고 신음을 터뜨렸다.

그러나 그는 조금도 통증을 느끼지 못했다.

홍의인은 자신의 두어 걸음 면전에 무가내가 우뚝 서 있으며, 자신의 도가 무가내의 목에서 반 뼘가량 떨어져 있는 것을 발견하고는 경악을 금치 못했다.

방금 전에 그는 자신의 도가 분명히 무가내의 목을 적중시키는 것을 똑똑히 봤다.

문득 그의 시선이 이빨이 왕창 빠진 도의 칼날로 향했다. 그것으로는 나뭇가지조차 자르지 못할 듯했다.

평소 틈만 나면 손질을 하기 때문에 예리하게 잘 벼려져 있는 그의 도이다.

그런데 그 도가 사람의 목을 자르기는커녕 칼날이 짓뭉개져 버린 것이다.

"……!"

너무도 어이없는 사실 때문에 홍의인은 그것이 과연 무엇을 의미하는지 순간적으로 생각나지 않았다. 단지 자신의 도가 짓뭉개졌다는 사실에 대한 불신만이 활화산처럼 끓어오를 뿐이었다.

순간 홍의인은 본능적으로 방금 전보다 더 맹렬하게 재차 무가내의 목을 향해 도를 그어갔다.

그것은 아무런 생각도 없이 그저 본능적으로 취한 행동일 뿐이었다.

그런데 도가 자신의 목을 베어오는 데에도 무가내는 우뚝 선 채 물끄러미 홍의인만 쳐다보고 있었다.

불길한 예감이 홍의인의 등골에서 스멀거릴 때, 도가 무가내의 목을 다시 한 번 강하게 후려쳤다.

껑!

그러나 결과는 마찬가지였다.

철벽을 강타한 듯한 음향, 그리고 홍의인의 손목과 팔을 끊어놓을 듯한 거센 반탄력이 온몸으로 끼쳐 왔다.

첫 번째는 잘못 보았다고 해도 두 번째까지 잘못 보았을 리가 없다.

방금 도가 적중됐던 무가내의 목에는 아무런 흔적조차 생기지 않았다.

"으으… 믿을 수가 없다. 금강불괴지체라니……."

그제야 홍의인의 얼굴에 마치 귀신을 본 것 같은 표정이 가득 떠올랐다.

그때 무가내가 손을 들어 올려 자신의 목에서 튕겨져서 목 옆 반 뼘 거리에 있는 홍의인의 도를 검지로 가볍게 튕기면서 히죽 웃었다.

쨍!

"이봐, 저 싸움, 네가 말릴 테냐, 아니면 네 수하들을 내가 다 죽여야 되겠느냐?"

"크으으……."

검지로 가볍게 튕겼을 뿐인데, 도가 잔물결처럼 가늘게 진동하는가 싶더니, 다음 순간 홍의인은 체내의 기혈이 크게 역류하면서 입에서 피를 꾸역꾸역 흘렸다.

순간 그는 괴인물들과 우표대의 싸움이 막 시작된 곳을 쳐다보며 입에서 피를 뿜어내면서 외쳤다.

"모두 당장 물러나라! 어서!"

그는 수하들을 물러나게 하지 않으면 무가내가 그들을 죽일 것이라는 사실을 믿어 의심하지 않았다.

평소에 훈련이 잘된 듯 괴인물들은 일제히 신형을 날려 물러나더니 즉시 홍의인의 주변으로 모여들었다.

그들은 홍의인이 입에서 피를 꾸역꾸역 흘리고 있는 상태에서 도를 무가내의 목 가까이 대고 있는 것을 발견하고 의아한 표정을 지었다.

하지만 홍의인이 무가내를 제압한 것이라고 여겨 이상하게 생각하지는 않았다.

그 광경은 누가 보더라도 홍의인이 무가내를 제압한 듯한 광경이었다.

그때 문득 홍의인의 시선이 무가내의 귀밑머리에 고정되었다.

무가내의 머리카락은 검은색인데, 귀밑머리만 눈처럼 새하얀 백발이었다.

홍의인의 등골이 쭈뼛 오그라들었다.

'이자의 내공이 바, 반박귀진에 이르렀다는 말인가?'

홍의인은 속으로 중얼거리면서도 너무 경악하여 혀가 목구멍 안으로 말려 들어가는 것 같았다.

"이놈! 아무런 이유도 없이 남의 물건을 뺏는 것은 나쁜 짓이다! 저 수레에 실린 도검이 필요하면 정정당당하게 돈을 주고 사면 될 것이 아니냐?"

그때 무가내가 홍의인을 보며 엄하게 호통을 쳤다. 그는 자신이 돈이 없어서 주루에서 쫓겨났던 일을 떠올렸다.

항주성에 도착한 지 겨우 이틀째지만 그가 확실하게 배운 한 가지 사실이 있다면 돈이 없으면 아무것도 사거나 가질 수 없으며, 노력을 해야 돈을 벌 수 있다는 것이었다.

홍의인이 도를 무가내의 목에 대고 있는 상황에서 무가내가 호통을 치고 있었으니, 그것은 누가 보더라도 괴상한 광경이었다.

그런데 더욱 이해할 수 없는 일은 다음에 벌어졌다.

홍의인이 급히 도를 거두더니 자세를 바로 한 후 공손히 허리를 굽히는 것이 아닌가.

"용서하십시오. 고인을 몰라뵈었습니다."

그 광경에 괴인물들은 물론이고, 우표대 사람들마저 아연실색하고 말았다.

홍의인은 조심스럽게 무가내의 안색을 살폈다. 그가 자신들을 죽이려고 마음만 먹는다면 손바닥을 뒤집는 것보다 더 쉬운 일이다.

"험! 썩 물러가라!"

무가내는 한마디 내뱉고는 척 뒷짐을 지고 우표대 사람들 쪽으로 몸을 돌려 어슬렁어슬렁 걸음을 옮겼다.

순간 홍의인의 얼굴에 안도의 표정이 잔물결처럼 피어올랐다.

"저… 실례지만 고인의 존성대명은 어찌 되십니까?"

홍의인이 무가내의 등에 대고 조심스럽게 묻자 무가내는 걸음을 멈추고 뒤돌아보았다.

"음? 내 존성?"

'존성' 이라는 것이 이름을 가리킨다는 것은 천대산의 산촌 마을에서 배운 적이 있었다.

"무가내야."

"무… 가내."

홍의인은 우표대 쪽으로 어슬렁거리면서 걸어가는 무가내를 보며 수없이 고개를 갸웃거렸다.

그는 무림의 경험과 지식이 풍부한데, 아무리 생각을 거듭해 봐도 무가내라는 이름은 금시초문이었다.

또한 무림에 저런 용모의 절세고수가 있다는 말 역시 들어 본 적이 없었다.

'음! 절세고수가 주안술(朱顔術)로 젊은 모습을 유지하고 있는 것이 분명하다.'

결국 홍의인은 그렇게 결론을 내렸다.

무가내는 어리둥절하고 있는 우표대 사람들 가까이에 이르러 아무 일도 아니라는 듯 손을 저으면서 외쳤다.

"어이~! 이제 그만 출발하자!"

우표대 사람들 중에서 방금 전에 본 광경과 지금의 상황을 이해하는 사람은 아무도 없었다.

다만 석중명만이 아주 어렴풋이 무가내가 무슨 신기를 발휘했을 것이라고 심작할 따름이었다.

그러나 한 가지 분명한 것은, 방금 전에 홍의인이 무가내에게 설설 기듯이 공손하게 허리까지 굽히면서 용서를 빌었다는 사실이다.

또한 그것은 우표대가 지금 출발을 해도 무방하다는 의미이기도 했다.

우표두는 무가내와 홍의인 쪽을 번갈아 쳐다보다가 표사들과 쟁자수들에게 표물을 다시 수레에 싣고 빨리 출발하자는 수신호를 보냈다.

순간 표사들과 쟁자수들은 일사불란하게 움직이기 시작했다.

무가내는 뒷짐을 진 채 어슬렁거리면서 먼 곳의 풍경을 감상하고 있었다.

우표두는 그런 무가내를 쳐다보다가 문득 오늘 아침 출발하기 전에 총표두에게 보고하러 갔을 때, 그가 당부했던 말이 생각났다.

"무가내를 지켜보게. 잘 가르치면 장차 본 표국을 이끌 준재(俊才)가 될 것일세."

총표두의 말대로 우표두는 황룡표국을 출발한 이후 줄곧 무가내를 지켜봤지만 결과는 실망의 연속이었다. 준재는커녕 골칫덩이일 뿐이었다.

그런데 우표두는 이제야 왜 총표두가 그런 말을 했는지 조금쯤은 알 수 있을 것 같았다.

조금 전에 무가내는 홍의인에게 호통을 치고, 홍의인은 굽실거리면서 용서를 빌었다.

그리고 지금 우표대가 출발 준비를 하고 있는데도 홍의인과 괴인물들은 물끄러미 지켜보고만 있을 뿐이다.

그로 미루어 무가내가 홍의인에게 어떤 행동을 취한 것이 분명했다. 물론 그가 무슨 행동을 취했는지는 알 수가 없지만 말이다.

"당주, 왜 그러십니까?"

괴인물 중에 갈의인이 홍의인에게 조심스레 물었다. 그는 아까 우표대에게 표물을 내놓으라고 윽박지르던 자였다.

'당주'라고 불린 홍의인은 무가내에게 시선을 고정시킨 채 돌덩이처럼 굳은 얼굴로 대답하지 않았다.

"이대로 빈손으로 돌아갈 수는 없습니다. 본 보(堡)에 도검이 얼마나 절실하게 필요한지 잘 아시잖습니까? 저 표물이 없으면 본 보는 오래 버티지 못하고 정파 놈들에게 공격당하여 멸문당하고 말 것입니다."

갈의인의 간곡한 말에 홍의인, 즉 당주의 얼굴에 복잡한 표정이 떠올랐다.

얼굴에 새겨진 여러 가지 표정 중에서도 가장 뚜렷한 것은 괴로움이었다.

도검이 얼마나 절실하게 필요한지는 누구보다도 당주 자신이 잘 알고 있다.

그러나 이런 상황에서는 어쩔 수가 없다. 이것은 계란으로 바위를 치는 것보다 불가능한 일이다.

만약 이대로 물러나지 않는다면 당주 자신을 비롯하여 수하들 모두 개죽음을 당하고 말 것이다. 그것은 불을 보듯이 명확한 일이다.

자신들은 사파에서도 내로라하는 방파의 정예 고수들이지만, 내공이 반박귀진에 이른 절세고수에게는 안 통한다. 그것은 무림에 첫발을 내디딘 초짜라도 아는 상식이다.

"철수한다."

결국 당주는 그렇게 중얼거리면서 몸을 돌렸다.

그러자 갈의인, 즉 부당주가 당주의 앞을 막아서면서 무가내를 가리키며 따지듯 캐물었다.

"말씀해 주시기 전에는 못 갑니다. 대체 무엇 때문에 이러시는 겁니까? 조금 전에 당주께서 저 어린놈에게 굽실거리던데, 저놈 때문입니까?"

"그렇다."

당주는 착잡하게 중얼거렸다.

"저놈이 대체 뭡니까?"

부당주는 어이없다는 듯한 얼굴로 재차 물었다.

당주는 칼날의 이빨이 뭉텅 빠진 자신의 도를 굽어보며 다시 중얼거렸다.

"그는 반박귀진에 이른 절세고수다. 그가 우리를 죽이는 것은 손바닥을 뒤집는 것보다 쉬운 일이다."

부당주의 얼굴에 놀라움이 파도처럼 일렁였다. 하지만 그는 곧 고개를 세차게 가로저으며 단호하게 말했다.

"저런 이마빼기에 피도 안 마른 애송이가 반박귀진이라니, 속하는 믿을 수 없습니다. 직접 확인해 보겠습니다. 항명에 대한 처벌은 그 후에 받겠습니다!"

"너……."

당주가 뭐라고 말하려고 할 때, 이미 부당주는 괴인물들, 즉 수하들 다섯 명을 재빨리 손으로 가리키고는 쏜살같이 무가내를 향해 쏘아가기 시작했고, 그 뒤를 지명을 받은 다섯 명의 수하가 그림자처럼 뒤쫓았다.

그들이 수레에 짐을 싣고 있는 우표대 사람들을 향해서 쏘아가는 기세는 마치 매가 병아리를 낚아채려는 것처럼 날렵하고도 위압적이었다.

짐 싣는 것을 지휘하고 있던 우표두는 사파 고수 여섯 명이 나는 듯이 쏘아오는 것을 발견하곤 움찔했다.

그때 석중명도 그 광경을 발견하고 크게 놀라 무가내에게 다급히 외쳤다.

"무가내! 놈들이 공격해 오고 있어!"

무가내는 괴인물들 따위는 까맣게 잊은 듯 턱하니 뒷짐을 지고 경치를 구경하다가 느릿하게 돌아섰다.

그는 삼 장 거리에서 쏘아오는 여섯 명을 보면서 툴툴거렸다.

"어리석은 놈들이로군. 자비를 베풀었는데도 알아듣지 못하는 놈들은 죽어야지."

이어서 그는 뒷짐을 지고 있던 자세에서 오른손을 풀어 천천히 머리 위로 치켜들었다.

쿠우우—

그러자 다음 순간, 그의 오른손이 핏물 속에 담갔다가 뺀 것처럼 시뻘겋게 변하는가 싶더니 곧 혈옥처럼 투명한 광채를 뿜어내기 시작했다.

모두들 그 광경을 보면서 크게 놀라는데, 괴인물들의 당주는 불길함이 온몸을 휘감았다.

슥!

다음 순간, 무가내가 오른손 손바닥을 활짝 펼쳐서 여섯 명을 향해 쭉 뻗었다.

콰우웃!

찰나, 그의 장심에서 투명한 핏빛의 광채 한줄기가 섬전처럼 뿜어져 나갔다.

아니, 한줄기 핏빛의 빛줄기는 발출되자마자 여섯 줄기로 쫙 갈라지면서 안개 같은 피의 무지개, 즉 혈무(血霧)를 피워내는가 싶더니 쏘아오고 있는 여섯 명의 머리통을 그대로 박살 내버렸다.

퍼퍼퍼퍽!

여섯 명은 비명조차 지르지 못하고 하나같이 머리통이 박살 나서 즉사했다.

무가내의 손이 혈옥처럼 투명하게 변해 핏빛 장풍을 발출하고 여섯 명의 머리통이 박살 날 때까지 걸린 시간은 단지 눈 한 번 깜빡이는 것보다 더 빨랐다.

여섯 명은 달려오던 기세 때문에 조금 더 앞으로 쏘아오던가 뒤뚱거리면서 몇 걸음 걷다가 앞 다투어 땅에 쓰러지면서 처박혔다.

쓰러진 여섯 명은 너나없이 머리를 잃은 채 몇 차례 푸덕푸덕 몸을 떨다가 곧 잠잠해졌다.

여섯 구의 시체 주변에는 피와 뇌수가 흥건하게 흘렀으며, 짙은 피 냄새가 진동을 했다.

방금 벌어진 광경은 모두 똑똑히 목격했다. 그렇지만 아무도 입을 열지 못했다.

모두의 얼굴에 떠올라 있는 표정은 가히 혼비백산에 가까운 경악이었다.

그중에서도 홍의인, 즉 당주와 육표대 우두머리인 우표두의 놀라움이 가장 컸다.

두 사람은 방금 전에 무가내가 전개한 수법이 무엇인지조차도 모른다. 그러나 한 가지 사실만큼은 분명하게 깨달을 수 있었다.

무가내는 자신들과는 다른 세계의 인물이라는 사실이었다.

이곳에 있는 사람들 중에서 장풍을 전개할 줄 아는 사람은 당주가 유일하고, 우표두는 흉내 정도 겨우 낼 뿐이다.

그나마도 당주는 일 장 거리에 있는 나무에 손바닥 자국을 찍는 정도고, 우표두는 반 장 거리에 있는 손가락 굵기의 나뭇가지를 부러뜨리는 수준이다.

그런 두 사람이 봤을 때 무가내의 장풍은 그야말로 신의 경지에 도달해 있었다.

그때 무가내가 당주를 보며 조용히 입을 열었다.

"너희도 죽고 싶으냐?"

여태처럼 히죽거리지도, 건들거리지도 않는 늠름하고도 당당한 모습의 무가내였다.

당주 이하 그의 수하들은 무가내의 말에 부르르 온몸을 격하게 떨었다.

원래 사파 고수들은 두려움을 모르는 것으로 유명하다. 그러나 지금 그들이 느끼는 것은 두려움이 아니다.

그것은 혹독한 수련으로도 어쩔 수 없는 인간의 본질적인 '공포' 같은 것이었다.

"아, 아닙니다."

당주는 자신도 모르게 최대한 공손한 자세를 취하려고 애쓰면서 더듬거렸다.

"네 동료들 시체와 혼절한 놈들을 데리고 물러가라."

그렇게 말하는 무가내의 몸에서 석양 같은 핏빛의 기도가 해일처럼 뿜어졌다.

그러나 그것을 발견하고 느낀 사람은 우표두와 당주 두 사람뿐이었다.

두 사람의 눈에는 무가내가 더 이상 인간으로 보이지 않았다.

노을이 가장 붉을 때보다 몇 배나 더 짙붉은 핏빛 기도를 해일처럼 뿜어내는 가운데 우뚝 서 있는 무가내의 모습은 천신(天神), 그 자체였다.

잔잔한 미풍에 옷자락을 펄럭이고 있는, 육 척의 당당하면서도 후리후리한 체구, 전신에서 뿜어지는 핏빛 광휘.

눈부심 때문에 무가내를 쳐다보면서 눈을 감거나 외면하지 않는 사람이 없었다.

이른바 천신강림(天神降臨)인 것이다.

당주는 반쯤은 넋이 나간 얼굴로 수하들에게 지시하여 시체를 수습하게 한 후 서둘러 그 자리를 떠났다.

우표두와 석중명 등 우표대 사람들은 마치 신을 대하듯 무가내를 쳐다보고 있었다.

그때 무가내가 몸을 돌려 천천히 우표두에게 걸어왔다.

걸어오는 중에 그에게서 뿜어지던 광휘가 빠르게 사라졌다.

"꿀꺽!"

우표두는 다가오는 무가내를 보면서 마른침을 삼키며 몸

이 팽팽하게 긴장했다.

뚝!

무가내는 우표두 앞에 멈춰 서서 자신과 비슷한 키의 그를 잠시 주시하다가 이윽고 입을 열었다.

"우표두."

"마, 말씀하십시오."

우표두는 무가내가 자신의 수하라는 사실도 잊은 채 통나무처럼 뻣뻣해져서 더듬거렸다.

우표대 사람들은 그의 그런 모습을 처음 봤다. 언제나, 그리고 누구에게도 당당한 우표두였다.

무가내는 진지한 표정과 목소리로 입을 열었다.

"나… 수레에서 삼 장 이상 벗어나면 정말 내쫓을 거야?"

우표두의 얼굴이 새하얗게 질렸다. 다음 순간 그는 손짓발짓을 해가면서 입에 거품을 물었다.

"무… 무슨 말씀을… 백 장, 아니, 천 장 이상 벗어나도 괜찮습니다. 아, 아닙니다. 아예 마음대로 하십시오!"

참고로, 우표두는 총표두가 아니라 표국주가 명령을 해도 자신이 옳다고 생각하면 그대로 밀고 나갈 정도로 강골(强骨)의 열혈한이었다.

第十四章

팔초어두(八稍魚頭 : 문어 대가리)

황룡표국 휘하 제육표대 우표대 전원은 안휘성 합비까지 구백여 리의 표행 임무를 보름 만에 무사히 완수하고 항주에 귀환했다.

무가내가 수양강 상류 지역에서 단신으로 사파 고수 육십여 명을 물리친 사건은 우표대 사람들에 의해서 '수양강대첩(大 捷)'이라고 불리게 됐다.

수양강대첩은 황룡표국, 아니, 항주 일대에 근거지를 두고 있는 이십여 개 표국들이 영업을 시작한 이래 가장 큰 사건이 었으며 쾌거였다.

수양강대첩 이후 무가내는 우표두를 비롯한 동료들의 아

낌없는 지원에 힘입어 실컷 유람을 만끽했으며, 도착하는 각 지방의 맛있는 요리들을 배불리 먹었고, 객잔에서 가장 좋은 방에서 잠을 자는 최고의 향응을 누렸다.

우표두는 수양강대첩 직후에 이동하고 있는 수레 위에서 모든 사실을 하나도 빠짐없이 상세히 서찰로 적어 비합전서로 황룡표국에 보냈다.

당연히 총표두와 표국주는 서찰의 내용을 믿지 않았다. 아니, 믿을 수가 없었다. 그렇지만 우표대에 무슨 위험한 일이 발생했고, 무가내 덕분에 위기를 넘겼을 것이라는 짐작 정도는 할 수 있었다.

무엇 때문인지는 모르지만, 우표두가 심하게 과장을 하고 있다고 생각한 것이다.

우표대가 황룡표국에 도착하자마자 무가내는 자신의 숙소로 갔고, 우표두와 네 명의 표사는 총표두와 표국주에게 보고를 하러 내전으로 들어갔다.

그들의 자세한 보고를 듣고 난 총표두와 표국주는 크게 놀랐으나, 그래도 미심쩍어서 무가내를 제외한 우표대 쟁자수들을 모두 불러 확인을 해보았다.

그들 이십오 명의 말이 입을 맞춘 것처럼 한 치도 틀림이 없다는 사실을 확인한 후, 마침내 표국주는 무가내를 데려오라고 명령했다.

석중명이 무가내를 데리러 숙소로 달려갔을 때, 그는 방 안 바닥에 주저앉은 채 자신이 예전에 입었던 알록달록한 옷을 뒤집어놓고 자세히 살피고 있었다.

"무엇을 하시는 겁니까?"

우연한 기회에 은근슬쩍 무가내에게 반말을 하게 된 석중명은 수양강대첩 이후 다시 무가내에게 존대를 써야겠다고 마음먹었다.

아니, 예전에는 그냥 평범한 존대였지만 지금은 아예 극존대였다.

"지도가 없어. 이것 참, 어디에 뒀지?"

"지도라뇨?"

"아버지가 있는 곳을 표시한 지도야."

회계산 산중의 폭포 위에서 담으로 발가벗고 뛰어내릴 때 잃어버린 지도를 이번 표행 중에 문득 생각이 나서 돌아오자마자 전에 입었던 옷을 뒤지고 있는 무가내다.

'아버지'라는 말에 표정이 변한 석중명은 무가내 맞은편에 주저앉아서 옷을 까뒤집고 샅샅이 살폈다. 그렇지만 두 사람은 끝내 지도를 찾지 못했다.

"어떻게 합니까? 중요한 지도를 잃어버리셔서……."

무가내는 대답없이 작은 창을 바라보았다.

그때 석중명은 무가내의 눈에 쓸쓸한 기색이 잔잔하게 스치는 것을 발견했다.

그래서 석중명이 마음이 짠해져서 뭐라고 위로의 말을 하려는데, 무가내가 벌떡 일어나더니 배를 쓰다듬으며 방 밖으로 나갔다.

"배고프다. 밥 먹을 때 됐지?"

급히 무가내를 뒤따라나가던 석중명은 그제야 표국주가 무가내를 데려오라고 명령했던 것을 기억해 내고 제풀에 화들짝 놀라 소리쳤다.

"앗! 표국주께서 모셔오라고 했습니다!"

무가내는 이층에서 아래로 뻗은 옥외 계단을 내려가면서 건성으로 물었다.

"누굴?"

"무가……."

계단을 따라 내려가던 석중명은 엉겁결에 '무가내'라고 부르려다가 움찔 놀라 급히 입을 다물고, 그를 뭐라고 불러야 하는지 고심했다.

그리고는 결국 자신이 알고 있는 지식 중에서 가장 높은 칭호를 부르기로 했다.

"표국주께서 존위(尊位)를 부르십니다."

계단을 다 내려간 무가내는 숙소 건물 맞은편에 있는 쟁자수 전용 식당이 있는 건물로 곧장 걸어갔다.

"존위? 그게 누구야?"

석중명은 초조한 표정으로 무가내의 뒤를 졸졸 따랐다.

"당신… 이십니다."

"내 이름은 무가내잖아. 존위 따위가 아니야."

"알고 있습니다."

"알면 무가내라고 불러. 존위가 뭐야, 촌스럽게스리?"

"저… 무가내님."

"님 자 빼고."

"무가내."

"말해."

"표국주께서 부르십니다."

"십니다는 뭐야? 나처럼 말해라."

"……."

"아니면 나하고 말을 하지 말든가."

석중명은 극도로 긴장하여 마른침을 꿀꺽 삼킨 후 아랫배에 잔뜩 힘을 주고 입을 열었다.

"무가내, 표국주께서 부르신다."

그 말을 하느라 온 힘을 다 쏟아서 석중명은 금방이라도 쓰러질 것만 같았다.

"밥 먹고 가자."

결국 무가내는 쌀밥 다섯 그릇을 배불리 먹은 후에야 띵띵해신 배를 쓸어안고 헐떡거리면서 일어섰다.

이후 그는 석중명과 자신을 두 차례나 더 부르러 온 두 명의 표사들을 앞세우고 표국주가 있는 내전으로 갔다.

내전에서는 표국주와 총표두, 우표두와 우표대의 표사, 그리고 쟁자수들이 모여서 지루하게 반 시진 동안이나 무가내를 기다리고 있었다.

표국주와 총표두는 예전에 누군가를 반 시진 동안이나 기다린 적이 있기는 하지만, 그 상대는 그럴 만한 자격을 충분히 갖춘 인물들이었지 자신이 거느리고 있는 일개 쟁자수 따위는 아니었다.

그렇지만 표국주 절강일협 은기도는 자리를 박차고 나가버리거나 화를 내지 않고 묵묵히 기다렸다.

그러기에는 무가내라는 쟁자수의 활약상이 너무도 엄청난 것이기 때문이었다.

은기도는 그 눈부신 활약의 주인공을 직접 만나서 묻고 싶은 말과 실제 눈으로 확인하고 싶은 것이 있었다.

"그분이 당도하셨습니다!"

내전 입구 바깥쪽에서 이제나저제나 무가내가 오기만을 기다리고 있던 우표대의 쟁자수 한 명이 급히 달려 들어오며 외쳤다.

보고를 하는 쟁자수가 '그분'이라고 말했지만 표국주 은기도와 총표두 양신웅은 웬만큼 면역이 돼서 이상하게 여기지 않았다.

우표두는 수양강대첩 직후 황룡표국에 보내는 서찰에서

일개 쟁자수인 무가내를 '그분' 이라고 칭하면서 당시의 상황을 자세히 설명했는데, 서찰의 내용에는 '그분' 이라는 말은 새 발의 피처럼 여겨질 정도로 극존칭과 극존대어로 도배가 되어 있었던 것이다.

그리고 우표대가 보름 만에 황룡표국에 도착해서 은기도와 양신웅에게 소위 '수양강대첩' 에 대해서 자세히 경과 보고를 하는 동안에 우표두를 비롯하여 표사들과 모든 쟁자수들은 앞을 다투어 무가내를 마치 신처럼 칭송하면서 설명하기를 망설이지 않았다.

그랬었기에 은기도와 양신웅은 무가내에 대한 신격화에 어느 정도 만성이 되어 있는 상태였다.

두 사람의 궁금증은, 정말 우표대 전원이 입을 모아 설명하는 것처럼 '수양강대첩' 이 그랬었는가, 그리고 무가내라는 쟁자수의 실력이 개세적인가라는 것이었다.

"아, 표국주님, 그가 말버릇이나 예의가 없더라도 이해하십시오. 그런 것을 배운 적이 없어서 그런 것 같습니다."

그때 양신웅이 퍼뜩 생각나는 것이 있어서 급히 은기도의 귀에 속삭였다.

바로 그때 무가내와 석중명, 그리고 무가내를 데리러 갔던 두 명외 표사가 많은 사람들의 시선을 받으면서 자못 의기양양하게 내전으로 들어섰다.

무가내는 트림을 꺽꺽 해대면서 배를 쓰다듬으며 어슬렁

어슬렁 걸었고, 석중명은 극도로 긴장하여 건드리면 터져 버릴 것만 같은 모습이었다.

내전의 단상 위 한복판에 놓여 있는 커다랗고 화려한 호피의에는 표국주 은기도가 앉아 있었고, 그 옆에는 총표두 양신웅이 서 있었다.

단상에서 세 개의 계단 아래 단하에는 우표두가 은기도를 향해 시립하는 듯한 자세로 서 있었다.

그리고 그 뒤에 우표대의 표사와 쟁자수들이 두 줄로 질서정연하게 늘어서 있었다.

무가내 등 네 사람이 걸어 들어와 두 명의 표사는 줄의 앞쪽으로 가고, 석중명이 한쪽 줄의 맨 끝에 서자 무가내도 따라서 그의 뒤에 섰다.

그러자 당황한 석중명이 무가내에게 어서 단하 앞으로 가라고 손짓을 해 보였다.

"저리 가라고?"

무가내가 단하를 가리키며 묻자 석중명은 소리를 내지는 못하고 목이 부러져라 고개를 끄떡였다.

무가내는 동료들이 형성한 두 줄 사이로 걸어 들어와서 계단 앞에 멈추었다.

황룡표국의 모든 표두와 표사, 쟁자수들은 표국주 앞에서 예를 취해야 마땅하지만 그런 것을 모르는 무가내는 그저 멀뚱히 서 있었다.

그렇지만 설혹 그런 예절을 알고 있다고 해도 무릎을 꿇을 그가 아니었다.

또한 은기도와 양신웅도 무가내가 예의를 갖출 것이라고는 기대하지 않았다.

"표국주가 날 불렀다면서? 너인가?"

무가내는 우뚝 서서 은기도를 똑바로 주시했다. 양신웅이 총표두라는 것을 알기 때문에 은기도가 표국주일 것이라고 짐작한 것이다.

은기도의 미간이 살짝 찌푸려졌다. 무가내가 그를 '너'라고 했기 때문이다.

양신웅은 무가내가 반말을 하거나 예의가 없더라도 이해를 하라고만 했지, 은기도를 '너'라고 지칭할 것이라는 언질은 없었다.

양신웅은 무가내의 무례함이 자신의 죄인 양 어쩔 줄을 몰라 하며 본의 아니게 무가내를 꾸짖었다.

"무가내, 표국주께 무례하다. 예를 갖추어라."

"예가 뭐야?"

무가내의 얼굴에 정말로 궁금하다는 표정이 떠올랐다.

양신웅은 이참에 무가내에게 예의범절을 가르쳐 볼 생각으로 엄숙한 표징을 지었다.

"사람에게 예의범절이 없으면 짐승이나 다름이 없다. 나이 어린 사람이 어른에게, 수하가 윗사람에게 예를 갖추는 것은 가장 근본적인 예절이다."

무가내는 알아들었다는 듯이 고개를 끄떡였다.

"그렇군. 좋은 말이야."

그의 뜻밖의 반응에 양신웅은 벙긋 미소를 지었다. 그러나 그 미소는 무가내의 다음 말 때문에 떠오를 때보다 더 빨리 사라져 버렸다.

"그렇지만 나는 사람이 아냐."

사람들은 무가내가 또 장난을 치고 있다고 생각했다. 그는 도무지 진지한 경우가 없다.

수양강대첩의 마지막 상황에 실로 천신과도 같은 굉장한 신태(神態)를 한 번 보여준 것 외에는 모든 것이 대충대충이고 장난투성이였다.

"자네가 사람이 아니라면 대체 뭔가?"

그래서 사람들은 무가내의 입에서 그다운 대답이 나올 것이라고 예상했다.

"나는 무인(武人)이야."

그런데 그의 대답은 전혀 뜻밖이었다.

그의 표정은 평소와 다름이 없었고, 입가에는 엷은 미소가, 두 눈은 장난기로 반짝였다.

그래서 사람들은 또다시 깨달았다, 무가내의 표정만으로는 그의 속마음을 판단할 수 없다는 사실을.

"그 말이 무슨 뜻인가?"

양신웅의 물음에 무가내는 두 손을 허리에 얹고 어깨를 활짝 펼쳤다.

"사람에겐 예의범절이 필요할는지 몰라도 무인에게 필요한 것은 다른 거야."

"그게 뭔가?"

"힘."

그 순간 좌중에 깊은 바다 밑바닥 같은 고요함이 흘렀다.

무가내는 은기도를, 그리고 양신웅과 우표두, 이어서 모두를 한 바퀴 천천히 둘러보았다.

그러고 나서 그 표정 그대로, 하지만 목소리에 약간 힘을 주어 묵직하게 말했다.

"남자가, 더구나 무인이 강하기만 하면 되지, 더 이상 무엇이 필요한가?"

실내에 조금 전보다 더 깊고 무거운 침묵이 흘렀다.

이곳에 있는 사람들은 모두 남자고 무인이다. 그래서 무가내의 말은 모두의 심장에 시뻘겋게 달구어진 인두처럼 쑤셔 박혔다.

무가내는 아무도 입을 열지 않고 무거운 표정을 짓고 있는 것을 보고는 어깨를 으쓱했다.

"나만 그런가? 아니면 말고."

"자네 말이 옳다."

그때 은기도가 조용히 말문을 열었다.

모두의 시선이 은기도에게 집중됐다.

은기도는 무가내의 말에서 공감이 가는 부분이 있었다.

"황제의 법은 황도(皇道)에 있고, 학자의 법은 지식에 있으며, 무인의 법은 힘, 즉 강(强)함에 있다. 우리는 무인이므로 강한 자가 곧 법이다."

무가내는 은기도를 보면서 껄껄 웃었다.

"핫핫핫! 말이 좀 통하는군!"

그는 한바탕 웃고 나서 곧 어깨를 축 늘어뜨리고 힘없이 중얼거렸다.

"빌어먹을! 나 술 마시고 싶어. 향긋한 술 냄새 맡아본 지가 너무 오래됐다."

그제야 사람들은 무가내가 술을 좋아한다는 사실을 처음으로 알게 됐다.

호걸인 은기도가 제안을 했다.

"자! 그렇다면 지금부터 모두를 놀라게 만들었다는 무가내 자네의 신기를 한차례 보여주게! 그런 다음에 우리 함께 실컷 마시자!"

"네가 술을 사는 것인가?"

금방까지 죽는 시늉을 했던 무가내는 귀가 솔깃하여 손가락으로 은기도를 가리켰다.

은기도는 빙그레 미소 지었다.

"자네가 그만 마시겠다고 할 때까지 술을 내지."

탁!

"좋아! 그 약속, 잊으면 안 돼?"

무가내는 신이 난 듯 주먹으로 손바닥을 쳤다.

"이제 수양강대첩에서의 신기를 보여주게."

"신기 같은 것 몰라."

사람들의 표정이 가볍게 변했다.

"하지만 뭐든 보고 싶은 것이 있으면 말해봐. 할 수 있으면 해볼 테니까."

술이 마시고 싶은 무가내는 입에서 흐르는 침을 손등으로 문지르며 서둘렀다.

은기도는 천천히 실내를 둘러보면서 어떤 것이 적당한지 가늠하다가 이윽고 한곳을 가리켰다.

"자네가 서 있는 곳에서 수법을 전개하여 저곳에 어떤 수법으로든 흔적을 하나 남겨보게."

은기도가 가리킨 곳은 내전의 좌측 벽면인데, 무가내와는 삼 장쯤의 거리였다.

수양강대첩에서 무가내가 신기에 가까운 장풍으로 한꺼번에 적 여섯 명을 죽였다는 말을 들었기 때문에 그런 표적을 정한 것이다.

"표국주, 거리가 너무 밉나."

양신웅이 어림도 없다는 듯 두 손을 휘휘 저으면서 어이없는 실소를 지어 보였다.

그는 무가내가 자신보다는 훨씬 강할 것이라고 생각하기는 하지만 은기도가 말한 대로 하자면 장풍이나 검풍, 혹은 검기를 전개해야 하는데, 무가내가 그 정도까지는 아니라고 믿고 있었다.

"그런가? 그렇다면……."

은기도는 마땅한 표적을 찾기 위해서 다시 실내를 이리저리 두리번거렸다.

그때 무가내는 좌측 벽면을 향해 몸을 돌리면서 오른손으로 어깨의 석검을 잡았다.

모든 사람들의 시선이 무가내에게 집중됐다.

은기도도 다른 표적을 찾는 것을 그만두고 무가내에게 시선을 고정시켰다.

하지만 사람들은 무가내가 석검을 뽑으려다가 그만두는 것 같은 동작을 발견하고는 의아한 표정을 지었다.

다음 순간,

번쩍!

한줄기 노을보다 더 핏빛으로 빛나는 섬광 한줄기가 벽면을 향해서 폭사되었다.

"우웃!"

"왓! 지독한 빛이다!"

너무도 찬란한 빛이어서 사람들은 눈을 감아야만 했다.

그러나 섬광은 찰나지간에 사라져 버렸고, 실내는 조금 전과 다름없는 광경으로 돌아와 있었다.

마치 아무 일도 일어나지 않은 것 같았다.

사람들은 반사적으로 일제히 좌측 벽면을 쳐다보았다.

그러나 벽면은 멀쩡했다.

사람들은 이번에는 무가내를 쳐다보다가 가볍게 놀랐다.

그가 내전 입구를 향해 휘적휘적 걸어가고 있는 것을 발견했기 때문이다.

"한숨 자고 있을 테니까 술상 준비되면 불러!"

모두들 어리둥절한 얼굴로 은기도가 가리켰던 벽면과 무가내의 뒷모습을 번갈아 쳐다보았다.

그렇지만 벽면에는 흔적이 새겨지기는커녕 반지르르 윤기만 흐르고 있었다.

무가내의 신적인 능력에 대해서 장황하게 설명을 늘어놓았던 우표두는 이런 황당한 상황 앞에서 당황한 표정으로 무가내와 은기도를 번갈아 쳐다보았다.

구우…….

그때 어디에선가 이상한 기음이 조그맣게 들려왔다.

그러나 다음 순간, 그 소리는 조금 더 커졌다.

쿠우우……!

소리의 진원지는 은기노가 가리켰던 좌측 벽이었다.

순간 모두의 시선이 일제히 그곳으로 집중됐다.

그리고 모두 똑똑히 목격했다.

쩌어억!

기음을 토하면서 좌측 벽이 세로로 쪼개지고 있는 놀랍고도 굉장한 광경을.

"으아아~!"

"와앗! 내전이 무너진다!"

"피, 피해랏!"

겁에 질린 표사와 쟁자수들이 한꺼번에 고함을 지르면서 내전 밖으로 우르르 몰려 나갔다.

그러나 은기도와 양신웅, 우표두는 제자리에서 꼼짝도 하지 않은 채 눈을 부릅뜨고 좌측 벽을 쏘아보았다.

쩌어어억!

좌측 벽이 바닥에서 꼭대기까지 수직으로 무려 오 장 높이가 쪼개지다가 정확하게 한 자의 폭에서 멈추었다.

벌어진 틈으로 석양의 짙붉은 노을빛이 새어 들어와 은기도와 양신웅, 우표두의 몸을 비추었다.

그것을 쳐다보는 세 사람의 표정은 똑같았다. 혼비백산에 가까운 경악이었다.

눈앞에서 벌어진 광경에 대경실색한 우표두는 은기도와 양신웅에게 '자! 내 말이 어떻습니까?' 하는 표정을 지어 보이지도 못했다.

"형… 님, 방금 그것이 검기(劍氣)였습니까?"

다섯 호흡쯤 지난 후에야 양신웅이 목이 꽉 잠긴 목소리로 겨우 입을 열었다.

공식적으로는 '표국주'라고 불러야 하는 데에도 양신웅은 너무 놀라 그럴 정신이 없었다.

"글쎄… 나도 잘 모르겠네. 내가 보았던 검기는 방금 전 같은 것이 아니었는데……."

은기도는 예전 우연한 기회에 무림의 절정고수가 검기를 전개하는 광경을 기억해 냈다.

그 절정고수는 내공이 무려 삼 갑자에 이르렀는데, 그가 자세를 잡고 내공을 극한으로 모은 뒤 표적을 향해서 발검을 하여 검을 쭉 뻗자, 검첨에서 새파란 한줄기의 검기가 뿜어져 나가더니 이 장 거리에 있는 세 치 두께의 나무판자에 은자 크기의 구멍이 뺑 뚫렸었다.

그때 그곳에 운집해 있던 백여 명의 정파무림 군웅들은 모두 일어나서 열렬하게 박수를 치고 환호를 하며 감탄을 금치 못했다.

말석을 겨우 차지하고 있던 은기도는 그때 검기라는 것을 난생처음 보고 놀라움과 감탄에 휩싸였었다.

본신진기를 특수한 구결에 따라 체내에서 주천시킨 후 검을 통해서 내공을 발출하여 멀리 떨어진 표적을 적중시키는 신기에 가까운 수법이 바로 검기다.

그런 검기를 본 후 은기도는 자신이 지니고 있는 일신의 재주가 얼마나 초라한 것인지 절감했고, 그래서 큰 자극을 받은 그는 표국에 돌아온 후 몇 달 동안 미친 듯이 무공 연마에 전념한 적이 있었다.

그런데 방금 전에 무가내가 전개한 검기—사실은 검기인지 무엇인지 모른다—는 은기도가 예전에 견식했던 검기와는 비교도 되지 않을 만큼 가공한 것이었다.

그때 그 절정고수는 세 치 두께의 나무판자에 구멍을 뚫고도 군웅들의 환호를 받고 의기양양했는데, 무가내는 두께 두 자에 가까운 나무 벽을 바닥에서 꼭대기까지 무려 오 장 높이나 통째로 쪼개 버린 것이다.

그때 밖으로 몰려 나갔던 우표대의 표사와 쟁자수들이 다시 슬금슬금 내전으로 들어와 그곳에 벌어져 있는 광경을 발견하고는 대경실색하여 아무도 입을 열지 못했다.

"으음! 그가 발검하는 것을 우리 눈으로 똑똑히 보았으니 검기가 맞을 것입니다."

잠시 지난 후에 양신웅이 무거운 신음을 흘려냈다.

그는 무가내가 석검을 약간 뽑았다가 다시 꽂은 것을 발검이라고 판단했다.

은기도는 무가내가 전개한 것이 검기든 아니든 한 가지 사실만은 분명하게 깨달았다.

예전에 자신이 견식했던 검기를 발출한 절정고수보다 무가내가 몇 단계는 더 고강하다는 사실을.

"웅 제, 내가 지금 꿈을 꾸고 있는 것인가?"

꽤 오랜 시간이 지나서야 은기도는 정말 꿈을 꾸고 있는 것처럼 몽롱한 목소리를 흘려냈다.

양신웅은 갈라진 벽에서 시선을 떼지 못한 채 중얼거렸다.

"그것은 소제가 형님께 묻고 싶은 말입니다."

무가내는 중원에 나온 이후로 오늘 밤이 제일 신바람이 났다.

이유는 하나뿐이다. 맛있고 향기로운 술을 실컷 먹을 수 있기 때문이었다.

넓은 대전에 벽을 등지고 빙 둘러앉은 수십 명은 한껏 주흥이 도도했다.

단상에는 세 개의 자리가 있는데, 은기도와 양신웅, 무가내의 자리였다.

당연한 일이지만, 은기도는 무가내가 신분을 감춘 절세고수라고 여겨서 그의 자리를 단상의 복판에, 자신은 오른쪽, 양신웅은 왼쪽에 마련했다.

그리고 우표대의 우표두와 표사, 쟁자수들은 대전의 양쪽 벽을 등지고 편안하게 앉아서 서로 마주 보는 자세로 술을 마시고 있었다.

입구 쪽 벽을 등지고 모여 앉은 악공(樂工)들이 흥겨운 연주를 하고, 매미 날개처럼 얇은 옷을 걸친 다섯 명의 무희(舞姬)가 대전 복판에서 하늘하늘 춤을 추면서 분위기를 한층 돋

우었다.

술이 기분 좋게 오른 무가내는 한시도 자리에 앉아 있지 않고 무희들 속에 끼어들어 그녀들의 손을 잡거나 어깨동무를 하며 덩실덩실 춤을 추었다.

좌중의 우표대 사람들은 무가내가 보여준 수양강대첩이나 아까 내전에서의 시범에 대해서 소리 높여 떠드느라 실내는 저잣거리 한복판보다 더 시끄러웠다.

은기도와 양신웅은 무가내의 시범을 직접 두 눈으로 확인하고서야 수양강대첩을 겨우 믿을 수 있게 되었다. 아니, 솔직한 심정으로는 아직도 반신반의하는 마음이었다.

또한 새로운 의문이 샘물처럼 솟구쳐 올랐다.

대체 무가내의 진실한 신분은 무엇인가?

무엇 때문에 자신의 엄청난 능력을 감춘 채 황룡표국의 일개 쟁자수가 된 것인가?

아까 보여주었던 가공한 무공은 검기인가, 아니면 또 다른 무공인가 등등, 의문은 수없이 많았다.

그때 한껏 주흥이 도도해진 무가내가 무희들 속에 섞여서 덩실덩실 춤을 추며 목청껏 노래를 부르기 시작했다.

"구름이 걷히니 산머리 푸르고, 연꽃이 피니 물빛이 붉도다!"

너무 커다란 목소리여서 좌중의 사람들은 일제히 무가내를 주시했다.

그 노래는 그가 오악도에서 극음양교호맥의 극양지기 속에 들어앉아 금강불괴지체가 되기 위한 과정을 겪는 도중에 너무도 가공한 뜨거움을 견디기 위해서 불렀던 노래다.

무가내는 더욱 신이 나서 흐느적흐느적 춤을 추면서 노래를 이었다.

"옅은 구름은 은하수를 지나고 가랑비는 오동나무를 적시도다!"

좌중의 사람 중에 몇몇 사람은 지금 무가내가 부르고 있는 노래를 부분적으로나마 알고 있었다.

그의 노래라는 것이 여기저기에서 한 소절씩 가져다가 멋대로 꿰어 맞춘 것이어서 전체를 다 아는 것은 쉬운 일이 아닐 터이다.

"꽃처럼 아름다운 그대 얼굴은 그려내기 쉽건만, 속 타는 이내 마음은 정녕 그려내지 못하는구나!"

무가내가 갑자기 석중명에게 달려가더니 그의 손을 잡고 대전 복판으로 끌어냈다.

석중명은 처음에는 엉거주춤하다가 오래지 않아 무가내와 어깨동무를 하고는 덩실덩실 춤을 추며 그가 부르는 노래를 잘도 따라서 불렀다.

무가내는 이번에는 좌중의 상석에 앉아 있는 우표두에게 달려가서 그의 손을 잡아끌었다.

"아… 아니… 저는……."

우표두는 버티면서 사양했다. 그는 술은 좋아하지만 가무는 질색이었다.

"나오라구! 우린 한솥밥 먹는 동료잖아!"

무가내의 그 말에 우표두는 벌떡 일어나 성큼성큼 대전 복판으로 걸어가 석중명 옆에서 춤을 추기 시작했다.

'한솥밥 먹는 동료'라는 말이 원칙적이고 앞뒤 꽉 막힌 우표두의 마음을 크게 움직인 것이다.

잠시가 지나자 대전 복판에는 은기도와 양신웅을 제외한 모든 사람들이 몰려나와서 춤을 추며 노래를 불렀다.

우표대 이십육 명이 목청껏 부르는 노랫소리는 쩌렁쩌렁하게 멀리까지 퍼져 나갔다.

황룡표국 후원 아늑한 숲 속에 위치한 별채는 어둠과 고요 속에 묻혀 있었다.

은예상은 활짝 열어놓은 창 옆 의자에 앉아서 향긋한 차를 마시고 있는 중이었다.

냉운월은 은예상의 심부름으로 늦은 오후에 성내로 가서 아직 돌아오지 않은 상태인데, 은예상에게 딸린 하녀가 그녀의 시중을 들고 있었다.

사사사…….

창밖 숲의 나뭇잎이 미풍에 흔들리면서 낮은 속삭임을 흘렸다.

은예상이 이곳 황룡표국에 몸을 의탁한 지 오늘로써 보름이 지나고 있었다.

지난 보름 동안 그녀의 몸은 더할 수 없이 편했지만 마음은 그렇지가 않았다.

가문의 멸문, 비닝에 돌아가신 부모님과 문하 제자들, 절대로 포기하지 않을 조진우의 끈질긴 손길, 어서 이곳을 떠나야 한다는 강박감 같은 것들이 하루 종일 한시도 쉬지 않고 그녀를 괴롭혔다.

그런데 요즈음 그녀에게 이상한 변화가 하나 생겼다. 전혀 뜻하지 않은 얼굴 하나가 그녀의 마음속에 새겨져 있는 것을 발견한 것이다.

십칠 일 전, 회계산 깊은 곳의 어느 이름 모를 소에서 그녀가 알몸으로 목욕을 하고 있을 때 느닷없이 그녀의 코앞 물속에서 불쑥 솟구쳤던 문어 대가리를 닮은 바로 그 얼굴이 부지불식간에 문득문득 떠오르는 것이었다.

그 때문에 혼절을 한 그녀를 살린답시고 문어 대가리가 그녀의 젖가슴을 주무르고 수없이 입을 맞추었었다.

그뿐인가? 문어 대가리가 은예상의 머리카락을 휘어잡고 질질 끌어댄 덕분에 그녀로 하여금 열흘 이상이나 통증에 시달리게 만들었다.

하지만 그 모든 것들은 그녀의 등 한복판에 죽을 때까지 지워지지 않을 것 같은 지도 하나를 생생하게 새겨 넣은 것에 비하면 약과였다.

은예상은 지난 보름 동안 이곳 별채에서 생활하며 가문이 처참하게 멸문된 일이나 조진우의 추적, 앞으로의 행로에 대해서 많은 생각을 했다.

그런데 시도 때도 없이 문어 대가리를 닮은 그 얼굴이 불쑥불쑥 생각이 났다.

그리고 바로 지금도 그랬다. 창밖 숲에서 들려오는 나뭇잎 흔들리는 소리와 문어 대가리가 무슨 상관이 있다고, 나뭇잎 흔들리는 소리 직후에 문어 대가리의 얼굴이 마른 모래바닥에 물이 스며 올라오듯이 사르르 떠오르는 것인지 이해할 수 없었다.

'만나야 해.'

그녀는 속으로 아주 작게 중얼거렸다. 문어 대가리를 만나서 은예상 자신의 등에 새겨놓은 지도를 없애 달라고 요구를 해야만 한다.

만약 그렇지 않으면 평생 이상한 지도를 등에 새긴 채 살아야만 할 것이다.

그때였다.

사사삭.

숲 속의 나뭇잎들이 또 미풍에 흔들리면서 미약한 소리를 내기 시작했다.

"꽃처럼 아름다운 그대 얼굴은 그려내기 쉽건만, 속 타는 이내 마음은 정녕 그려내지 못하는구나!"

그리고 그때 바람결을 따라 어디선가 귀에 익은 노랫소리가 들려왔다.

"아!"

쩽!

은예상은 소스라치게 놀라서 들고 있던 찻잔을 떨어뜨리고 말았다.

"소저, 무슨 일인가요?"

맞은편에 서 있던 하녀가 놀라서 달려와 젖은 은예상의 손과 무릎을 닦아주었다.

"구름이 걷히니 산머리 푸르고, 연꽃이 피니 물빛이 붉도다!"

노래는 끊어지지 않고 계속 들려왔다.

한 명이 아니라 수십 명이 목청껏 소리 높여 부르는 합창이었다.

은예상은 그 노랫소리에서 한 사람만의 목소리를 골라낼
수는 없었다.

그렇지만 왠지 그 노래를 부르는 사람들 속에 자신이 찾는
사람이 들어 있을 것만 같은 느낌이 들었다. 아니, 그것은 확
신에 가까웠다.

'팔초어두(八稍魚頭:문어 대가리)!'

복도 어귀에 몸을 숨긴 은예상은 오류 장쯤 떨어진 대전 복
판에서 이십오류 명의 표사와 쟁자수들이 어깨동무를 한 채
고래고래 악을 쓰듯 노래를 부르고 있는 속에서 낯익은 얼굴
하나를 발견하고는 속으로 부르짖었다.

두 손으로 입을 틀어막지 않았더라면 아마 입 밖으로 외침
이 터져 나왔을 것이다.

은예상은 대전의 입구를 통하지 않고 다른 곳을 통해서 이
곳으로 들어왔다.

물론 양신웅이 그녀에게 붙여준 호위인 표사의 안내를 받
았기에 가능한 일이었다.

은예상은 한동안 무가내를 자세히 살펴보았다.

틀림없는 팔초어두, 즉 문어 대가리였다. 그를 만난 지 십
칠 일밖에 지나지 않았고 그처럼 엄청난 사건이 있었는데 그
의 얼굴을 잊는다는 것은 말도 되지 않았다.

사실 무가내의 얼굴은 머리가 뺀질뺀질한 문어 대가리하고는 전혀 닮지 않았다.

그녀가 그를 문어 대가리라고 하는 것은, 십칠 일 전 회계산의 소에서 헤엄을 치던 그녀 앞에서 난데없이 불쑥 솟구쳐오른 무가내의 물에 흠뻑 젖은 까까머리 첫인상이 문어 대가리 같은 인상을 주었기 때문이다.

지금 두 번째로 보는 무가내의 모습은 누가 뭐래도 처음이나 다름없이 문어 대가리를 닮았다.

그녀에게 깊이 각인된 무가내의 첫 인상은 앞으로도 그리 쉽게 지워지지 않을 것이다.

그녀는 딘싱 뒤 양쪽에 있는 두 개의 복도 중 하나의 어귀에 몸을 숨긴 채 고개만 내밀어 밖을 살피고 있었다.

전면 오른편 단상에 숙부인 은기상과 총표두 양신웅의 뒷모습이 보였다.

그렇지만 장내가 너무 시끄러웠기 때문에 두 사람은 아직 은예상의 출현을 모르고 있는 것 같았다.

장내는 악을 쓰며 부르는 노랫소리 때문에 너무도 시끄러워서 귀가 먹먹할 지경이었다.

성내의 가장 번화한 저잣거리보다 몇 배는 더 시끄러울 것 같았다.

은예상은 백옥으로 깎아서 다듬은 듯한 섬섬옥수를 들어 무가내를 가리켰다.

그녀 뒤에 서 있는 표사가 알았다는 듯 고개를 끄떡였다.

이어서 그녀는 몸을 돌려 그곳을 나왔다.

"그가 누군가요?"

전각 밖으로 나온 그녀는 잔뜩 궁금한 표정으로 표사에게 물었다.

"자세히는 모르지만 이름이 무가내라고 알고 있습니다."

표사는 공손히 대답했다.

만약 무가내가 수양강대첩으로 유명해지지 않았더라면 표국에 들어온 지 얼마 되지 않는 일개 쟁자수 따위를 표사가 알고 있을 리 만무했다.

제육표대 우표대가 표국에 귀환하기도 전에 그들이 보낸 서찰의 내용이 흘러나와 표국을 발칵 뒤집어놓았었다.

무가내는 황룡표국이 생긴 지난 사십여 년을 통틀어 가장 유명한 인물이 된 상태였다.

"이곳 표국 사람인가요?"

은예상은 크고 서글서글한 아름다운 두 눈을 들어 무가내가 있는 전각을 아스라이 바라보면서 물었다.

"그렇습니다. 십육 일 전에 새로 들어온 쟁자수인데, 이번에 큰 공을 세웠다고 들었습니다."

은예상은 쟁자수가 표국의 최하위 직책을 가리킨다는 사실 정도는 알고 있다.

그녀는 생각해 보았다. 문어 대가리가 십육 일 전에 황룡표
국에 새로 들어왔다면, 그때 회계산에서 떠나간 후 곧바로 이
곳으로 왔다는 뜻이다.

그녀는 몇 가지 더 물었지만, 표사는 무가내에 대해서 더
이상 아는 것이 없었다.

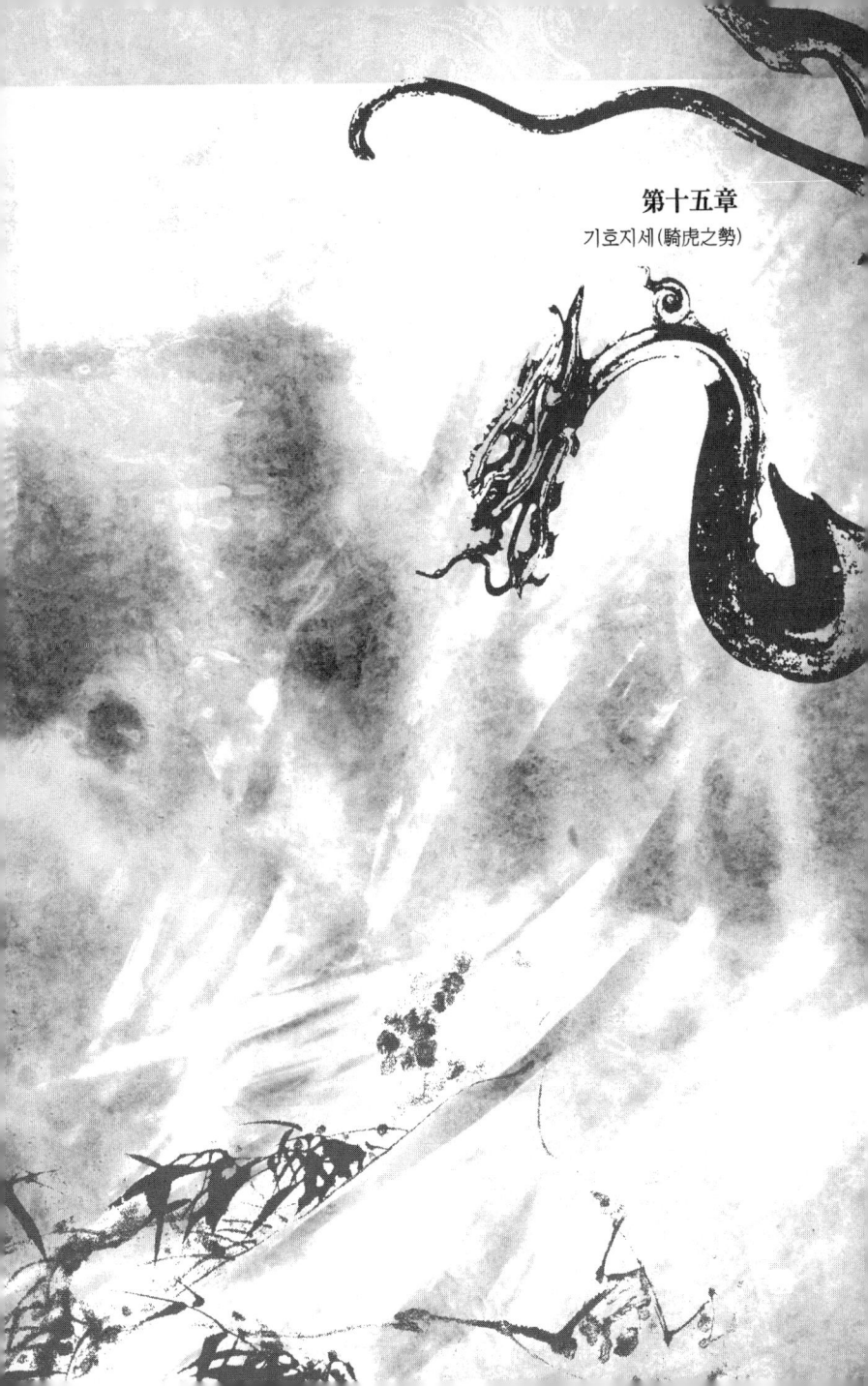

第十五章

기호지세(騎虎之勢)

은기도와 양신웅은 무가내를 보고 있으면서 같은 생각을 하고 있었다.

'어쩌면 무가내가 본 표국을 구할 수도 있을 것이다.'

처음부터 그런 생각을 한 것은 아니다. 무가내를 비롯한 제육표대 우표대 사람들이 한데 어울려서 춤을 추고 노래를 부르는 광경을 지켜보고 있는 사이에 아주 자연스럽게 떠오른 생각이었다.

원래 항주 성내에만 열두 개의 표국이 자리를 잡고 있으며, 인근 오십여 리 내에 있는 표국까지 모두 합치면 도합 스물일곱 군데나 있다.

황룡표국은 스물일곱 개 표국 중에서 순위가 다섯 번째다. 즉, 항주오대표국 중에 하나인 것이다.

항주에서 첫 손가락에 꼽히는 표국은 단연 천기표국(天旗鏢局)이다.

천기표국은 황룡표국의 세 배 규모이고, 거느리고 있는 표두와 표사, 쟁자수의 수만도 천여 명에 달한다.

그래서 천기표국은 중원 전체의 표국 순위에서는 굳건하게 사위를 지키고 있다.

은기도는 큰 욕심이 없는 사람이다. 장인으로부터 물려받은 황룡표국을 제대로 잘 지키면서 조금쯤 번성시키고 싶다는 것이 욕심이라면 욕심이라고 할 수 있었다.

그런데 얼마 전부터는 그나마 작은 욕심마저도 부리지 못할 처지가 돼버리고 말았다.

두어 달 전, 항주제일의 표국인 천기표국이 느닷없는 제안을 해왔기 때문이다.

제안의 내용인즉, 천기표국과 황룡표국이 하나의 표국으로 합병하여 새롭게 태어나자는 것이었다.

천기표국이 황룡표국과 합병하려고 하는 구구한 이유 따위는 들을 가치조차 없었다.

사실 천기표국의 속셈은 간단명료했다. 항주의 표국들 중에서 알짜배기인 황룡표국을 집어삼켜서 경쟁 상대 하나를 없애는 동시에 황룡표국의 주요 고객들까지 흡수하고, 나아가서는 중원 전체 순위에서 한 단계 상승, 삼위가 되자는 계략이 너무도 훤히 들여다보였다.

당연히 은기도는 천기표국의 합병 제의를 정중히 거절했다.

하지만 일단 운을 뗀 천기표국이 순순히 물러날 것이라고는 예상하지 않았으며, 그들은 과연 두 번, 세 번 합병을 하자고 거듭 요구해 왔다.

그리고 근래에 들어서는 합병 요구가 거의 협박의 수위까지 이르고 있는 상황이었다.

은기도는 짐작하고 있다, 자신이 끝내는 천기표국의 요구를, 아니, 협박에 무릎을 꿇고 말 것이라는 사실을.

왜냐하면, 천기표국은 절강성의 패자인 구룡방의 가장 굵직한 수입원 중에 하나이기 때문이다.

일개 표국인 황룡표국이 결코 구룡방을 상대로 살아남을 수는 없을 터이다.

그렇지만 구룡방은 주위의 이목 때문에 전면에 나서서 황룡표국을 압박하는 짓 따위는 하지 않을 것이라는 것이 은기도의 조심스러운 예상이었다.

그런 전제하에서라면, 그리고 무가내가 도와준다면 황룡표국이 천기표국에게 먹히지 않을 수도 있다고 조심스럽게 희망을 품어보는 은기도와 양신웅이었다.

한 번의 표행을 다녀오고 나면 얼마나 먼 곳에 다녀왔느냐에 따라서 길게는 닷새 동안, 짧게는 하루를 쉬는 것이 황룡표국의 여태까지의 상례였다.

합비까지 구백여 리 표행을 다녀온 제육표대 우표대에게는 사흘의 휴식이 주어졌다.

우표대의 이십육 명 중에서 이십 명이 집에 다녀오기 위해서 표국을 나섰다.

그리고 무가내와 우표두를 포함한 여섯 명은 집이 멀거나 갈 곳이 없다는 이유로 표국에 남았다.

도검 이천 자루를 강탈당하지 않고 무사히 임무를 수행하고 돌아온 우표대 전원에게 은자 다섯 냥씩의 포상금이 골고루 주어졌다.

은기도가 무가내에게 큰 상금을 내리려는 것을 총표두 양신웅이 만류했다.

양신웅은 무가내가 돈에 대한 개념이 거의 없으며, 무척 순진하다는 사실에 주목했다.

그래서 황룡표국을 위해서나 무가내를 위해서 처음부터 돈맛을 들이면 안 되고, 차츰차츰 교육을 시키고 경험을 넓히게 하여 황룡표국의 큰 재목으로 쓰자는 것이 양신웅의 조심스러운 설명이었다.

하지만 그것은 양신웅답지 않은 얄팍한 술수였다. 교육시킨다고 해서 교육을 당할 무가내가 아니라는 사실을 그는 간과하고 있었던 것이다.

또한 황룡표국에 흥미가 없어지거나 그에게 또 다른 일이 생긴다면 언제든지 훌쩍 떠날 수 있는 사람이라는 사실도 망각하고 있었다.

차라리 돈을 왕창 안겨주어서 돈맛이라도 알게 하여 황룡표국에 주저앉히는 편이 하책 같으면서도 상책이었다.

무가내는 첫날 은자 다섯 냥을 갖고 보무도 당당하게 황룡표국을 나섰다.

이어서 성내에 들어가 우선 주루에 들러 계탕면을 시켜 먹었다.

그러나 그것으로는 양이 차지 않았고, 처음 먹었을 때처럼 맛도 별로였다.

그는 주루 내를 두리번거리다가 옆 탁자의 사람들이 열심히 먹고 있는 요리가 너무도 맛있게 보여서 똑같은 것을 달라고 주문했다.

그것은 쇠고기와 전복, 해삼, 홍합 등을 넣고 만든 요리였는데, 그것을 먹어본 무가내는 그 맛을 평생 잊지 못할 정도로 감격했다.

그것은 삼합장과(三合醬果)라는 요리였으며, 무가내는 계산을 할 때 그 요리가 무려 은자 다섯 냥이나 한다는 사실을 알고 주머니를 탈탈 털어야만 했다.

그나마 다행스러운 것은, 주루 주인이 무가내가 먹은 계탕면 값은 받지 않는 자비를 베풀어주었다는 사실이다.

은자가 다섯 냥씩이나 생겼다고 좋아하다가 졸지에 빈털터리가 된 무가내는 그때의 뼈아픈 심정을 평생 잊지 못할 정도로 허탈해졌다.

그는 주루를 나오면서 한 가지 교훈을 얻었다. 앞으로 무엇을 먹거나 살 때에는 주머니의 돈을 미리 계산해야 한다는 사실이었다.

돈이 한 푼도 남지 않은 무가내는 그때부터 성내를 이리저리 돌아다녔지만 별 재미가 없었다.

사고 싶은 것과 먹고 싶은 것들이 많이 눈에 띄었는데 돈이 한 푼도 남지 않았기 때문이다.

결국 그는 표국을 나선 지 반나절 만에 다시 돌아와 거처에 틀어박혀 잠을 잤다.

무가내가 정오 나절이 돼서야 잠에서 깨어 쟁자수 전용의 식당에서 밥을 먹고 거처로 돌아왔을 때, 우표두가 그를 기다리고 있었다.

"외출 나가셨다가 왜 벌써 돌아오셨습니까?"

무가내가 낡은 나무 침상에 벌렁 드러눕는 것을 보면서 뻣뻣하게 선 우표두는 어색한 표정으로 물었다.

무가내는 두 팔을 머리 뒤로 돌려 깍지를 끼어 팔베개를 하고 심드렁하게 대꾸했다.

"삼합… 뭔가 하는 요리를 사 먹는 바람에 은자 다섯 냥을 다 써버렸어."

"삼합장과 말이로군요?"

"그래, 삼합장과. 그런데 그것, 무지하게 맛있더군."

"원하시면 언제라도 그보다 더 맛있는 요리와 술을 대접해 드리겠습니다."

무가내는 귀가 번쩍 뜨여 벌떡 일어나 앉았다.

"그래? 언제 사줄 건데?"

우표두는 원래 황룡표국 내에서 무뚝뚝하기로 소문난 사람인데 무가내의 순진한 모습과 반응에 자신도 모르게 엷은 미소를 지었다.

"언제든 말씀만 하십시오."

"지금은 어때?"

"방금 식사를 하지 않았습니까?"

"응. 그게 뭐 어때서?"

"아, 아닙니다. 괜찮으시면 제가 모시겠습니다."

무가내의 명랑한 목소리는 방문 밖에서 들려왔다.

"어이! 빨리 나오지 않고 뭐 해?"

항주에서 가장 유명하고 또 아름다운 명승지는 단연 서호(西湖)를 꼽는다.

넓디넓은 서호 호변에는 이름난 기루와 주루들이 줄지어

늘어서 있다.

그곳들 중 한 주루의 이층 창가 자리에서 무가내와 우표두가 마주 앉아서 술을 마시고 있었다.

무가내는 표국의 식당에서 밥을 양껏 먹었으면서도 우표두가 시켜준 세 종류의 요리를 깨끗이 비웠다.

그는 우표두가 주문한 네 번째 요리를 반쯤 먹다가 젓가락을 놓고 배를 쓰다듬으면서 물러나 앉았다.

그러고 나서 요리를 먹기 시작한 이후 처음으로 우표두를 쳐다보며 물었다.

"왜 먹지 않지?"

"저는 괜찮습니다. 많이 드십시오."

우표두는 무가내의 잔에 공손히 술을 따랐다.

"술맛은 어떨지… 드셔보십시오."

무가내는 한잔 술을 입 안에 털어 넣고는 입맛을 다신 후 고개를 끄떡였다.

"음, 잘 모르겠군."

"천천히 얼마든지 드십시오."

우표두가 술 한 잔을 더 따르고 있을 때, 무가내가 그를 빤히 응시하며 물었다.

"나한테 할 말 있어?"

깜짝 놀라는 바람에 우표두는 술을 쏟고 말았다.

여간해서는 놀라거나 당황하는 일이 없는 그가 무가내의

정곡을 찌르는 말에 가슴이 쿵쾅거리고 얼굴이 붉어져서 어쩔 줄을 몰라 허둥거렸다.

"저는… 그냥 술이나 한잔… 대접할까 해서……."

"말해봐."

무가내는 자작으로 술을 마시면서 조용히 말했다.

우표두는 내심 크게 놀랐다. 그의 지금처럼 진지한 모습을 처음 보기 때문이었다.

더구나 무가내는 우표두가 여태껏 예상하고 있던 것보다 훨씬 예리했다.

그가 알고 있는 무가내라는 사람은 일신에 가공할 절학을 지니고 있기는 하지만, 언행이 가볍고 장난스러운 경려천모(輕慮淺謨)의 성격이었다.

그나마 수양강대첩 직후 마치 천신 같은 모습을 한번 보여주지 않았더라면 무공만 높고 쓸개 빠진 놈 정도로밖에 생각하지 않았을 것이다.

그랬더라면 우표두는 어떤 결심도 하지 않았을 테고, 지금 같은 자리를 마련하지도 않았을 것이다.

우표두는 자세를 바로 하면서 얼굴에는 사뭇 진지한 표정이 떠올랐다.

"몇 가지 여쭙고 싶은 것이 있습니다."

"여쭙는 게 뭐야?"

그렇게 물으면서도 웬일인지 무가내의 표정은 평소와는

달리 진지했다.

"물어보는 것입니다."

"음, 물어봐."

무가내는 고개를 끄떡이고 나서 술잔을 입에 댔다.

"앞으로 무엇을 하실 계획이십니까?"

우표두의 질문에 무가내는 즉답하지 않고 술 한 잔을 비운 다음 여태까지보다 더 진지한 표정을 지었다.

그의 표정 때문에 우표두의 몸이 더욱 굳어졌다.

이윽고 무가내는 고개를 끄떡이며 대답했다.

"천하를 마음껏 돌아다녀 볼 거야."

"그런 다음에는 무엇을 하실 것입니까?"

"어렵군."

"죄송합니다. 그러나 꼭 듣고 싶습니다."

"어려워."

무가내는 술잔을 들고 이리저리 살펴보고 난 후에 고개를 절레절레 가로저었다.

"이 술은 맛이 깊으면서도 은은한 향이 나는데, 도대체 무엇으로 담근 것인지 알아맞히기가 어렵군, 어려워."

"……."

그러자 우표두는 어이없는 얼굴이 되더니 곧 착잡한 표정을 지었다.

무가내가 진지한 표정을 지었던 이유가 술의 원료가 무엇인지 궁금했기 때문이라니, 그렇지 않아도 긴장하고 있던 온몸의 기운이 다 빠져 버렸다.

"곡주(穀酒)입니다. 참쌀[糯米]과 율무[薏苡]를 원료로 했고 솔잎으로 향을 냈습니다."

"참쌀과 율무, 그리고 솔잎이라……. 음, 그렇군."

오악도에 있을 때에도 술에 대해서 남달리 조예와 관심이 깊었던 무가내는 색다르면서도 마음에 드는 술을 접하자 더할 수 없이 진지한 표정으로 다시 술 한 잔을 입 안에 머금어 이리저리 굴려보면서 음미하였다.

우표두는 씁쓸한 마음을 금할 길이 없었으나, 그래도 무가내가 진지한 일면도 있다는 사실을 발견한 것을 위안으로 삼을 수밖에 없었다.

"음, 알싸한 향이 좋구나. 이 술 이름이 뭐지?"

무가내는 지그시 눈을 감고 물었다.

"송옥주(松玉酒)입니다."

"송옥주라……. 맛있군, 맛있어."

우표두는 하고 싶었던 말을 삼켰다. 지금은 적절한 시기가 아니라고 판단했다.

무가내는 송옥주를 열 근이나 마시고서야 자리에서 일어섰다.

우표두는 무가내를 대접하려고 무려 이십 냥의 은자를 지니고 나왔는데 요리 네 그릇과 송옥주 열 근에 빈털터리가 되어버렸다.

만약 그에게 돈이 더 있었으면, 막 송옥주의 맛에 매료되어 가고 있던 무가내가 이렇게 일찍 일어서지 않았을 것이다.

그는 계단 쪽으로 걸어가면서 손바닥으로 배를 두드리며 흡족하게 웃었다.

탁탁탁!

"아아, 기분 좋다! 중원에 오길 잘했어! 으핫핫! 맛있는 술과 요리도 실컷 먹고 말이야!"

뿡!

그런데 배를 너무 세게 두드리는 바람에 그의 엉덩이 사이로 약한 바람이 새어나갔다. 즉, 방귀를 뀐 것이다.

사랑을 속삭이고 있는 한 쌍의 청춘남녀가 마주 앉아 있는 자리를 막 지나고 있을 때였다.

방귀 소리에 화려한 금의 비단옷을 입은 청년이 가볍게 인상을 쓰면서 스쳐 지나가고 있는 무가내의 엉덩이를 힐끗 쏘아보았다.

"컥!"

쿠당!

순간 청년은 두 손으로 목을 움켜잡고 두 눈을 허옇게 까뒤집으며 의자와 함께 뒤로 벌렁 나자빠졌다.

"아앗! 영 랑!"

맞은편의 여자가 날카로운 비명을 터뜨리면서 청년에게

달려들었다.

그 순간 그녀도 맡고 말았다, 구수하지만 숨이 콱 막히는 방귀 냄새를.

"하악!"

여자는 손으로 자신의 목을 움켜잡고는 얼굴이 새하얗게 질려서 쓰러져 있는 청년의 몸 위로 엎어졌다.

계단을 내려가려던 우표두는 쓰러져 있는 두 남녀 쪽을 쳐다보면서 의아한 표정을 지었다.

그러나 무가내는 보고서도 못 본 척 급히 계단을 내려가면서 중얼거렸다.

"죽진 않을 거야."

우표두는 그제야 남녀의 혼절에 무가내가 관련되어 있다는 사실을 깨달았다.

하지만 설마 무가내의 방귀에 중독됐을 것이라고는 꿈에서도 생각하지 못했다.

무가내는 만독불침지신이 되는 과정에서 체내에 무려 천 종류의 극독의 정화(精華)를 축적시켰었다.

그 천 종류의 극독은 무가내의 몸을 외부의 독의 공격으로부터 보호해 주기도 하지만 마음대로 뿜어낼 수도 있었다.

그런데 방금 무가내는 너무 배가 부르고 기분이 좋은 상태에서 방귀를 슬쩍 뀌며 한 종류의 극히 미량의 독이 섞여 나가는 것을 미처 조절하지 못했던 것이다.

은기도와 양신웅은 오랜 숙의 끝에 무가내를 황룡표국의 수석 표두(首席鏢頭)로 승급시키기로 결정을 내렸다.

황룡표국에는 원래 수석 표두라는 지위가 없었으나 무가내 때문에 급조된 지위다.

무가내처럼 엄청난 무공의 소유자를 한낱 쟁자수로 부릴 수는 없는 일이다.

사실 그의 무공 수준에 적당한 지위를 주려고 한다면 표국주 자리도 모자랄 것이다.

그렇지만 은기도나 양신웅의 지위를 내줄 수는 없었다. 그래서 수석 표두라는 지위를 새롭게 만들어낸 것이다.

수석 표두는 황룡표국의 삼인자의 지위다. 녹봉은 한 달에 은자 백 냥으로, 총표두와 같다.

더구나 모든 조건 역시 총표두와 동일하다. 단지 지위만 삼인자일 뿐이다.

은기도와 양신웅은 하쟁자수인 무가내를 한꺼번에 무려 여섯 단계나 승급시켜 주는 것에 대해서는 표국 내에서 아무도 반대하지 않을 것이라고 생각했다.

모두들 무가내의 능력이나 그가 이룬 업적을 잘 알고 있을 것이기 때문이다.

그리고 무가내 본인도 만족할 것이라고 믿었다.

두 사람은 무가내를 사흘의 휴가가 끝나는 날 저녁에 수석 표두에 임명하고, 성대한 연회를 베풀 계획을 세웠다.

  무가내와 우표두가 돌아왔을 때 표국의 분위기는 매우 심
상치 않았다.

  황룡표국의 전문으로 표물을 실은 여러 대의 수레와 표사,
쟁자수들이 분주하게 드나드는 것은 언제나처럼 변함이 없는
광경이었다.

  그러나 전문에서 정면에 마주 바라다보이는 거대한 대표
름(大鏢廩:표국의 대창고) 모퉁이를 돌아서 대광장으로 나서면
사정이 크게 달라졌다.

  대표름 뒤에서 정면 오십여 장 거리에 위치한 웅장한 대전
각이 황룡표국의 심장부인 황룡전(黃龍殿)인데, 황룡전 전문
앞 돌계단 아래에 낯선 두 무리의 백여 명 무사가 질서정연하
게 도열해 있었다.

  그리고 대광장 가장자리에 황룡표국의 표사와 쟁자수들이
삼삼오오 무리를 지어 수군거리면서 황룡전 앞의 무사들을
지켜보고 있었다.

  두 무리의 무사들을 발견한 우표두는 걸음을 멈추면서 얼
굴이 굳어졌다.

  그는 무사들의 복장을 보고 그들이 천기표국의 표사들과
구룡방의 고수들이라는 사실을 알아차렸다.

  은기도는 천기표국이 황룡표국을 집어삼키려고 한다는 사

실을 표두들에게만 알려주었다.

표사들에게까지 말해주는 것은 모두에게 알리는 것이나 다름없는 일이다.

그리고 그것은 괜한 혼란만 야기시킬 것이기 때문에 자제한 것이다.

그동안 천기표국의 총표두가 표사들을 이끌고 와서 은기도에게 합병을 요구한 적은 여러 차례 있었지만, 구룡방 고수들까지 데리고 온 것은 이번이 처음이었다.

우표두는 천기표국이 오늘 담판을 지으려는 것이 분명하다고 생각했다.

언젠가는 이런 날이 올 것이라고 예상은 했었지만, 생각했던 것보다 지나치게 빨랐다.

천기표국은 황룡표국이 대처할 여유를 주지 않았다. 허를 찌른 것이다.

백여 명 중에서 천기표국 표사가 육십여 명이고 구룡방 고수가 사십여 명이었다.

만약 일이 잘못되기라도 하여 실력 행사로 나온다면, 구룡방 고수 사십여 명만으로도 황룡표국을 충분히 괴멸시킬 수 있을 것이다.

황룡표국 사람들은 단순한 무사 수준이지만, 구룡방 고수들은 진짜 무림 고수라서 아예 상대가 되지 않는다.

우표두는 생각했다, 표국주는 절대 천기표국, 아니, 구룡방의 협박에 굴복하지 않을 것이라고.

'그렇다면 한바탕 싸움은 피할 수 없다!'

그는 근처에 있는 표사 한 명에게 빠른 어조로 물었다.

"황룡전 안에는 누가 있느냐?"

"아……."

표사는 깜짝 놀랐다가 얼떨떨한 표정으로 대답했다.

"표, 표국주와 총표두, 표두 대여섯 명, 그… 그리고… 천기 표국의 총표두와 구룡방… 외전(外殿)의 전주(殿主) 한 명이 있습니다."

"전주라고? 음!"

구룡방 외전의 전주가 와 있다는 말에 우표두는 묵직한 신음을 흘렸다.

그는 만약 구룡방이 개입한다면 일개 당(堂) 정도의 세력을 보낼 것이라고 예상했는데 보기 좋게 빗나갔다. 구룡방은 이 일을 매우 중대하게 생각하는 것이 분명했다.

구룡방은 크게 총전(總殿)과 팔룡전(八龍殿), 내전(內殿), 외전 넷으로 나누어진다.

총전은 구룡방 대방주(大幫主)의 직속 기관이고, 팔룡전은 구룡방의 아홉 방주 중에 대방주를 제외한 여덟 명의 방주가 직접 거느리는 여덟 개의 전이며, 내전은 구룡방 내의 질서 유지와 대외 정보 수집, 감찰기관, 집법을 행하는 조직 등으로 이루어졌고, 외전은 오직 대외적인 업무, 즉 싸움과 분쟁 해결 등을 담당한다.

외전에는 두 개의 전과 여섯 개의 당(堂)이 있고, 각 당 아래 다섯 개씩의 향이 있다.

향의 인원은 사십 명, 당은 이백 명, 외전 전체는 천이백여 명에 달한다.

지금 황룡표국에 온 사십 명은 외전 두 개의 전에 소속된 정예 고수들이었다.

사십 명뿐이지만 그들만으로도 황룡표국 정도는 반 시진 안에 초토화시킬 수 있을 것이다.

우표두는 재빨리 사방을 둘러보았다.

구룡방의 고수들과 천기표국의 무사 백여 명은 한여름 늦은 오후의 내리쬐는 땡볕 아래에서도 마치 석상인 양 요지부동 꼼짝도 하지 않고 황룡전 앞에 질서있게 서 있는 반면, 황룡표국의 표사들과 쟁자수들은 대광장 주변에 뿔뿔이 흩어져서 두려움과 긴장의 표정으로 황룡전을 주시하며 수군거리고 있었다.

그런 광경은 싸움이 시작되기도 전에 황룡표국은 이미 패한 것이나 다름없다는 사실을 보여주는 것이었다.

우표두는 즉시 근처에 있는 세 명의 표사를 불러 모아놓고 명령을 내렸다.

"모든 표사는 즉시 표국에 남아 있는 전체 쟁자수들을 지휘하여 대광장을 포위하라."

"포위… 하라는 말입니까?"

표사들은 말도 되지 않는 듯한 표정으로 천기표국과 구룡방 고수들을 가리켰다.

"설마… 저자들과 싸우려는 것입니까?"

"싸우게 되면 싸워야지."

"마, 말도 안 됩니다."

표사들은 벌벌 떨면서 고개를 저었다.

우표두는 엄한 표정을 지으며 꾸짖었다.

"밥통들! 황룡표국이 이대로 사라져서 너희들이 일자리를 잃어도 좋다는 말이냐? 저따위 날강도 같은 놈들에게 뺏겨도 괜찮다는 말이냐?"

그의 우렁찬 목소리는 너무 커서 대광장의 모든 사람들에게 들릴 정도였다.

당연히 천기표국이나 구룡방 고수들도 들었을 텐데 아무도 뒤돌아보는 자가 없었다.

우표두는 개의치 않고 두 손을 허리에 얹은 채 표사들과 쟁자수들을 둘러보며 외쳤다.

"너희는 황룡표국이 망하면 다른 곳으로 가겠다는 생각을 하고 있는 것이냐? 그렇다면 가거라! 그러나 어딜 가더라도 그곳이 너희들의 진정한 보금자리는 될 수 없을 것이다! 그곳의 형편이 어려워지면 지금처럼 또다시 버리고 떠날 테니까 말이다!"

잠시의 침묵이 흐른 후 십여 명의 표사가 우표두에게 우르르 달려와서 허리를 굽혔다.

"표두님, 속하들은 황룡표국을 지키겠습니다! 명령을 내려 주십시오!"

우표두는 그들에게 쟁자수들을 지휘하여 대광장을 포위하라고 지시한 후 무가내를 보며 정중히 입을 열었다.

"저와 함께 황룡전에 들어가시겠습니까?"

무가내는 미소를 지으면서 우표두를 쳐다보았다.

"너, 이제 보니 멋있는 녀석이로군."

"네?"

"사내답다는 말이다."

방금 전에 표사들에게 한 말 때문이었다.

"아… 네."

우표두는 얼굴을 붉히며 괜히 뒷머리를 긁적였다.

"조금 전에 내게 황룡전에 가지 않겠느냐고 물었느냐? 저기가 황룡전인가?"

무가내가 황룡전을 가리키자 우표두가 즉시 앞장섰다.

"제가 모시겠습니다."

"표국주, 내 말을 충분히 알아들었으리라 여기겠소. 이제 용단을 내리시오."

천기표국의 총표두인 철창일기(鐵槍一技) 도범(徒範)은 탁자 맞은편에 앉아 있는 은기도를 주시하며 싱글싱글 미소를 지으면서 말했다.

철창일기 도범은 과거 구룡방 외전 휘하에서 일개 향주(香主)로 있다가 천기표국으로 자리를 옮기면서 총표두가 된 인물이었다.

도범 옆에는 구룡방 외전의 전주, 즉 건곤전주(乾坤殿主)가 팔짱을 낀 채 꼿꼿한 자세로 앉아 있고, 뒤에는 두 명의 당주가 당당한 모습으로 서 있었다.

건곤전주는 이 방에 들어온 이래 한마디도 하지 않고 그저 앉아서 묵묵히 지켜보고만 있는 중이었다.

하지만 그는 단지 이곳에 앉아 있는 것만으로도 맞은편에 앉은 은기도와 그 뒤에 서 있는 양신웅, 그리고 그 뒤편에 빙 둘러 서 있는 여섯 명의 표두를 완전히 압도하기에 부족함이 없었다.

도범은 지금까지 반 시진에 걸쳐서 은기도를 여러 좋은 말로 설득하고 있었다.

황룡표국이 천기표국과 합병하게 되면 어떤 점들이 이득이고, 은기도에게는 어떤 실리가 돌아간다는 식의 장황한 설명이었다.

그러나 그 한마디 한마디는 보이지 않는 칼이 되어 은기도를 찔러댔다.

그래서 지금 은기도는 온몸에 상처를 입은 채 보이지 않는 피를 철철 흘리고 있었다.

은기도와 양신웅, 그리고 표두들은 분노를 참느라 모진 애를 쓰고 있었다.

도범은 끝까지 미소를 잃지 않았다. 그리고 최후의 일격을 가할 때에는 그 미소가 더욱 짙어졌다.

"마지막으로 묻겠소. 본 표국과 합병을 하겠소?"

그는 마지막이라고 했다. 그것은 거절할 경우 무력을 사용하겠다는 뜻이다.

나라에는 국법이 있고 무림에는 무도(武道)가 있지만, 구룡방에게는 통하지 않는다.

구룡방이 즉, 법인 것이다.

구룡방뿐만이 아니라 십팔 년 전, 새외 세력으로부터 중원무림을 구한, 이른바 혼천대전에 참가했던 삼십육 개 방, 문파, 즉 중원삼십육태두 모두는 각 지역의 패자이며 살아 있는 법이었다.

무림은 중원삼십육태두로부터 시작되고 진행되며 끝을 맺는다. 그들이 무림, 그 자체인 것이다.

그러므로 중원삼십육태두에게 억울한 일을 당했다고 해도 어디 가서 하소연할 데가 없다.

"음!"

은기도는 무거운 신음을 내뱉었다.

이어서 어깨를 활짝 펴면서 조금도 굴함이 없이 당당하게 입을 열었다.

"거절하겠소."

"푸후후, 은기도, 소문보다 더 옹고집이로구나."

도범은 여태까지와는 달리 거침없이 은기도의 이름을 부르면서 징그럽게 웃었다.

은기도는 천천히 일어섰다. 그를 비롯한 양신웅과 여섯 명의 표두는 극도로 긴장한 표정으로 공력을 끌어올리면서 곧 벌어질 싸움에 대비했다.

도범은 일어나서 건곤전주에게 공손히 허리를 굽혔다.

"일이 이렇게 됐으니 번거로우시더라도 전주께서 손을 써 주셔야 되겠습니다."

사십대 후반의 나이에 턱이 뾰족하고 눈이 움푹 꺼진 날카로운 용모의 건곤전주는 가볍게 고개를 끄떡였다.

"합병 제의를 거절했으니 황룡표국을 지상에서 사라지게 하면 되는 것인가?"

"그렇습니다."

그 말에 은기도와 양신웅, 표두들의 얼굴에 한결같은 경악지색이 떠올랐다.

건곤전주는 느릿하게 몸을 일으키면서 스산한 눈빛으로 은기도를 응시하며 중얼거렸다.

"은기도, 너는 본좌가 상대해 주마."

철석간담을 지닌 것으로 소문난 은기도이지만 막상 건곤

전주와의 일전을 목전에 두자 긴장감 때문에 온몸이 터질 것처럼 팽팽해졌다.

은기도는 건곤전주가 무려 구십 년이라는 공력을 지녔으며, 구룡방 내에서 오십위 안에 꼽히는 실력자라는 사실을 잘 알고 있다.

그에 비하면 은기도는 칠십 년 공력에 사문인 숭검문의 성명 검법만을 익혔을 뿐이다.

그러므로 그의 실력으로는 건곤전주의 삼십 초식도 견뎌내지 못할 것이다.

그러나 그는 죽을지언정 불의와 타협하지 않는 성격이다.

건곤전주와 도범이 고수들을 이끌고 들이닥쳤을 때, 은기도는 급히 무가내를 데려오라고 사람을 보냈다.

그러나 반 시진이 넘도록 무가내는 오지 않고 있다. 그를 데리러 간 표사는 아마도 성내를 뒤지고 있는지 그 역시 돌아오지 않고 있었다.

제육표대 우표대 전원에게 사흘의 휴가를 주었으니, 아마도 무가내는 성내 어딘가에 있을 것이다. 술을 좋아하니 술독에 빠져 있을 터이다.

무가내가 황룡표국을 지켜주기를 원했지만 일이 뜻대로 풀리지 않고 있었다.

아니, 구룡방이 전면에 나섰다면 설혹 무가내가 돕는다고 해도 황룡표국을 끝까지 지켜낼 수는 없을 것이다.

은기도는 방금 전에 최후의 권유를 거절했지만, 지금 내심으로는 몹시 갈등하고 있었다.

'표국을 지키기 위해서 표국의 모든 사람들을 희생시켜야 한다는 말인가?'

그러나 그렇게 해서도 표국을 지킬 수는 없을 것이다. 결국 죄없는 수하들만 죽이고 마는 것이다.

'나 하나만 굴복하면 모두 무사하지 않겠는가……'

결국 은기도의 마음이 꺾였다. 그는 굴강한 성품이지만 무지하지는 않은 것이다.

"잠깐, 할 말이 있소."

은기노는 무겁게 가라앉은 목소리로 입을 열었다.

그러자 양신웅과 여섯 표두의 표정이 급변했다. 그들은 은기도의 마음을 간파한 것이다.

척!

그때 방문이 열리며 무가내가 들어섰고, 우표두가 뒤따랐다.

모든 사람의 시선이 무가내에게 집중되었다.

다음 순간 은기도를 비롯한 황룡표국 사람들의 얼굴에 기쁜 표정이 역력하게 떠올랐다.

그러나 은기도는 아주 잠깐 기쁜 표정을 지었을 뿐, 곧 어두운 얼굴로 바뀌었다.

구룡방이 개입했으니 아무리 무가내라고 해도 어쩔 수 없을 것이라고 생각했기 때문이다.

그렇지만 무가내의 등장으로 사태는 전혀 뜻하지 않은 방향으로, 그리고 걷잡을 수 없이 빠르게 흘러갔다.

그것은 은기도로서도 전혀 예상하지 못한 것이었다.

"구룡방 전주라는 놈이 누구냐?"

무가내는 들어서자마자 탁자로 느릿하게 걸어오면서 건곤전주와 도범을 번갈아 쳐다보며 거침없이 말했다.

그는 이곳까지 오면서 우표두에게 대충 어떻게 된 일인지 설명을 들은 상태였다.

무가내의 등장과 가히 경악할 만한 그의 말 때문에 실내에 있는 사람들은 피아를 막론하고 모두 크게 놀랐다.

무가내는 탁자 맞은편 은기도 옆에 떡 버티고 서서 팔짱을 끼고 건곤전주와 도범을 번갈아보면서 가볍게 인상을 썼다.

"쟁자수가 된 지 며칠 되지도 않았는데 내 밥줄을 끊으려고 들어?"

건곤전주와 도범은 이 돌연한 사태를 어떻게 이해해야 할지 갈피를 못 잡는 표정이었다.

그들이 보기에 무가내는 쟁자수의 복장이었다. 그리고 그는 스스로 쟁자수라고 말했다.

한낱 쟁자수의 말이 너무 어이가 없어서 두 사람은 화조차도 나지 않는 듯했다.

조궁즉탁(鳥窮則啄)이라고, 새도 궁지에 몰리면 돌아서서 사람을 쫀다고 하더니 이것은 그보다 더한 상황이었다.

새가 아니라 한 마리 벌레만도 못한 놈이 사람을 능멸하고 있지 않은가.

건곤전주와 도범이 어떤 반응을 보이기도 전에 무가내가 건곤전주를 쳐다보며 오만한 자세로 턱을 치켜들었다.

"네가 건곤전주냐?"

"이런 쥐방울만 한 놈이……!"

인내심은 이럴 때 사용하라고 있는 것이 아니다. 건곤전주는 은은히 노기를 띠며 무가내를 쏘아보았다.

그런데 무가내는 은기도를 쳐다보며 순진한 얼굴로 물었다.

"표국주, 이놈들 죽여도 돼?"

은기도는 움찔하며 대답을 하지 못했다. 지금 이 자리에서 무가내가 건곤전주를 죽이는 것은 그다지 어려운 일이 아닐지도 모른다.

하지만 그것은 문제의 해결이 아니라 황룡표국의 괴멸이라는 벽력탄에 불을 붙이는 도화선이 될 것이다.

"죽여도 되네."

은기도가 대답을 못하고 있을 때 뒤에 서 있던 양신웅이 메마른 듯 갈라진 목소리로 입을 열었다.

은기도는 흠칫 놀라 뒤돌아보았다. 그리고 그는 양신웅과 표두들 얼굴에 가득 떠올라 있는 결연한 표정을 발견했다.

"이놈들! 감히 전주께……!"

그때 건곤전주 뒤에 서 있던 두 명의 당주 중 한 명이 분노를 참지 못하고 앞으로 나서면서 오른손으로 어깨의 검파를 잡았다.

츄앗!

그 순간 무가내가 전광석화보다 빠르게 석검을 뽑았다가 다시 꽂았다.

그러자 그에게서 네 개의 가느다란 핏빛 빛줄기가 번쩍하고 뿜어졌다.

그의 동작이 얼마나 빨랐는지 사람들은 단지 핏빛 섬광이 번뜩였다가 사라지는 것과 무가내가 검을 뽑으려다가 그만두는 듯한 동작을 취하는 것만 보았을 뿐이다.

그러나 은기도와 양신웅, 우표두는 반사적으로 무가내가 이미 초식을 전개했다는 사실을 느꼈다.

세 사람은 동시에 건곤전주를 쳐다보다가 시선이 그의 미간 한복판에 고정되었다.

그곳에 손톱 절반 크기의 핏빛 점 하나가 뚜렷이 새겨져 있는 것을 발견한 것이다. 물론 그 점은 방금 전까지만 해도 없던 것이다.

세 사람은 그것이 무엇인지 알지 못했다. 그래서 급히 그의 얼굴을 살펴보았다.

건곤전주의 얼굴에는 은은한 노기가 떠올라 있었다. 그것은 무가내의 허무맹랑한 말에 화를 내고 있던 방금 전의 표정 그대로였다.

그래서 은기도와 양신웅, 우표두는 아직 아무 일도 일어나지 않은 것이라고 생각했다.

그래서 건곤전주의 미간 한복판에 새겨져 있는 핏빛 점은 아무 의미도 없는 것이라고 여겼다.

스르르······.

그런데 그때, 건곤전주의 몸이 느릿하게 뒤로 넘어갔다.

은기도와 양신웅, 우표두는 눈을 부릅뜨고 입을 크게 벌렸다.

아무 일도 일어나지 않은 것이 아니었다.

사람들은 마치 시간이 정지해 있는 듯한 느낌을 받았다. 아니, 모든 것이 정지해 있는 중에 건곤전주 혼자만 뒤로 쓰러지고 있는 것 같은 착각을 느꼈다.

쿵!

건곤전주는 묵직하게 바닥을 울리며 쓰러졌다.

그제야 은기도와 양신웅, 우표두는 건곤전주가 죽었다는 것과 너무도 찰나지간에 당하는 바람에 그가 얼굴에 떠올라 있던 노기를 미처 다른 표정으로 바꿀 겨를조차 없었다는 사실을 깨달았다.

그때 도범과 건곤전주가 데리고 온 두 명의 당주도 몸이 뻣뻣해져서 뒤로 쓰러져 갔다.

쿠쿠쿵!

쓰러져 있는 세 명의 미간 한복판에도 건곤전주처럼 핏빛 점이 뚜렷하게 새겨져 있었다.

"아아!"

누군가의 입에서 탄성 같은 신음이 흘러나왔다.

모두의 시선이 일제히 무가내에게 집중됐다. 그들의 얼굴에 떠올라 있는 것은 더할 수 없는 경악지색이었다.

무가내는 뜨악한 표정을 지었다.

"죽여도 된다고 했잖아?"

"잘하셨습니다! 잘 죽이셨습니다!"

우표두가 감격한 표정으로 외치듯이 말했다.

무가내는 씨익 미소 지으면서 고개를 끄떡였다.

"황룡표국을 지켜야지. 그렇지 않으면 나는 갈 곳이 없어."

그는 은기도를 비롯한 사람들을 쓸어보았다.

"너희들도 마찬가지 아냐? 황룡표국이 없어지면 너희도, 그리고 이곳에 있는 모든 표사나 쟁자수도 일자리를 잃어버리는 거잖아!"

"그, 그렇습니다."

이번에도 우표두가 대답했다.

"내 것은 내가 지켜야지 저절로 지켜지지 않아. 그리고 남이 지켜주지도 않고."

그것은 무가내가 오악도에서 네 명의 마물과 생활하면서
깨달은 이치였다.

그 간단한 이치를 은기도 등은 이미 예전부터 알고 있었지
만 잠시 잊고 있었고, 지금 막 새삼스럽게 깨달았다.

무가내는 몸을 돌려 방문 쪽으로 걸어갔다.

"어딜 가십니까?"

우표두가 급히 뒤따르며 물었다.

무가내는 방문을 나가면서 태연하게 대꾸했다.

"밖에 있는 놈들도 죽여야지."

무가내와 우표두가 나가고 난 후 실내에는 괴괴한 적막이
흐르고 있었다.

그러나 실내를 지배하고 있는 것은 적막만이 아니었다.

두려움이었다.

무가내에 대한, 그리고 무가내가 방금 저질렀고, 또 저지르
려고 하는 일이 몰고 올 엄청난 결과에 대한 두려움이었다.

그렇지만 이제는 돌이킬 수가 없었다.

이것은 호랑이 등에 올라타고 달리는 상황, 즉 기호지세(騎
虎之勢)인 것이다.

第十六章
천하제일미의 무릎베개

무가내는 술을 진탕 마신 후 자신의 거처 나무 침상 위에 벌렁 누워 눈을 감았다.

활짝 열어놓은 창을 통해서 교교한 달빛이 흘러들어 와 그의 몸에서 잔물결을 이루며 잔잔하게 흘러 다녔다.

"중원이라는 곳은……."

그는 눈을 감은 채 나직이 중얼거렸다.

"역시 재미있어."

그리고는 잠이 들었다.

황룡표국 전체는 일찍이 유래가 없었던 초긴장 상태에 돌입해 있었다.

무가내가 구룡방 외전 건곤전주와 두 명의 당주, 그들이 이끌고 온 사십 명의 고수, 그리고 천기표국의 총표두 도범과 그가 이끌고 온 육십 명의 표사를 한 명도 남기지 않고 깡그리 죽였기 때문이다.

일은 이미 벌어졌다. 쏟아진 물은 다시 주워 담을 수 없다[反水不收].

바야흐로 전쟁에 돌입한 것이다.

황룡표국과 구룡방. 벌레와 용의 전쟁이다.

은기도 이하 모든 사람들은 이 전쟁에서 결국 황룡표국이 패할 것이라고 예견한다.

그리고 그 결말은 자신들이 짐작하고 있는 것보다 훨씬 더 참혹할 것이라고 생각했다.

은기도는 황룡표국의 모든 사람들을 모아놓고 오늘 늦은 오후에 벌어진 일에 대해서 빠짐없이 설명해 주었다.

그리고는 떠날 사람은 떠나라고 말했다.

그 결과 표행에 나서지 않고 표국에 남아 있던 백칠십 명 중에서 무려 백여 명이 짐을 챙겨 떠났다.

그래서 지금 표국에 남아 있는 사람은 은기상과 양신웅의 가족들, 그리고 우표두를 비롯한 네 명의 표두, 열두 명의 표사와 오십이 명의 쟁자수가 전부였다.

오십이 명의 쟁자수에 무가내도 포함됐다.

표행에서 돌아오는 표두와 표사, 쟁자수들이 이 사실을 알게 되면 아마 대다수가 떠나갈 것이다.

어쩌면 표행 중에 황룡표국의 소식을 전해 듣고 아예 귀환하지 않는 표대도 있을지 모른다.

은기도와 양신웅은 무가내에게 수석 표두에 어울리는 새로운 거처, 즉 크고 넓은 침실과 거실, 그리고 하녀들이 딸린 방에서 쉴 것을 권했지만 그는 뿌리치고 석중명과 함께 사용하고 있는 이 누추한 쟁자수 전용 방으로 돌아와 술을 마시고 잠이 든 것이다.

사실 그는 아무런 생각도 없이 건곤전주와 그 수하들을 죽인 것이 아니었다.

그의 생각은 단순 명료하면서도 확고부동했다.

나, 그리고 나에게 속한 것들은 내가 지킨다.

그것을 위협하는 것들은 상대가 누구더라도 죽인다는 것이다.

무가내는 잠깐 사이에 깊은 잠에 빠져들어서 가늘게 코까지 골았다.

그는 잠을 자면서 가볍게 인상을 쓰기도 하고, 히죽히죽 웃기도 했다.

꿈속에서 그는 어전히 오악도에서 생활하고 있었다. 중원이라는 사실을 알기 전이었고, 금만등을 이루기 전, 내공이 일 갑자 남짓이었을 무렵이다.

꿈속의 그는 오악도의 네 마물과 여전히 치고받고 싸우면서도 묘한 그리움을 느끼고 있었다.

오악도가 그립고, 네 마물이 보고 싶었다.

해괴한 일이었다. 오악도에서 네 마물과 지겹도록 아옹다 옹했으면서도 그곳 생활과 그들을 그리워하고 있다니…….

"여기서 기다려요. 나 혼자 올라가겠어요."

"소저."

몹시 낡은 나무 계단 아래에서 은예상이 차분한 얼굴로 자 늑자늑하게 입을 열자 함께 온 냉운월의 얼굴에 당치도 않다 는 표정이 떠올랐다.

"괜찮아요."

은예상은 살포시 미소를 지었다. 그녀는 무가내가 자신을 해칠 사람이라고는 생각하지 않았다.

냉운월은 은예상의 고집이 세다는 사실을 잘 알고 있기 때 문에 한발 양보했다.

"그럼 소저께서 만나려고 하는 사람이 누구인지만 말씀해 주십시오."

은예상은 냉운월이 쉽사리 물러서지 않을 것을 알기에 어 쩔 수 없이 대답했다.

"이곳의 쟁자수예요."

냉운월은 가볍게 놀라는 표정을 지었다.

"어떻게 아는 사람입니까?"

그녀로서는 당연한 물음이었다.

"내 등에 지도를 새긴 사람이에요."

냉운월은 조금 전보다 더 놀라는 표정을 지었다.

회계산의 이름 모를 소에서 은예상은 자신의 등에 난데없이 새겨진 지도에 대해서는 냉운월에게 일언반구 설명 한마디 하지 않았다.

그래서 냉운월은 혼자서 이것저것 추리를 해보는 수밖에 없었다.

누군가 은예상의 등에 지도를 새겨 넣으려면 틀림없이 그녀의 알몸을 보고 만졌을 것이다. 그 당시 냉운월이 돌아왔을 때 은예상은 알몸 상태였다.

그렇지만 은예상의 말과 행동으로 미루어 그자에게 나쁜 짓을 당한 것 같지는 않았다.

그리고 그자가 홀연히 떠난 것으로 보아 은예상에게 흑심을 품고 있는 것 같지도 않았다.

그런데 그자가 황룡표국의 쟁자수였다니, 실로 놀라운 일이 아닐 수 없었다.

한 가지 기이한 일은, 후원 별채에서만 생활하는 은예상이 어떻게 그자가 이곳의 쟁자수라는 사실과 그자의 거처까지 알아냈느냐는 사실이었다.

은예상은 냉운월이 뭐라고 말하기 전에 서둘러 나무 계단을 올라갔다.

냉운월은 묵묵히 은예상을 바라보았다. 무공 연마밖에 모르는 냉운월이지만 그녀도 여자다. 여자에게는 특유의 느낌이라는 것이 있다.

그 느낌에 의하면, 은예상은 그자를 특별하게 여기고 있는 것이 분명했다.

계단 위는 낭하가 길게 뻗어 있고, 오른편에 작은 방들이 일렬로 길게 늘어서 있었다.

삐걱삐걱!

깃털처럼 가벼운 은예상이 걷는데도 나무로 만든 낡은 낭하는 작은 비명을 질러댔다.

은예상은 삐걱거리는 소리가 날 때마다 마치 나쁜 일을 하다가 누군가에게 들킨 것처럼 깜짝깜짝 놀라기도 하고 가슴이 심하게 콩닥거렸다.

그녀는 방문을 하나씩 세어나가다가 다섯 번째 방문 앞에서 멈추었다.

그녀를 호위하는 표사가 알아낸 바에 의하면 이곳이 무가내의 거처가 분명했다.

똑똑똑.

그녀는 한차례 작게 심호흡을 한 후 새하얗고 예쁜 손을 들어 조심스럽게 방문을 두드렸다. 그러나 잠시가 지나도록 안에서는 아무런 기척이 없었다.

방문에 가만히 귀를 대어보니 안에서 가늘게 코 고는 소리가 들렸다. 그래서 은예상은 무가내가 잠을 자고 있는 것이라고 여겼다.

그녀는 용기를 내어 가만히 문을 열었다.

끼이이.

귀에 거슬리는 작은 소리가 났지만 은예상의 귀에는 천둥소리처럼 크게 들렸다.

방으로 한 걸음 들어선 그녀가 가장 먼저 느낀 것은 훅! 하고 끼쳐 오는 더운 열기와 퀴퀴한 냄새였다.

그녀에게는 생경하기 짝이 없는 남자들만의 시큼털털하고 고리타분한 냄새였다.

세 평 정도의 좁고 음습한 실내였다. 한쪽 벽면에 나무 침상이 하나 놓여 있고, 그 맞은편에 작고 낡은 함롱 하나가 세간의 전부였다.

은예상의 시선이 이끌리듯이 침상에 누워 있는 무가내에게 향했다.

까까머리에 머리카락이 거뭇거뭇하게 조금 났고, 옷을 입고 있기는 했지만 문어 대가리가 틀림없었다.

무가내는 누가 들어왔는지도 모르는 채 큰 대 자로 자고 있었으며, 숨을 쉴 때미다 독한 술 냄새가 풍겨 나왔다.

은예상은 조심스럽게 방문을 닫고 침상 옆에 서서 무가내를 굽어보았다.

그녀는 문득 빨갛고 조그만 입술을 삐죽거렸다.

문득 그날, 회계산의 소에서 벌어졌던 일들이 불현듯 생각났기 때문이다.

그때 무가내는 셀 수도 없을 만큼 은예상의 입술을 덮쳤으며, 젖가슴을 주물렀다. 아직도 그 부위에서 그의 입술과 손길이 생생하게 느껴질 정도였다.

열여덟 해를 살아오는 동안 부친을 제외한 어떤 남자도 그녀의 손목조차 잡지 못했다.

물론 당시의 무가내로서는 은예상을 살리기 위해서 어쩔 수 없는 행동이었을 것이다.

만약 그 당시의 그에게 음심이 있었다면 그녀를 살리기보다는 제 욕심부터 채웠을 것이다.

그것을 누구보다 잘 알고 있는 은예상이라서 무가내를 미워하지 않는다.

그렇지만 얄미운 마음이 샘솟는 것은 어쩔 수가 없었다.

사정이야 어쨌든 간에 무가내는 은예상의 입술과 몸을 실컷 유린하지 않았는가.

은예상은 그 당시 그 일 때문에 줄곧 속을 새카맣게 태우면서 밤잠을 설쳤었다.

그런데 무가내는 그런 일 같은 것은 모두 잊어버린 듯 동료들과 어울려 술에 취해서 큰 소리로 노래를 부르거나 마음 편하게 코를 골면서 잠만 잘 자고 있으니, 그것을 보는 그녀의 마음이 편할 리가 없었다.

잠들어 있는 무가내를 잠시 동안 굽어보고 있는 은예상의 입가에 엷은 미소가 피어났다.

무가내의 자는 모습이 너무도 천진난만했기 때문이다.

두 팔과 다리를 활짝 벌리고 배꼽은 훤히 드러냈으며, 입은 반쯤 벌린 채 코를 고는 모습은 영락없는 어린아이, 아니, 악동의 그것이었다.

은예상은 무가내의 머리맡에 조심스럽게 앉아 그의 얼굴에서 시선을 떼지 않은 채 오랫동안 지켜보았다.

그러다가 어느 순간, 그녀는 한 가지 사실을 깨달았다.

마음이 더할 나위 없이 평온하다는 사실이었다.

가문인 숭검문이 멸문하고 부모가 비명에 돌아가신 후부터 지금까지 단 한순간도 슬픔과 근심, 후회에서 벗어나 본 적이 없는 그녀였다.

그런데 기이하게도 지금 그녀는 가문이 멸문하기 전에 맛보았음직한 그런 아련한 평온함과 푸근함에 아늑하게 빠져 있는 자신을 발견했다.

'왜일까?'

그 이유를 스스로에게 자문해 봤지만 해답을 찾지 못한 그녀는 실내를 두리번거렸다.

실내의 대체 어떤 분위기가 자신에게 이런 기분을 느끼게 하는 것인지 찾아보려는 의도였으나 그럴 만한 것은 아무것도 없었다.

'설마…….'

그녀는 무가내를 보면서 약간 놀라면서도 어이없는 표정을 떠올렸다.

'말도 안 돼.'

지금의 이 평온함이 무가내 때문이라니, 그녀는 살래살래 고개를 가로저으며 완강하게 부정했다.

그렇지만 마음속으로는 이 괴이한 현상을 인정하고 있는 자신을 발견하고 놀라워하고 있었다.

"아!"

그녀는 고개를 가로젓고 나서 무가내를 바라보다가 화들짝 놀랐다.

언제 깨어났는지 그가 멀뚱하게 눈을 뜨고 그녀를 빤히 응시하고 있었기 때문이다.

"상아구나?"

무가내는 누운 채 그녀를 보면서 빙그레 미소를 지었다.

은예상은 깜짝 놀라면서 눈을 커다랗게 떴다.

무가내가 마치 오래전부터 잘 알고 지내던 사이처럼 친근하게 그녀의 이름을 불렀다.

더구나 그의 얼굴에도 그런 정겨운 표정과 미소가 떠올라 있었기 때문이다.

"네……."

은예상은 무심코 그렇게 대답을 하면서 스스로도 깜짝 놀라고 있었다.

방금 전까지만 해도 모르고 있던 사실 하나를 새롭게 깨달은 것이다.

무가내가 정겨운 표정으로 친숙하게 이름을 불러주기 전까지만 해도 전혀 몰랐는데, 아니, 그가 아주 낯선 남처럼 여겨졌었는데 그가 이름을 불러주는 순간에 그녀 역시 그를 마치 오래전부터 무척 가깝게 지내던 사람 같은 느낌을 받은 것이다.

말과 글로는, 그리고 어떤 이론으로도 설명하기 어려운 것이 사람과 사람 사이, 특히 남녀 간의 일이라고 하더니, 이런 일이 생길 줄은 꿈에서도 예상하지 못한 은예상이었다.

"아, 홈! 날 찾아온 거야?"

무가내는 늘어지게 하품을 하면서 부정확한 발음으로 물었다.

"네."

은예상은 고개를 끄떡였다. 그녀는 꼭 해야 할 말이 있었지만 일단은 참고 기다리기로 했다. 아직은 그런 말을 하기에 적당한 시기가 아닌 것이다.

그때 무가내가 일어나는 대신 상체를 약간 틀면서 침상 가장자리에 다소곳이 앉아 있는 은예상의 무릎, 아니, 허벅지를 베고 누웠다.

"아……!"

은예상은 깜짝 놀랐으나 벌떡 일어서지도 무가내를 밀쳐 내지도 않았다.

그런데 정말 이상한 일이었다.

이런 상황에서는 소스라치게 놀라야 하는데도 그녀는 그저 가볍게 놀랐을 뿐이고, 무가내의 돌발적인 행동을 그저 묵묵히 받아들이고 있었다.

마치 예전에도 무가내의 이런 행동을 수없이 받아들였던 것 같은 익숙한 느낌과 반응이었다.

그렇지만 그녀는 그런 자신의 행동 때문에 더 이상 놀라지는 않았다.

이것은 필시 조금 전에 느꼈던 어떤 평온함이나 아늑함하고 같은 맥락일 터이다.

"너, 여기에 사는 거야?"

무가내가 불쑥 물었다.

이런 상황에서는 적잖이 놀라면서 여긴 어떻게 찾아왔느냐, 내게 무슨 볼일이 있느냐 따위를 물어야 하는데, 무가내는 전혀 아니었다.

"네."

은예상은 세 번째도 똑같이 '네'라고 대답했다. 하지만 처음의 얼버무리는 듯한 발음이 아니었다.

"그렇구나. 나는 여기 쟁자수야. 알고 있지?"

"네."

은예상은 자신의 허벅지를 베고 누워 있는 무가내를 굽어 보면서 대답했다.

그녀가 보기에 무가내는 중원의 보통 사람하고는 많이 다른 것 같았다. 그의 모습이 아니라 정신세계가 그랬다.

"으아아아!"

그때 무가내가 온몸을 한껏 길게 쭉 뻗고 잔뜩 힘을 주어 바들바들 떨면서 다시 한 번 늘어지게 기지개를 켜며 괴상한 신음을 내뱉었다.

자신이 천하제일미의 허벅지를 베고 누웠다는 사실 같은 것은 조금도 인지하고 있지 않은 무례한 행동이었다.

하품 때문에 그의 눈에 눈물이 그렁그렁 고였다가 눈가를 타고 주르르 흘러내리는 것을 보면서 은예상은 소리없이 미소를 지었다.

그녀는 자신이 이런 상황에서 왜 미소를 지어야 하는지를 이상하게 생각하지 않았다.

그저 자연스럽게 무가내의 정신세계로 동화되어 가고 있는 중이었다.

무가내에게는 그런 신비한 힘이 있었다, 사람을 무력하게 만들고 자신의 것으로, 자신의 세계로 끌어당기는 미증유의 그런 힘이.

무가내는 기지개를 켜면서 뻗었던 두 팔을 오므리다가 은예상의 허리에 팔이 닿자 자연스럽게 허리를 안아버렸다.

그러나 은예상은 이번에도 역시 놀라지 않고 가만히 앉아서 무가내를 굽어보았다. 다만 움찔하고 가볍게 늘씬한 교구를 떨었을 뿐이다.

무가내는 상체를 비틀어 얼굴을 은예상의 배 쪽으로 돌아누우면서 한 팔로 그녀의 허리를 안았다.

"밥 먹었어?"

그리고는 마치 오빠처럼 물었다.

"먹었어요."

시간은 술시(戌時:저녁 8시)가 지나 있었다.

"야참 먹자."

"배고파요?"

은예상은 자신의 등에 새겨진 지도에 대해서는 까맣게 잊은 채 미소를 지으면서 물었다.

어떤 이유든, 어떤 상황이었든, 그녀의 입술을 수없이 훔치고 가슴을 주물렀던 사내에 대해서 여자는 관대할 수밖에 없는 것인가.

그렇지만 은예상은 결코 그런 평범한 여자가 아니었다. 만약 자신이 누군가에게 겁탈을 당해서 순결을 잃었다고 해도 그자가 조금이라도 마음에 들지 않으면 절대로 굴복하지 않으며 반드시 죽이고 말 것이다.

무가내는 손바닥을 펴서 은예상의 허리를 문지르듯 쓰다듬으면서 배고픈 표정을 지었다.

"나는 하루에 다섯 끼는 먹어야 해. 술 열 근 이상하고."

"어머?"

은예상은 깜짝 놀라 눈을 크게 떴다.

무가내는 그런 그녀의 얼굴을 빤히 올려다보았다.

그의 시선에 은예상은 살짝 얼굴을 붉혔다.

"왜 봐요?"

무가내의 입가에 빙그레 미소가 번졌다.

"너는 염 누나보다 더 예쁘구나."

"염 누나가 누구예요?"

"응. 나한테 엄마 같은 누나야. 무공도 가르쳐 주고 밥도 주고 목욕도 시켜준 사람이지."

"그분이 아름다운가요?"

"세 마물은 염 누나만 보면 예쁘다고 정신을 못 차려. 내가 보기에도 좀 예쁜 것 같고."

"세 마물이라뇨?"

그렇게 물으면서 은예상은 무가내에 대해서 조금씩 알아 가고 있다는 사실이 왠지 기뻤다.

"혈검, 소기, 독구야. 어떻게든 틈만 나면 염 누나를 자빠 뜨리려고 눈이 벌건 음탕한 영감탱이들이지."

은예상은 의아한 표정을 지었다.

"자빠… 뜨리는 것이 뭔가요?"

무가내는 태연하게 대꾸했다.

"자빠뜨려서 음양교합을 한대나 뭐래나? 다른 말로는 정사나 방사라고도 한대."

순간 은예상은 얼굴이 빨개져서 두 손으로 얼굴을 감싸며 어쩔 줄을 몰라 했다.

그러나 그녀는 무가내가 아무렇지도 않은 것을 보고 그가 음탕한 것이 아니라 순수하기 때문이라는 것을 깨달았다.

그때 문득, 은예상은 누워 있는 무가내가 자신의 봉긋한 젖가슴을 빤히 바라보고 있는 것을 발견하곤 놀라면서도 가슴이 두근거렸다.

"그때… 기분이 이상했어."

은예상은 그가 무슨 말을 하는 것인지 알아차리고 얼굴이 새빨개졌다.

"뭐… 가요?"

쿡!

"네가 숨을 쉬는지 보려고 여기에 귀를 대고 있었는데, 몹시 푹신하고 따뜻했거든? 그리고 아주 편안했어."

무가내가 손가락으로 은예상의 젖가슴, 그것도 유두를 가볍게 찌르자 은예상은 하마터면 비명을 지를 뻔했다.

그러나 그녀는 무가내의 말과 표정에서 그가 추호도 음탕한 마음을 갖고 있지 않다는 것을 느꼈다.

그런데 무가내는 아예 한술 더 떴다.

"있잖아, 나중에 그거 한 번 더 해보자. 응?"

"……."

은예상은 기가 막혔다. 그가 무엇을 한 번 더 해보자고 말하는 것인지 알기 때문이었다.

그러나 무가내는 순진무구한 맑은 눈빛으로 은예상을 빤히 바라보며 물었다.

"왜? 싫어?"

은예상은 그의 해맑은 눈빛에 급속하게 무력해지고 있는 자신을 발견하고는 적잖이 놀랐다.

"……."

"그러면 안 되는 거야?"

그녀는 천하에서 가장 아름다운 여자, 즉 천하제일미라고 숭상받는 천상옥봉 은예상이다.

그런 그녀의 푹신한 젖가슴에 다시 한 번 뺨을 묻고 싶다고 말하는 무가내였다.

은예상은 무가내가 너무도 순수한 눈으로 바라보자 어쩔 줄을 모르다가 아주 조그맣게 입을 열었다.

"나중에……."

"그래, 나중에."

그제야 무가내는 환한 미소를 지었다.

은예상을 기다리고 있던 냉운월은 누군가 한 사람이 자신 쪽으로 빠르게 달려오는 것을 발견했으나 피하거나 숨지 않고 그대로 서 있었다.

달려온 사람은 우표두였다. 그는 계단 아래에 장승처럼 서 있는 냉운월이 남자인 줄 알았다.

남자처럼 경장 차림에 키도 크고 당당하게 서 있으니, 이런 밤중에는 누가 보더라도 남자라고 여길 것이다.

그러나 가까이에 다가와서 그녀가 여자라는 것을 알아보고는 약간 멈칫했다.

"누구요?"

우표두가 경계하듯 묻자 냉운월은 원래의 차가운 얼굴에 상대를 무시하는 듯한 눈빛으로 중얼거렸다.

"상관할 것 없다. 네 볼일이나 봐라."

우표두는 기분이 상했지만 지금은 여자와 왈가왈부할 때가 아니었다.

탁탁탁탁!

그는 냉운월을 지나쳐 곧장 계단을 달려 올라갔다.

냉운월은 우표두의 뒷모습을 눈으로 쫓다가 그가 은예상이 들어간 방문 앞에 멈추자 가볍게 표정이 변했다.

우표두는 조심스럽게 방문을 두드렸다.

"무가내님, 접니다."

"들어와."

방 안에서 졸음이 가시지 않은 무가내의 목소리가 흘러나오자 우표두는 즉시 안으로 들어갔다.

"구룡방에서 고수들을 보냈다는 보고가… 아!"

우표두는 무심코 들어서면서 빠른 어조로 말하다가 실내에 벌어져 있는 광경을 발견하고는 크게 놀라면서 부지중 탄성을 터뜨렸다.

'천상옥봉…….'

우표두는 천하제일미 천상옥봉 은예상이 은기도의 질녀이며 이곳 황룡표국에 와 있다는 사실을 알고 있는 몇 안 되는 사람 중 한 명이었다.

그는 은예상을 실제로 본 적은 없고 말만 들었을 뿐이다.

하지만 그는 실내 침상에 한 폭의 그림처럼 요요히 앉아 있는 눈부신 미녀를 보는 순간 그녀가 천상옥봉이라는 사실을 단번에 직감했다.

평소에 여자를 돌덩이처럼 여기는 우표두였지만 그것은 평범한 여자의 경우다.

은예상이 자신을 말끄러미 바라보자 우표두는 '헉!' 하고 숨을 몰아쉬며 온몸이 얼어붙었다.

지금 그의 모습은 조금도 그답지 않은 것이었다. 우표두는 그 사실을 몸이 얼어붙어 있는 이 순간에도 생생하게 느끼고 있었다.

그렇지만 누가 자신에게 뭐라고 흉보는 사람이 있다면, 그는 이렇게 말하고 싶다.

"너도 한번 천하제일미 코앞에 서서 그녀의 맑은 시선을 받아봐라."

더욱 기가 막힌 것은, 무가내가 그 천하제일미의 허벅지를 베고 누워서 반쯤은 졸린 얼굴로 우표두를 쳐다보고 있다는 사실이었다.

"방금 뭐라고 그랬지?"

무가내가 그렇게 물었는데도 우표두는 대답을 하지 못했다.

왜냐하면 그의 시선은 천하제일미의 엉덩이를 슬슬 쓰다듬고 있는 무가내의 손에 고정되어 있었기 때문이다.

"그만 일어나요. 손님이 오셨잖아요."

그때 은예상이 마치 남편을 타이르듯 온화하게 말하면서 두 손으로 그의 머리를 부드럽게 받쳐서 일으켜 주었다.

"어, 그래."

무가내는 부스스 일어나 아직 몽연한 얼굴을 하고 있는 우표두의 뺨을 손바닥으로 툭툭 건드렸다.

"어이, 우표두."

"네… 넷?"

"상아 예쁘지?"

"그, 그렇습니다."

"내 거야."

무가내는 엄지손가락을 세워 자신의 가슴을 가리키면서 은예상을 보며 히죽 웃었다.

"당신……."

은예상은 얼굴이 빨개져서 무가내를 바라보다가 갑자기 목덜미까지 붉히며 고개를 푹 숙이고 말았다.

무가내가 장난스러운 표정을 지으면서 손가락을 세워 그녀를 향해 찌르는 시늉을 했기 때문이다.

그녀는 그 행동이 자신의 젖가슴을 찌르는 시늉이라는 것을 알고 있었다.

문득 은예상은 과연 저 사람이 순진한 사람인지, 아니면 순진함을 가장한 음탕한 사람인지 구별이 되지 않았다.

그때 수줍어하는 그녀의 머리 위로 무가내의 말이 흘렀다.

"잠깐 기다리고 있어라. 다녀와서 같이 야참 먹자."

은예상이 놀란 얼굴로 고개를 들 때 무가내는 몸을 돌리고 있었다.

"날 부르러 온 것 아냐?"

무가내가 방문을 열며 나가면서 말하자 그제야 우표두는 퍼뜩 정신이 들어 급히 뒤를 따랐다.

그러면서 자신이 추한 모습을 보였다는 것 때문에 부끄러운 마음을 금치 못했다.

"무슨 일이라고 그랬지?"

무가내가 먼저 계단을 성큼성큼 내려가면서 묻자 우표두는 긴장된 목소리로 대답했다.

"구룡방에서 본 표국을 공격하기 위해 고수들이 대거 출동

했다는 보고가 들어왔습니다."

표국은 정보망과 신속한 연락 체계가 생명이다.

그런 점에서 황룡표국은 다른 표국보다 발군의 능력을 갖추고 있었다.

상황이 상황이니만큼 황룡표국은 얼마 전부터 구룡방을 감시하고 있는 중이었다.

무가내가 구룡방 건곤전주와 천기표국 총표두, 그리고 그들이 이끌고 왔던 고수들을 도륙한 직후 은기도는 시체들을 연무장 구석에 모아놓고 깡그리 불태워서 그들의 흔적을 완벽하게 없애 버렸다.

그리고는 전 수하들에게 함구령을 내리고 평상시와 다름없이 업무를 계속하도록 지시했다.

황룡표국은 표면적으로는 아무 일도 없는 것처럼 보였다.

구룡방과 천기표국은 황룡표국을 합병하거나 무력으로 접수했다는 보고가 당도하기를 이제나저제나 기다리다가 몇 시진이 지나도록 아무런 연락이 없자 급기야 황룡표국으로 사람을 보내 염탐을 시켰다.

그렇지만 그들은 아무것도 알아내지 못했다. 그저 한밤중에도 바쁘게 돌아가고 있는 황룡표국의 겉모습만 확인한 채 돌아가야 했다.

일이 이쯤에 이르자 그제야 구룡방과 천기표국은 일이 잘못됐을지도 모른다는 생각을 하게 됐고, 시간이 지남에 따라 그 생각은 더욱 굳어졌다.

구룡방과 천기표국의 고수와 무사들이 황룡표국에 들어간 것은 분명한데 나오지는 않았다.

믿기 어려운 일이지만, 그들이 황룡표국 내에서 몰살을 당했을지도 모른다는 일 할, 아니, 반 푼의 가능성을 배제할 수는 없었다.

"그래? 그놈들, 아직 정신을 못 차렸군?"

우표두가 그런 말을 하면 당연히 얼마나 많은 고수들이 몰려오고 있느냐고 물어야 정상이다.

그런데 무가내는 오히려 잔인한 미소를 지으면서 대수롭지 않다는 듯 말했다.

우표두는 무가내에게는 그럴 만한 자격이 있다고 여겼다.

그렇지만 구룡방의 어떤 인물이 얼마나 많은 고수들을 이끌고 오는지 알고 있는 그는 이번만큼은 무가내라고 해도 어쩔 수 없을 것이라는 불길한 마음을 떨쳐 버리지 못했다.

계단을 다 내려온 무가내는 그곳 한옆에 서서 자신을 쳐다보고 있는 냉운월을 발견하곤 걸음을 멈추었다.

"너, 상아의 친구냐?"

그녀가 은예상을 기다리고 있다고 생각한 것이다.

냉운월은 무가내가 바로 은예상의 등에 지도를 새긴 장본인이라고 판단했다.

그가 은예상이 들어갔던 방에서 방금 전에 나오는 것을 봤기 때문이다.

그리고 그가 입고 있는 옷을 보고 일개 쟁자수라는 사실도 확인할 수 있었다.

그래서 그가 같잖다는 생각이 들었다. 냉운월에게는 사람을 지위나 무공 수준으로 평가하는 나쁜 습관이 있었다.

그녀는 대답하는 대신 무가내를 따끔하게 혼내주고 싶다는 생각이 들었다.

그래서 예를 취하는 체 두 손을 모아 포권의 자세를 취하면서 무가내의 가슴 부위를 겨냥하여 손등으로 자신의 일 갑자 내공을 뿜어냈다.

그녀 정도의 고수가 무형지기를 발출한다는 것은 매우 어려운 일이었다.

그렇지만 무가내와의 거리가 불과 반 장 남짓 가까웠기 때문에 일 갑자 전 공력을 뿜어내서 그를 깜짝 놀라게 할 충격을 주는 것은 가능했다.

"아닙니다. 저는 소저의 호위무사입니다."

툭툭!

"아, 그래? 그놈, 여자치고는 참 튼튼하게 생겼군."

"……."

무가내는 손바닥으로 냉운월의 한쪽 어깨를 가볍게 두드리고는 휭하니 걸어갔다.

냉운월은 무가내가 아무렇지도 않게 자신의 어깨까지 두

드리고 가자 고개를 갸웃거렸다.

이어서 한 자 거리에 있는 계단의 나무 기둥을 향해 포권을 하면서 공력을 발출해 보았다.

뿌득!

그러자 기둥에 반 치 정도 깊이로 주먹 자국이 뚜렷하게 새겨졌다.

냉운월은 저만치 휘적휘적 걸어가고 있는 무가내의 뒷모습을 적잖이 놀라는 얼굴로 쳐다보았다.

무가내가 냉운월이 발출한 일 갑자의 무형지기를 은연중에 해소시켰다면 최소한 그녀보다 반 갑자 이상은 고강해야 가능한 일이다.

'음! 역시 평범한 쟁자수가 아니었군.'

그녀는 멀어지는 무가내의 뒷모습을 바라보면서 속으로 신음을 흘렸다.

과연 회계산에서 은예상의 등에 지도를 새기고 사라지는 괴행을 저지를 만한 실력이었다.

문득 그녀는 은예상이 무가내의 방에서 아직까지도 나오지 않고 있다는 사실을 깨닫곤 즉시 몸을 날려 바람처럼 계단을 달려 올라갔다.

그녀는 방문을 열고 안으로 뛰어들어 가다가 움찔 놀라 그자리에 멈추었다.

은예상은 침상 가장자리에 다소곳이 앉아 있었는데, 그녀의 두 뺨이 발그레 상기되었고 입가에는 배시시 엷은 미소가, 두 눈에는 부드러운 눈빛이 봄날의 아지랑이처럼 일렁이고 있었다.

　냉운월은 은예상의 그런 모습을 처음 보았다.

　그래서 그녀는 은예상이 혹시 무가내를 좋아하고 있는 것은 아닌가 하는 의구심이 들었다.

第十七章
빙화(氷花)의 눈물

"지금 구룡방에서 두 명의 방주가 친히 자신들의 정예 고
수 이백 명과 외전의 고수 삼백 명을 이끌고 본 표국으로 오
는 중일세."

은기도와 양신웅, 그리고 표두들이 대전에서 무가내를 기
다리고 있다가 그가 들어서자 양신웅이 마주 다가오며 초조
한 얼굴로 설명했다.

"언제 도착하지?"

양신웅이 말하는 적의 어마어마한 규모에도 무가내는 전
혀 반응을 보이지 않고 오히려 자신이 방금 들어선 대전 입구
를 돌아보았다.

그의 얼굴에는 심심하니까 그들이 빨리 왔으면 좋겠다는 따분함마저 떠올라 있었다.

"혹시 바쁜 일이 있는 것인가?"

양신웅이 긴장감을 풀지 못한 얼굴로 물었다.

"응. 빨리 해치우고 야참 먹어야 돼."

야참.

그 말에 그곳에 있던 사람들은 실소를 금치 못했다.

무가내 뒤에 서 있는 우표두는 그가 은예상과 함께 야참을 먹을 것이라는 사실을 짐작할 수 있었다.

우표두는 무가내의 넓은 등과 단단한 어깨를 바라보면서 그가 보면 볼수록, 그리고 겪으면 겪을수록 신비한 인물이라는 생각이 들었다.

대전에는 무거운 적막이 흘렀다.

그러나 무가내는 대전 입구 한복판에 우뚝 서서 두 손을 허리에 얹은 채 구룡방 놈들이 언제 오느냐면서 바깥을 살피고 있었다.

은기도는 표국의 표사와 쟁자수들을 이미 요소요소에 배치시켜 둔 상태였다.

은기도와 양신웅을 비롯한 황룡표국 전체의 전력으로는 구룡방 고수 삼사십 명을 당해내지 못한다고 하더라도 모든 것을 무가내 혼자에게만 의지할 수 없다는 생각에서였다.

일대일의 싸움에서는 무가내가 구룡방 방주 두 명을 차례

차례 겪을 수도 있을 것이다.

그러나 상대는 두 명의 방주만이 아니다. 그들은 자신들 직속의 정예 고수 이백과 외전 고수 삼백, 도합 오백 명을 이끌고 일제히 대공격을 감행할 것이다.

은기도는 그럴 상황에 처하면 무가내라고 해도 속수무책일 것이라고 생각했다.

어떻게 혼자서 오백 명을 상대할 수 있겠는가. 아무리 좋게 생각해 보려 해도 도통 말이 되지 않았다.

무가내는 대전 입구 한가운데에 일각가량 서서 기다리다가 따분한 듯 하품을 하면서 돌아섰다.

"앉아 계십시오."

우표두가 벽 쪽의 의자를 가리키자 무가내는 고개를 끄떡이고는 그곳으로 가서 털썩 주저앉아 눈을 감았다.

겉으로 보기에는 잠을 자는 것 같았지만 사실은 운공조식을 하는 중이었다.

오 갑자, 아니, 임독양맥의 타통과 등봉조극의 달성으로 그이상의 내공을 보유하게 된 무가내의 운공조식은 추호의 막힘이 없었다.

무가내는 뒷머리를 의자에 기댄 자세로 조는 듯이 운공조식에 깊이 빠져들었다.

은기도 등은 잠시 동안 무가내를 주시하다가 시선을 거두었다. 그가 잠이 들었다고 여긴 것이다.

이런 상황에서도 잘 수가 있다니, 자신감인지 감정이 무딘 것인지, 어찌 보면 부러운 생각마저 들었다.

사람들은 무가내에게서 시선을 거두고 약속이나 한 듯 대전 입구를 쳐다보았다.

그들의 머릿속은 온갖 생각으로 몹시 복잡했으나 한 가지만은 같았다.

으슬으슬 추위가 스며들 듯, 한밤의 어둠이 주위를 검게 물들이듯 두려움과 공포가 그들의 뇌와 마음속에 가득 들어차 있다는 사실이었다.

그 순간 은기도와 양신웅, 우표두와 표두들은 거의 동시에 눈을 크게 뜨면서 얼굴 가득 경악지색을 떠올렸다.

대전 입구에 두 사람이 나란히 서 있는 것을 발견한 것이다.

중인은 모두 대전 입구를 쳐다보고 있었지만, 두 사람이 나타나는 것을 발견하지도 느끼지도 못했다.

그 두 사람은 마치 원래부터 그 자리에 서 있었던 것 같았다. 그래서 중인이 더욱 놀란 것이다.

'자미룡과 쇄금룡(殺禽龍)!'

은기도는 그들을 보면서 내심 부르짖었다.

그들은 바로 구룡방의 칠방주 자미룡과 구방주인 쇄금룡이었다.

구룡방의 육방주부터 구방주까지 네 명은 대방주의 제자

들이다. 그들은 나이가 아니라 제자가 된 순서에 따라 육방주부터 구방주까지의 지위를 차지했다.

그래서 쇄금룡은 구방주지만 자미룡보다 나이가 여섯 살이나 많았다. 하지만 그는 엄연히 자미룡의 사제다.

그는 흑의 경장 차림이며 양어깨에는 두 자루 검게 빛나는 단창을 교차해서 메고 있었다.

큰 키에 당당한 체구, 시커먼 눈썹과 부리부리한 눈, 턱까지 이르는 구레나룻과 두툼한 입술 등, 누가 봐도 영웅호걸의 모습이었다.

자미룡의 모습은 예전과 달라져 있었다. 많이 야위었으며 피로한 기색에 눈 밑이 검측측했다.

마치 심한 마음고생에 시달리고 있는 듯한 모습이었다.

자미룡과 쇄금룡은 천천히 걸어 들어왔다. 두 사람은 분명히 천천히 걷고 있었지만, 속도는 미끄러지듯이 빨라서 어느새 은기도 등의 앞 이 장 거리에 이르러 멈추었다.

그때 대전 입구를 통해서 자의 경장과 흑의 경장을 입은 고수들이 수없이 쏟아져 들어와 순식간에 은기도와 양신웅 등을 겹겹이 포위해 버렸다.

그들의 수는 이백여 명이나 되는데도 대전 안으로 들어와 포위를 하는 과정이 일사불란하게 이루어졌으며 파공음만 일었을 뿐, 추호의 잡음도 없었다.

은기도 등은 그대로 얼어붙은 듯 꼼짝도 하지 않았으며 아무도 입을 열지 못했다.

"누가 표국주 은기도냐?"

그때 자미룡이 오만하고도 싸늘한 표정으로 은기도 등을 훑어보면서 냉랭하게 입을 열었다.

그녀의 두 눈에서는 은은한 살기가 번뜩이고 있어서 보는 사람의 기를 압도했다.

"나요."

쓸데없는 시빗거리를 만들고 싶지 않은 은기도가 가볍게 고개를 끄떡이며 대답했다.

"본 방의 건곤전주와 천기표국의 총표두는 어디에 있느냐?"

"죽었소."

이미 각오를 한 사람의 말은 망설임이 없었으며 단호했다.

"죽어?"

자미룡의 얼음장 같은 얼굴에 설핏 어이없다는 표정이 떠올랐다가 다시 싸늘함으로 돌아갔다. 그리고는 두 눈에서 뿜어지는 살기가 조금 더 짙어졌다.

그녀는 지금이 거짓말을 주고받을 상황이 아니라는 사실을 알고 있다. 은기도가 거짓말을 할 리 없다.

"너희가 죽였느냐?"

"아니오."

"그럼 누가 죽였느냐?"

자미룡의 물음에 은기도와 중인의 시선이 약속이나 한 듯 무가내에게 향했다.

　무가내는 뒷머리를 높은 의자 등받이에 기댄 채 여전히 자고 있는 듯한 모습이었다.

　자미룡과 쇄금룡도 자연스럽게 무가내를 쳐다보았다.

　순간 자미룡은 움찔 늘씬한 몸을 떨었다.

　그녀는 눈도 깜빡이지 않고 시선을 무가내에게 못 박은 채 이끌리듯이 한 발 두 발 다가갔다.

　십칠 일 전, 항주 성내에서 만났다가 바람처럼 사라져 버린 그 사내의 모습과 많이 닮았기 때문이다.

　천하의 모든 남자를 사내라고 인정하지 않고 자신의 발아래로 보고 있는 자미룡이지만 오직 한 남자, 무가내만은 사내라고 여기고 있었다.

　은기도 등과 쇄금룡은 자미룡이 갑자기 무엇엔가 홀린 사람 같은 표정으로 무가내에게 다가가자 놀라면서도 어리둥절한 표정을 지었다.

　"아, 틀림없어. 그 사람이야."

　마침내 자미룡은 무가내를 알아보았다. 단 한 번의 만남이었고 대여섯 차례 호흡한 정도의 짧은 시간이었지만, 그녀의 심장에 새빨갛게 달구어진 사랑의 화인(火印)을 뚜렷하게 새기기에는 충분했다.

　자미룡은 무가내가 펼친 염안마령술에 제압됐었다. 그것

은 시술자가 다시 풀어주지 않는 한 죽을 때까지 저절로 풀리는 일이 없다.

그녀가 수척하게 변한 이유는 무가내에 대한 미칠 듯한 그리움 때문이었다.

아니, '미칠 듯한 그리움' 정도로는 그녀의 상태를 백분지 일도 설명하지 못한다.

항주 성내에서 무가내가 홀연히 사라져 버린 직후부터 자미룡은 벌써 그를 그리워하기 시작했다.

그래서 볼일을 보러 가던 길이라는 것도 잊은 채 무가내를 찾으려고 자정이 다 되도록 성내를 샅샅이 뒤지고 다녔지만 허사였다.

그때부터 그녀는 열병을 앓기 시작했다. 이른바 백약이 소용없다는 상사병이었다.

무엇을 해도, 그리고 언제 어느 때나 그의 모습이 눈앞에 선하게 떠올랐다. 그저 어렴풋한 모습이 아니라 바로 앞에 있는 듯이 생생했다.

입맛을 잃었으며, 업무를 봐야 할 의욕도 없어졌다. 그야말로 하루하루가 생지옥이었다.

언젠가는 무가내를 만날 수 있을 것이라는 실낱같은 희망이라도 없었다면, 그녀는 벌써 말라 비틀어져 한 줌의 먼지처럼 죽고 말았을 것이다.

지난 십칠 일 동안 그녀는 만사를 제쳐 두고 오직 무가내를 찾는 일에만 매달렸다. 몸소 자미오위와 자신의 직속 자미전의 일백 고수를 이끌고 동이 트기 전부터 밤늦도록 무가내를 찾아다녔다.

그렇지만 그가 항주 성내에 있을 것이라는 믿음과는 달리 그의 모습은 어디에서도 보이지 않았다.

그도 그럴 수밖에 없는 것이, 무가내는 그 다음날 이른 새벽에 황룡표국을 출발하여 안휘성 합비까지 보름 동안 표행을 다녀왔으니 찾지 못한 것은 당연한 일이었다.

자미룡은 매일 밤 지쳐서 구룡방에 돌아와 이리 뒤척이고 저리 뒤척이면서 전전반측(輾轉反側), 어렵사리 잠이 들면 기다렸다는 듯이 꿈속에 무가내가 나타나서 그녀에게 미소를 지었다.

그래서 그녀는 잠을 잘 때가 가장 행복했다. 그리움 때문에 잠이 드는 것이 보통 힘든 것이 아니지만 일단 잠만 들면 꿈을 꾸었고, 꿈속에서의 무가내는 그녀에게 더없이 달콤함 사랑의 말을 해주었고, 그녀를 포근하게 안아주었으며, 때로는 뜨겁게 사랑을 나누기도 했다. 그렇게 그녀는 꿈속의 무가내와 사랑을 쌓아갔다.

그렇지만 꿈에서 깨어나면 더욱 허망했다. 그래서 그녀는 하루가 다르게 점점 쇠약해져 갔고 살아갈 의욕을 잃어갔다.

염안마령술에 제압된 자미룡에게는 무가내가 천하에서 가장 멋지고 완벽한 남자였다.

무가내가 그녀의 시작이고 끝이며 모든 것이었다.

오늘도 무가내에 대한 처절한 그리움 때문에 괴로워하다가 일에 파묻히면 조금쯤은 나아지지 않을까 하는 생각에 이번 일을 자청해서 황룡표국에 온 것이다.

그런데 이곳에서 무가내를 만나게 될 줄은 상상조차 하지 못했다.

자미룡은 이끌리듯이 무가내에게 반 장 가까이 바짝 다가가면서 두 손을 뻗었다.

창!

"멈추시오!"

순간 우표두가 쩌렁하게 외치면서 어깨의 도를 뽑으며 자미룡에게 덮쳐 갔다.

자미룡이 무가내를 해치는 것이라고 생각하여 우표두는 자신이 그녀의 일초지적도 되지 못한다는 사실을 잘 알면서도 반사적으로 공격한 것이다.

쐐애액!

허공에 일 장 정도 비스듬히 떠오른 우표두는 자미룡의 배후에서 그녀의 정수리를 향해 무섭게 도를 그어 내렸다.

자미룡은 상체를 슬쩍 틀어 우표두를 쳐다보면서 얼음장처럼 싸늘한 표정으로 오른손을 들어 올렸다. 방금 전까지 무가내를 바라보던 표정하고는 판이한 모습이었다.

슥!

그때 무가내가 한 손을 뻗어 자미룡이 들어 올린 팔을 가볍게 잡았다.

"……!"

자미룡은 움찔 놀라 무가내를 쳐다보다가 그가 눈을 뜨고 자신을 바라보고 있는 것을 발견하고는 만면에 행복한 표정이 햇살처럼 피어났다.

그 순간의 그녀는 우표두의 도가 자신의 머리를 쪼개고 있다는 사실마저도 까맣게 잊고 있었다.

다만 무가내가 눈을 떴으며 자신의 팔을 잡고 있다는 사실만을 인식하고 있을 뿐이었다.

허공중의 우표두는 흠칫 가볍게 놀라더니 어렵게 초식을 거두면서 몸을 비틀어 무가내와 자미룡 옆쪽에 불안전한 자세로 내려섰다.

쿵!

초식은 전개하는 것보다 거두는 것이 어려운 법이다. 우표두는 무가내가 깨어나 자미룡의 팔을 잡는 것을 발견하고는 즉시 전력을 다해서 초식을 거두었다.

"당신……."

자미룡은 무가내가 어쩔 겨를도 주지 않고 쓰러지듯이 그의 품에 안겨들었다.

무가내는 엉겁결에 그녀를 안고는 멀뚱한 표정을 지었다. 그러다가 한 가지 사실을 깨달았다.

'맞아! 이 여자가 구룡방의 칠방주라고 했지?'

그는 운공조식을 하고 있었으므로 자미룡과 쇄금룡이 나타난 것을 휜히 알고 있었다.

"흑흑흑! 소녀가 얼마나 당신을 찾아 헤맸는지 아세요?"

급기야 자미룡은 무가내의 품에 안겨 울음을 터뜨렸다.

"그… 그랬어?"

뭐라고 말해야 할지 적당한 말을 찾지 못한 무가내는 뜨악한 얼굴로 더듬거렸다.

그것이 자미룡의 역성을 들어주는 격이 되어 그녀를 더욱 서럽게 만들었다.

"으흐흐흑! 보고 싶었어요! 당신이 너무나 보고 싶어서 숨이 끊어지는 줄 알았어요!"

'에구, 축축해.'

무가내는 자미룡의 눈물 때문에 앞섶이 흠뻑 젖자 눈살을 찌푸렸다.

그즈음 무가내와 자미룡을 제외한 대전 안의 모든 사람들은 난데없이 벌어진 사태에 대경실색을 금치 못했다.

은기도와 양신웅은 설마 무가내와 자미룡이 서로 아는 사이일 줄은 꿈에도 예상하지 못했다.

더구나 항주의 빙화라고 불릴 정도로 오만하고 차갑기 짝이 없는 자미룡이 무가내를 보자마자 그 품에 안겨서 울며불며 너무 보고 싶어서 숨이 끊어질 것 같았다며 흐느끼고 있으니, 눈으로 보고 있으면서도 믿어지지가 않았다.

그 사실을 믿지 못하는 것은 구방주 쇄금룡과 이백 명의 수하들도 마찬가지였다.

특히 자미룡의 사제인 쇄금룡이 그녀를 죽도록 연모하고 있다는 사실은 항주 인근에 사는 사람이라면 모르는 사람이 없을 정도로 유명하다.

그는 자신의 눈앞에서 벌어지고 있는 광경에 혼이 달아날 정도로 놀랐지만, 놀라움은 그리 오래가지 않았다.

그다음에 그의 온몸을 엄습한 것은 걷잡을 수 없는 질투와 분노였다.

여기 또 한 사람, 우표두의 놀라움은 다른 사람들하고는 다른 것이었다.

그는 천하제일미라는 칭송이 아깝지 않을 정도의 미녀인 천상옥봉 은예상과 무가내가 어떤 사이라는 것을 알고 있는 유일한 사람이다.

그래서 무가내를 부러워하면서도 더욱 우러러보며 존경했었다. 그런데 지금 그의 일 장 앞에서 벌어지고 있는 광경은 대체 무엇이라는 말인가.

빙화 자미룡이 마치 오랫동안 헤어져 있던 정인이나 남편을 만난 것처럼 무가내에게 안겨서 울부짖고 있으니, 대체 이것을 어떻게 이해해야 할지 갈피를 잡지 못했다.

무가내는 자미룡을 떼어내려고 했으나 그녀는 떨어지지

않으려고 두 팔로 그의 허리를 꽉 끌어안았다.

"흑흑흑흑! 이제 다시는 소녀를 버리지 마세요! 당신 없이
는 일각도 견디지 못해요! 떠날 바에는 차라리 소녀를 죽여주
세요!"

그렇게 몸부림치면서 흐느끼는 여자가 빙화 자미룡만 아
니었으면, 이곳에 있는 사람들은 그 처절한 애원에 눈시울을
붉혔을 터이다.

"그만."

무가내는 자미룡을 다시 떼어내려고 했지만, 그녀는 여전
히 막무가내였다.

무가내의 허리를 끌어안은 두 손을 아예 깍지를 끼고 몸부
림치면서 더 큰 소리로 울어댔다.

"으흐흐흑! 싫어요! 이대로 더 있게 해주세요!"

실내의 사람들은 그 모습을 보고 있자니 가관도 이런 가관
이 없었다.

양신웅을 힐끗 쇄금룡을 쳐다보았다.

쇄금룡이 자미룡을 목숨보다 끔찍이 사랑하고 있다는 사
실을 알고 있기 때문이었다.

아니나 다를까. 쇄금룡의 얼굴은 잘 익은 홍시처럼 시뻘겋
게 달아올랐고 어깨가 들썩거리고 있어서 언제 폭발할지 모
르는 상태였다.

무가내는 은근히 짜증이 났다.

"그만 하랬잖아!"

순간 버럭 소리치면서 자미룡을 번쩍 들었다가 모질게 바닥에 메다꽂았다.

쿵!

"악!"

사람들은 대경실색해서 자신들의 눈을 의심했지만, 쇄금룡의 두 눈에서는 불길이 이글거렸다.

자미룡은 한 손으로 바닥을 짚고 상체를 일으킨 채 놀란 얼굴로 무가내를 바라보았다.

조금도 아픈 얼굴이 아니고, 단지 영문을 모르겠다는 듯한 표정이었다.

사람들은 빙화 자미룡이 마침내 폭발하여 무가내를 공격할 것이라고 믿어 의심치 않았다. 그녀는 당연히 그러고도 남을 여자였다.

그러나 사람들의 기대는 여지없이 짓뭉개졌다.

"왜… 그러세요? 소녀가 무슨 잘못이라도 저질렀나요?"

자미룡은 두려움에 질린 표정으로 무가내를 바라보면서 사슴처럼 커다란 눈망울에 눈물이 가득 고였다.

사람들은 도대체 이 일이 어떻게 돌아가고 있는 판국인지 이해하지도, 믿으려고 들지도 않았다.

"용서하세요. 소녀가 잘못했어요. 흑흑흑!"

자미룡은 자신이 무엇을 잘못했는지도 모르면서 그 자리

에 무릎을 꿇은 채 무가내를 향해 수없이 절을 하며 또다시 흐느껴 울었다.

무가내는 속으로 작게 감탄했다.

'클클클, 염 누님의 염안마령술은 정말 지독하구나. 어쨌든 재미있긴 하다.'

그는 태연한 얼굴로 자미룡에게 가볍게 고개를 끄떡였다.

"일어나라."

"용… 서하시는 건가요?"

"일어나래도."

무가내가 가볍게 인상을 쓰는 듯하자 자미룡은 발딱 일어나서 꼿꼿하게 선 채 두 손을 허벅지 바깥쪽에 붙였다. 이른바 부동자세다.

그때 쇄금룡이 분노를 짓누른 채 씨근거리면서 걸어와 자미룡 옆에 멈추어 섰다.

무가내는 상관하지 않고 자미룡에게 물었다.

"너는 여기에 왜 왔느냐?"

"소녀는……."

자미룡은 말끝을 흐리다가 그제야 자신의 임무가 생각난 듯 은기도와 양신웅 쪽을 보고 나서 공손히 대답했다.

"본 방 건곤전주의 생사를 확인한 후에 황룡표국을 피로 씻으라는 명령을 받고……."

말을 하는 중에 무가내의 눈치를 살피던 그녀는 문득 생각난 듯 조심스럽게 물었다.

"당신은… 왜 황룡표국에 계시는 건가요?"

"난 이곳 쟁자수야."

"아……!"

자미룡은 깜짝 놀라는 듯했다.

그러나 그것뿐이었다. 그녀는 곧 포위하고 있는 수하들에게 냉랭한 어조로 명령했다.

"물러가라."

"멈춰라!"

순간 자미룡 옆에 서 있던 쇄금룡이 쩌렁하게 외쳤다.

그러자 자의를 입은 자미룡의 수하들은 썰물처럼 대전을 빠져나갔고, 흑의를 입은 쇄금룡의 수하들만 남았다.

"이놈! 나를 거역하는 것이냐?"

자미룡이 쇄금룡을 쏘아보면서 당장이라도 공격할 듯한 기세로 내뱉었다.

목소리는 한겨울 깊은 밤에 꽁꽁 언 호수 위에 부는 삭풍보다 차가웠다.

"사저, 소제는……."

"이 시가 이후부터 본 방은 황룡표국을 더 이상 건드리지 않을 것이다. 알아들었느냐?"

쇄금룡은 약간 고개를 숙이고 생각하는 듯하더니, 잠시 후에 고개를 들고 단호한 표정으로 자미룡을 주시하면서 손가락으로 무가내를 가리키며 물었다.

"그것은 아무래도 상관 없습니다. 그런데 이 자식은 도대체 누굽니까? 이 자식하고 사저는 어떤 관계입니까?"

"이놈! 그 한마디로 너는 죽은 목숨이다!"

슈욱!

다음 순간 자미룡은 날카로운 외침과 함께 어느새 우수가 두 걸음 앞에 있는 쇄금룡의 얼굴을 향해 쏘아가고 있었다.

분노한 그녀의 우수에는 일 갑자 반, 구십 년의 내공이 고스란히 실려 있어서 적중된다면 쇄금룡의 머리를 으깨어 버리고 말 것이다.

더구나 거리가 지나치게 가까웠기 때문에 쇄금룡은 피할 엄두도 내지 못하고 얼굴 가득 경악지색만 떠올리고 있었다. 설마 자미룡이 자신에게 살수를 펼칠 것이라고는 예상하지 못했던 것이다.

"멈춰라."

그때 무가내가 조용히 입을 열자 자미룡의 우수가 뚝 정지했다. 마치 사전에 그렇게 하기로 약속한 듯 무가내의 말이 떨어지기가 무섭게 멈추었다.

만약 자미룡이 사제인 쇄금룡을 죽인다면 사부인 대방주에게 심한 문책을 받게 될 것이고, 심할 경우 혹독한 벌을 받게 될지도 모르는 일이다.

그런데도 자미룡은 쇄금룡이 무가내를 '이 자식' 이라고 불렀다는 이유만으로 죽이려고 했다.

그녀는 사부의 문책이나 벌 따위 추호도 두렵지 않았다. 하지만 누가 무가내를 해치거나 그에게 무례하게 구는 것은 용서할 수가 없었다.

자미룡과 쇄금룡은 동시에 무가내를 쳐다보았다.

무가내는 건들거리는 자세로 쇄금룡을 보면서 미소를 지었다.

"너, 용기가 마음에 드는구나."

"개소리는 집어치워라!"

쇄금룡은 씹어 먹어도 시원치 않다는 듯 눈을 부라리며 소리쳤다.

무가내는 개의치 않았다.

"나는 너희가 순순히 물러갔으면 좋겠다고 생각하는데, 네 생각은 어떠냐?"

쇄금룡은 기다렸다는 듯 으르렁거렸다.

"네놈이 내 일격을 받아내고도 쓰러지지 않으면 군말없이 물러가겠다."

"일격이라……. 어디 한 번 해봐라."

무가내가 태연하게 가슴을 앞으로 내밀자 자미룡이 크게 놀라서 무가내 앞을 막아서며 두 팔을 벌렸다.

"안 돼요!"

그녀가 염안마령술에 제압됐다고 해서 원래의 총명함이

사라졌다는 뜻은 아니다.

무가내가 일개 표국의 쟁자수라고 했으니, 그의 실력으로는 쇄금룡의 일격은커녕 반 초식도 막아내지 못할 것이라고 생각한 것이다.

"네 이름이 손진이라고 했느냐?"

무가내는 그녀의 얼굴이 놀라움으로 물든 것은 개의치 않고 미소를 지으면서 조용히 물었다.

"네."

무가내가 항주 성내에서 자미룡에게 염안마령술을 걸고 나서 이름이 무엇이냐고 물었을 때 그녀가 공손하게 대답해 주었었다.

"진아, 나는… 음!"

그는 말을 하다 말고 우표두에게 물었다.

"우표두, 나이 어린 여자에게 나는 뭐지?"

조금 이상한 질문이었지만 우표두는 즉시 대답했다.

"오빠라고 합니다."

그는 자미룡이 자신보다 나이가 어릴 것이라고 생각했다. 원래 아름다운 여자들은 본래의 나이를 잘 알아볼 수 없는데 자미룡이 그런 경우였다. 사실 그녀는 십팔 세로, 무가내와 동갑이었다.

"흠! 그래, 오빠."

무가내는 자미룡을 바라보면서 마치 오빠 같은 점잖은 표정을 지었다.

"진아, 이 오빠는 그렇게 약하지 않단다."

은기도와 양신웅 등은 일이 도대체 어떻게 돌아가는 것인지 모르고 있지만 한 가지 사실만은 분명히 깨달았다.

자미룡이 무가내를 몹시 사랑하고 있으며, 그래서 무가내가 있는 한 자미룡은 절대 황룡표국을 건드리지 않을 것이라는 사실이다.

어쩌면 그녀가 구룡방에 영향력을 행사하여 앞으로도 황룡표국을 지켜줄지도 모르는 일이다.

"하지만 쇄금룡은 본 방 내에서 삼십 명의 최고 고수 안에 꼽힐 정도예요. 내공도 백 년에 달하고요."

내공이 백 년이라는 말에 은기도와 양신웅은 갑자기 씁쓸한 표정을 지었다. 자신들은 둘이 합쳐야 그 정도 내공이 되기 때문이다.

"진아, 물러나라."

무가내는 자미룡에게 손을 저었다.

"가가……."

그녀는 안타까운 표정으로 무가내를 바라보았다. 무가내가 조금 전에 스스로 오빠라고 했으니 자연스럽게 '가가'라고 부르는 것이었다.

그는 체격이나 용모로 봐서는 자미룡보다 두세 살 정도는 많아 보였다.

무가내는 쇄금룡을 보면서 담담히 말했다.

"쇄금룡이라고 했느냐?"

"그렇다."

"좋아, 쇄금룡. 내가 너의 일격을 받아내면 이곳에서 물러날 테냐?"

"그러겠다. 하지만 그런 일은 생기지 않을 것 같군."

쇄금룡의 입가에 득의의 미소가 번지는 반면에, 자미룡의 얼굴에는 초조함과 불길함이 파도처럼 번졌다.

자미룡은 쇄금룡이 무슨 초식을 사용할 것인지 이미 예상하고 있었다.

그는 필경 사부인 대방주의 성명 무공 중 하나인 뇌폭신장(雷爆神掌)을 전개할 것이다.

뇌폭신장은 절강무림 내에서는 무적이었다. 특히 백 년 이상의 내공으로 전개하면 요란한 뇌성벽력과 함께 섬광처럼 빛나는 소용돌이 장력이 발출되어 세 치 두께의 철판을 관통할 정도로 위력적이다.

자미룡은 무가내가 뇌폭신장을 막아낼 수 있을 것이라고는 추호도 예상하지 않았다.

오히려 그가 뇌폭신장에 적중당해서 온몸이 산산조각 나는 광경이 눈에 선하게 떠올라 어떻게 해서든 이 무모한 상황을 중지시켜야 한다고 다짐했다.

"가가."

자미룡이 다시 무가내에게 걸어가면서 입을 열자 그가 슬쩍 소매를 흔들면서 물러가라는 시늉을 해 보였다.

"진아, 너는 물러가라."

뜨끔!

'아······!'

순간 자미룡은 왼쪽 어깨와 오른쪽 턱 아래, 젖가슴 사이 세 군데가 바늘로 찌른 듯 따끔한 것을 느끼고 마혈이 제압되어 그 자리에 통나무처럼 굳어버렸다.

그녀는 자신이 어떤 수법에 당했는지 알지 못했다. 하지만 무가내가 자신을 제압했을 것이라고는 짐작할 수 있었다. 그가 방금 전에 자신을 향해 소매를 저었기 때문이다.

다행히 그녀는 무가내를 향해서 서 있다가 제압됐기 때문에 그를 볼 수가 있었다.

그녀는 무가내를 바라보면서 적이 놀라는 표정을 지었다. 무가내는 허공을 격하여 무형의 지풍 같은 수법을 사용했을 것이다. 지풍은 절정고수들만의 전유물이다.

그렇다면 무가내는 표국의 일개 쟁자수 따위가 아니다. 어쩌면 그는 쇄금룡의 일격을 받아낼 수 있을지도 모른다.

물론 무가내가 어떤 사람이더라도 자미룡의 사랑이 변하지는 않을 터이다.

그러나 그가 놀라운 실력을 감추고 있는 고수라는 사실을 알게 되자 그녀는 무가내가 한층 더 멋져 보였다.

무가내와 쇄금룡은 이 장의 거리를 두고 마주 섰다.

쇄금룡은 전신의 백 년 공력을 모조리 끌어올렸다.

그 모습은 누가 보더라도 그가 전신 공력을 극한으로 끌어올렸다는 사실을 알 수 있었다.

그 바람에 그의 옷이 팽팽하게 부풀어서 찢어질 듯이 펄럭였고 머리카락이 빳빳하게 곤두섰다.

쇄금룡은 남자의 출중함은 강함에 있다고 믿는 대다수의 무림 남자들 중 한 명이다.

또한 그는 약육강식(弱肉强食)의 논리를 신봉하고 있었다. 그러므로 여자도 힘으로 뺏고 힘으로 지켜야 한다고 철석같이 믿고 있었다.

그는 무가내의 복장이나 모습 등으로 미루어 그가 별 볼일 없는 무사 나부랭이라고 판단했다.

그래서 이 기회에 그를 일격에 즉사시켜서 자신이 얼마나 멋지고 강한 남자인지를 자미룡에게 보여주고 싶었다.

쇄금룡이 공력을 극한으로 끌어올린 반면에 무가내는 그와는 대조적으로 음풍농월 산책이라도 나온 듯이 여유있는 모습으로 서 있었다.

더구나 뒷짐까지 턱 지고 있는 모습이, 전혀 싸울 준비가 되어 있지 않았다.

그러나 무가내의 실력에 대해서 약간은 알고 있는 은기도와 양신웅 등은 그다지 염려하지 않았다.

오히려 이 기회에 무가내의 내공 수준을 가늠할 수 있을 것이라는 기대를 갖고 있었다.

쇄금룡이 백사십 년 내공이므로 그것을 어떻게 막아내느냐에 따라서 무가내의 내공 수위를 점칠 수 있을 것이라는 생각인 것이다.

그때 쇄금룡이 서서히 양손을 들어 올렸다.

그의 양손은 이 순간 투명한 빛이 일렁이고 있었다. 체내에서 뇌폭신장의 구결대로 주천을 끝냈다는 뜻이다. 이제 발출만 하면 되는 것이다.

대전 내에 팽팽한 긴장감이 감돌았다. 손가락으로 살짝 튕기기만 해도 터져 버릴 듯했다.

후우우—

쇄금룡이 일장을 발출하기 직전, 쌍장이 벌겋게 달군 쇠처럼 변했고, 작은 불꽃이 번뜩였다.

그것을 보고 자미룡은 쇄금룡이 뇌폭신장을 팔성 이상 달성했다는 사실을 깨달았다.

그때 쇄금룡이 양손을 뒤로 약간 후퇴시켰다가 한순간 전방을 향해 쌍장을 쭉 뻗었다.

우드등!

순간 그의 쌍장에서 벌겋게 달궈진 쇳덩이를 망치로 내려쳤을 때처럼 불꽃이 번쩍하더니 하나의 빛 덩이가 일직선으로 뿜어졌다.

그 순간 사람들은 아연실색하고 말았다.

무가내가 여전히 뒷짐을 진 자세로 쏘아져 오는 빛 덩이를 물끄러미 쳐다보고 있는 모습을 발견했기 때문이다.

'아차!'

순간 은기도와 양신웅, 우표두는 거의 동시에 한 가지 사실을 깨달았다.

쇄금룡이 무가내에게 '일격을 받아내라' 라고 말한 것을 무가내는 '반격하지 말고 순전히 몸으로 일격을 맞아라' 는 뜻으로 오해를 한 것이 분명했다.

'저 사람, 설마……!'

같은 순간 자미룡도 그 사실을 깨닫고 있었다.

'미친놈! 아예 걸레처럼 찢어주마!'

쇄금룡은 무가내가 반격을 하지 않으려 한다는 사실을 눈치 채고 자신을 농락하는 것이라고 판단했다. 그의 눈에서 광포한 살기가 줄줄이 뿜어졌다.

"안 돼!"

"멈춰!"

몇 사람의 입에서 다급한 외침이 터졌다. 하지만 외침만으로는 쇄금룡의 전력이 담긴 일장을 멈추게 할 수 없었다.

꽝!

그 순간 빛 덩이가 무가내의 가슴 한복판에 고스란히 적중되면서 고막을 터뜨릴 듯한 굉렬한 폭음이 터졌다.

"우앗!"

무가내의 가슴에 적중된 일장의 여파로 인해 그와 가깝게 있던 우표두와 자미룡이 지푸라기처럼 날려갔다.

"크악!"

그러나 날아간 사람은 자미룡과 우표두만이 아니었다.

혼신의 전력 일장을 발출했던 쇄금룡이 오히려 처절한 비명을 터뜨리며 허공을 훌훌 날아가고 있는 것이었다.

우직!

그는 대전을 완전히 가로질러 칠팔 장이나 날아가 뒤쪽 나무 벽에 커다란 구멍을 뚫은 후 바닥에 떨어졌다.

그는 바닥에 볼썽사납게 널브러진 채 움직이지 않았다. 그의 양팔은 부러져서 이상한 형태로 꺾여 있었고, 입과 코에서 핏물이 흘러나왔다.

쇄금룡을 보고 놀란 사람들이 약속이나 한 듯 무가내를 쳐다보다가 대경실색하고 말았다.

무가내는 원래 서 있던 자리에서 한 발자국도 물러나지 않은 상태였다.

또한 여전히 뒷짐을 진 자세에서 아무 일도 없었다는 듯한 얼굴이었다. 뿐만 아니라, 그의 가슴팍 옷은 조금도 찢어진 흔적이 없었다.

"어, 어떻게 된 것이지? 그가 반격하지 않는 것을 눈으로 똑똑히 봤는데……."

표두 중 한 명이 무가내를 보면서 귀신에 홀린 듯한 얼굴로 중얼거렸다.

'으음! 가공할 반탄지기(反彈之氣)다!'

그때 무림의 상식에 대해서 해박한 은기도가 무겁게 신음을 흘렸다. 그는 무가내의 반탄지기에 쇄금룡이 튕겨 나간 것이라고 생각했다.

반탄지기는 말 그대로 자신이 발출한 공력이 다시 자신에게 고스란히 되돌아오는 것을 말한다.

그것은 철벽에 대고 일장을 발출했을 때, 철벽이 공력을 흡수하지 않고 도로 튕겨내기 때문에 발출한 공력이 모조리 자신에게 되돌아오는 것과 같은 이치이다.

사람은 뼈와 살로 이루어졌지, 철로 만든 철벽이 아니다.

그렇기 때문에 철벽처럼 공격해 오는 공력을 도로 튕겨주기 위해서는 공격이 적중되는 부위에 순간적으로 공력을 집중시켜서 그곳을 철벽처럼 만들어야만 한다.

그것이 반탄지기의 원리다. 그러나 이론상으로 그렇다는 것이지 결코 쉬운 일이 아니다.

하지만 무가내는 원래 몸 전체가 철벽보다 더 강한 금강불괴지체이기 때문에 굳이 그럴 필요가 없다.

그런 사실을 모르는 은기도는 무가내가 순간적으로 가슴 부위에 공력을 집중시켜서 철벽처럼 만들었다고 여긴 것이다.

대전 안에 있는 사람들은 하나같이 경악에 경악을 거듭한 표정으로 입조차 벙긋하지 못했다.

다만 쇄금룡의 수하 몇 명이 급히 그에게 달려가서 상태를 확인하고 있을 뿐이었다.

쇄금룡은 죽지 않았다. 그러나 무방비 상태로 서 있다가 백사십 년의 장력을 쌍장을 통해서 받아냈기 때문에 두 팔이 부러졌으며 엄중한 내상을 입었다.

그때 무가내는 사 장쯤 떨어진 곳에 뻣뻣하게 쓰러져 있는 자미룡을 향해 왼손을 뻗었다가 슬쩍 잡아당기는 시늉을 해보였다.

스으으.

그러자 실로 눈을 의심할 만한 일이 벌어졌다. 쓰러져 있던 자미룡의 몸이 저절로 일으켜지더니 선 채로 두 발이 바닥에서 반 자 정도 떠오른 상태에서 천천히 무가내에게 이동해 가고 있는 것이었다.

그 광경을 보는 황룡표국과 구룡방 사람들을 막론하고 모두 혼비백산, 넋을 잃어버렸다.

그들은 자미룡이 신법을 전개해서 날아가고 있는 것이 아니라는 사실을 잘 알고 있다.

그녀는 허공에 뜬 상태에서 풍만한 가슴을 앞으로 쑥 내밀었고, 두 팔과 다리가 늘어뜨려진 채 뒤로 처진 상태에서 무가내를 향해 나아가고 있었다.

그것은 마치 그녀의 가슴 부위가 보이지 않는 줄에 묶여서 앞으로 끌려가고 있는 듯한 광경이었다.

은기도는 눈을 부릅뜨고 아연실색한 얼굴로 신음처럼 중얼거렸다.

"아아, 허공섭물(虛空攝物)을 보게 되다니……."

허공을 격하여 어떤 물체를 순전히 자신의 내공만으로 끌어당기는 것이 바로 허공섭물이다.

가담항설(街談巷說), 무림에 떠도는 소문에 의하면, 구파일방의 장문인이나 몇몇 장로들, 그리고 중원삼십육태두 중에서도 손꼽힐 정도의 명숙들 정도가 허공섭물을 발휘할 수 있다고 한다.

그렇지만 그것은 아무리 멀어야 일 장을 넘지 않는 거리에서, 그것도 술병 정도 크기나 무게의 물체를 끌어당기는 정도에 지나지 않는다.

무려 사 장 거리의 사람을, 그것도 가볍게 슬쩍 잡아당기는 동작만으로 끌어온다는 것은 들어본 적도 없는 일이었다.

대전에 있는 사람들 모두가 대경실색하고 있지만 자미룡의 놀라움은 남달랐다.

그녀는 무가내의 손짓 하나에 몸이 끌려가면서 꿈인지 생시인지 모를 정도로 경악하고 있었다.

스르르.

무가내가 들어 올렸던 손을 내리자 자미룡은 그의 한 걸음

앞 바닥에 사뿐히 내려졌다.

"진아."

무가내가 조용히 불렀지만 자미룡은 혼백이 달아날 정도로 놀란 상태라서 듣지 못했다.

그는 가볍게 실소를 흘리고 난 후 보일 듯 말 듯 입을 벙긋했다.

그러자 그의 입을 통해서 두 줄기 흐릿한 진기가 뿜어져 자미룡의 양쪽 귀로 스며들었다.

"진아!"

다음 순간 그녀의 고막을 떨어 울리는 거센 고함 소리가 터졌다. 하지만 그것은 오직 그녀만이 들을 수 있었다.

"아……!"

"진아, 이제 수하들을 데리고 돌아가거라."

자미룡이 약간 정신을 차리면서 나직한 탄성을 흘리자 무가내가 조용히 말했다.

"소녀는… 가기 싫어요. 당신과 헤어지고 싶지 않아요."

"나는 황룡표국의 쟁자수다. 표국주가 쫓아내지 않는 한 이곳에 있을 테니 너는 언제든지 날 보러 와도 된다."

무가내가 한쪽 방향을 쳐다보자 자미룡도 그의 시선을 쫓아 그곳을 바라보았다. 두 사람의 시선이 끝나는 곳에는 은기도가 서 있었다.

은기도는 자미룡을 향해 정중히 포권을 해 보였다.

"자미룡님은 언제든지 환영합니다."

그래도 자미룡은 선뜻 발걸음을 돌리지 못했다. 하지만 그녀는 지금 이 상황을 수습할 사람은 자신밖에 없다는 사실을 잘 알고 있었다.

그녀는 무가내에게 바짝 다가가서 양손으로 그의 어깨를 잡고 뺨에 입을 맞추고 나서 달콤하게 속삭였다.

"사랑해요."

작은 속삭임이지만 내공을 삼사십 년만 지니고 있어도 들을 수 있는 말이었다.

고로, 대전에 있는 사람들 중에서 그녀의 속삭임을 듣지 못한 사람은 아무도 없었다.

무가내는 자미룡의 염안마령술을 풀어줄까 하고 잠깐 생각했다가 내버려 두기로 했다.

황룡표국이 안전하려면 자미룡을 당분간 그 상태로 놔두어야 할 것 같았기 때문이다.

第十八章
건배(乾杯)

　　자미룡이 오백여 수하들을 이끌고 황룡표국을 떠난 후, 내전에는 은기도와 양신웅, 우표두와 다섯 명의 표두들, 그리고 무가내가 모여 있었다.

　　은기도는 내전에 원래 있던 자신의 자리인 호피의를 없애고, 대신 두 개의 의자를 서로 마주 보도록 놓아 그곳에 무가내와 마주 앉았다.

　　자미룡과 쇄금룡이 황룡표국에 들이닥치기 전에도 사실 은기도는 무가내를 대하는 것이 많이 어려웠었다.

　　관(官)이나 학계와는 달리, 무림은 힘이 우선하고 힘이 법인 특수한 세계이다.

무가내가 중원에 대해서 잘 모르고 또 순진무구한 면이 있지만, 그는 절정고수의 반열에 있다. 또한 그는 황룡표국을 구한 은인이기도 했다.

그러므로 그가 표국의 일개 쟁자수 신분이고 은기도나 양신웅이 윗사람이라고 하지만, 그를 대하는 것이 어려울 수밖에 없었다.

자신들이 표국주이고 총표두라는 명목상의 윗사람이라는 것 하나만으로 무가내에게 하대를 하면서도 마음은 영 불편했었던 것이 사실이다.

그런 상황에서 무가내가 구룡방의 구방주인 쇄금룡의 전력 일장을 반격도 하지 않고 맨가슴으로 막아내어 도리어 그에게 중상을 입히는 일이 벌어졌다.

또한 사 장 거리에 있는 자미룡을 허공섭물로 끌어당기는 신기를 보여주기도 했다.

그것은 무가내에 대해서 갖고 있던 은기도와 양신웅 등의 그때까지의 생각을 뒤집어 엎어버리기에 충분했다.

이제 은기도를 비롯한 황룡표국 사람들은 천하무림에서 무가내보다 고강한 사람은 몇 명 없을 것이라고 조심스럽게 생각하는 지경에까지 이르렀다.

그들의 생각은 결코 지나친 것이 아니었다. 그들은 무가내가 보여준 초절신기(超絶神技) 같은 것을 예전에는 본 적도, 들어본 적도 없었다.

무가내는 단지 중원에 대한 경험이 없을 뿐이지 약간의 조건만 갖추어진다면 언제든 일파지존, 아니, 그보다 더 높고 거대한 지위의 인물이 될 수도 있을 것이다.

그러니 어떻게 표국의 표국주 정도가 더 이상 무가내에게 하대를 할 수 있을 것이며, 호피의에 앉아서 명령을 내릴 수가 있겠는가.

은기도가 두 개의 의자를 놓고 무가내와 마주 앉은 것은 그의 마지막 자존심이었다.

"할 말이라는 것이 뭐야? 난 바쁘니까 어서 말해봐."

무가내는 자미룡이 황룡표국을 떠난 즉시 돌아가서 은예상과 야참을 먹을 생각이었다.

그런데 은기도가 중요한 할 말이 있다면서 그를 이곳으로 부른 것이었다.

"자네, 앞으로 어떻게 할 계획인가?"

은기도는 여태까지 그랬던 것처럼 하대를 했다.

"어떻게 하긴, 계속 쟁자수 해야지. 설마 날 내쫓으려는 것은 아니겠지?"

무가내는 당연하다는 듯 반문했다.

"내 얘긴 어디 갈 곳이나 달리 아는 사람이 없느냐는 걸세."

무가내가 없으면 황룡표국은 그날로 끝장이다.

그가 이곳에 남아 있느냐, 아니면 떠나느냐는 것은 순전히 그의 마음인 것이다. 그것에 따라서 황룡표국의 운명도 좌우되는 것이다.

"없어."

은기도를 비롯한 실내의 사람들은 안도의 표정을 지었다.

그는 자세를 똑바로 하고 약간 긴장된 얼굴로 말했다.

"자네를 본 표국의 수석 표두로 임명하겠네."

무가내는 의아한 표정을 지었다. 그는 수석이라는 말이 무슨 뜻인지 정도는 알고 있다.

"수석 표두라는 것은 표두들의 우두머리인가?"

"그렇네."

무가내는 양신웅을 가리켰다.

"그럼 총표두는 뭐야?"

무가내는 단지 궁금해서 물은 것뿐인데 은기도와 양신웅은 움찔 가볍게 놀랐다.

"헛헛헛! 수석 표두와 총표두는 같은 지위일세! 그래서 녹봉도 같지!"

양신웅이 어색하게 너털웃음을 웃었다.

그는 자신이 무가내보다 윗사람이라는 사실을 밝힐 용기가 없었다. 그렇지만 녹봉이 같다는 대목에서는 유난히 말에 힘을 주었다.

과연 무가내는 수석 표두와 총표두가 녹봉이 같다는 말에 희색만면했다.

"어… 얼만데?"

얼마나 흥분했는지 말까지 더듬었다.

"백 냥일세."

양신웅이 그렇게 대답할 때 은기도는 무가내의 녹봉을 천 냥으로 책정할 것을 잘못했다는 후회를 잠깐 했다.

그렇지만 무가내는 마른침을 꼴깍 삼켰다.

"은자야?"

"그, 그렇지. 은자."

갑자기 무가내가 우렁찬 웃음을 터뜨렸다.

"우핫핫핫! 굉장하구나! 한 달 녹봉이 은자 백 냥이라니!"

그가 기뻐하는 것과는 달리 중인은 내심 가슴을 쓸어내렸다.

문득 무가내는 웃음을 그치고 진지하게 물었다.

"수석 표두도 표행을 가겠지?"

"아닐세. 수석 표두는 표국 내에서만 근무하네."

무가내가 유람을 좋아한다는 사실을 알 리 없는 은기도가 자상한 얼굴로 설명했다.

그러자 무가내는 고개를 절레절레 가로저으며 힘없는 표정을 지었다.

"그렇다면 난 그냥 쟁자수 할래."

은기도와 양신웅은 무가내의 갑작스런 말에 크게 당황해서 어떻게 해야 할지를 몰랐다.

"무가내님께선 천하를 유람하는 것을 매우 좋아하십니다."

그때 무가내와 합비까지 보름 동안 표행을 다녀오면서 그가 얼마나 유람을 좋아하는지 잘 알고 있는 우표두가 설명을 해주었다.

은기도와 양신웅은 난감한 표정을 지었다. 무가내가 표국을 지키고 있어야만 구룡방이 도발을 못할 것이라는 판단으로 수석 표두를 시키려는 것인데, 그가 쟁자수를 고집할 줄은 예상하지 못했던 것이다.

우표두가 정색하며 무가내에게 말했다.

"구룡방이 본 표국을 포기하면 무가내님께선 수석 표두의 지위를 지닌 채 천하 어디든 유람을 가실 수 있을 것입니다."

은기도와 양신웅은 움찔 가볍게 몸을 떨었다. 우표두의 의도가 무엇인지 알 수 없었기 때문이다.

무가내의 얼굴에 다시 화색이 돌았다.

"그렇군! 구룡방을 포기시키는 방법이 있었어!"

은기도와 양신웅은 온몸의 털이 쭈뼛 곤두섰다. 그러나 두 사람이 어떤 반응을 보이기도 전에 무가내가 우표두를 가리키며 물었다.

"너, 구룡방이 어디 있는지 알지?"

"압니다."

은기도와 양신웅은 우표두의 의도를 그제야 깨닫고 입 안이 바짝 타 들어갔다.

무가내는 일어나서 우표두의 어깨를 가볍게 잡았다.

"내일 아침에 나를 구룡방에 데려다 줘."

"그러겠습니다."

무가내는 미소를 지으며 우표두의 어깨를 두드렸다.

"좋은 방법을 가르쳐 줘서 고맙다."

"별말씀을……."

은기도와 양신웅이 미처 정신을 수습하기도 전에 무가내와 우표두의 대화는 너무도 빨리 전개되고 또 끝나 버렸다.

"디 할 말 있어?"

무가내는 은기도와 양신웅을 번갈아 쳐다보면서 다그치듯 물었다.

"없… 네."

"그럼 난 이만 갈게."

무가내는 서둘러 입구 쪽으로 걸어가고, 은기도와 양신웅 등은 그저 쳐다보고만 있었다.

그때 막 입구를 나가려던 무가내가 급히 되돌아왔다.

"중요한 얘기를 깜빡 잊고 있었는데……."

그는 은기도 앞에 서서 진지한 표정을 지었다.

은기도는 바짝 긴장했다. 이 시점에서 무가내가 일을 틀어 버리지는 않을까 염려가 앞섰다.

무가내는 더욱 진지한 표정으로 조심스럽게 물었다.

"녹봉을 미리 받을 수 없을까 해서 말이야."

"……."

무가내가 그런 말을 할 줄은 모르고 전혀 다른 쪽으로 예상하고 있던 은기도는 망치로 머리를 얻어맞은 것처럼 멍한 표정으로 대답을 못했다.

은기도의 표정을 살피던 무가내는 손을 마구 저었다.

"아니… 은자 백 냥을 모두 미리 달라는 것이 아니라 절반 정도만이라도 안 될까?"

"……."

여전히 대답을 하지 못하는 은기도를 보면서 무가내는 약간 초조해졌다. 그는 결국 크게 양보했다.

"정 안 되겠으면 열 냥만이라도 해줘. 부탁이야."

여전히 대답을 하지 못하는 은기도 대신 조금 일찍 충격에서 벗어난 양신웅이 쩍쩍 갈라진 목소리로 겨우 대답했다.

"원… 하는 대로 해주겠네."

"약속한 거야?"

무가내는 그 말을 남긴 채 부리나케 밖으로 달려나갔다.

내전에 한동안 괴괴한 적막이 흘렀다.

모두는 머릿속에서 한 가지 생각을 공통적으로 하고 있었다.

초절고수이면서 순진무구할 수가 있는 것인가?

열 호흡쯤 흘렀을 때, 은기도와 양신웅은 거의 동시에 한 가지 생각이 떠올라 우표두를 쳐다보았다.

"자네, 어쩌려고 그런 것인가?"

우표두가 무가내에게 '구룡방을 포기시키면 천하 유람을 다닐 수 있다' 라고 부추긴 일을 가리킨 것이다.

그러나 우표두는 무가내가 나간 내전 입구를 응시하면서 확신하는 듯한 표정으로 입을 열었다.

"무가내님께선 전 무림을 통틀어도 몇 명 안 되는 초절고수가 분명합니다. 그러므로 속하는 무가내님께서 구룡방 정도는 능히 제압하실 수 있을 것이라고 믿습니다."

온기도와 양신웅은 우표두의 말에 대해서 생각하느라 입을 열지 않았다.

그들의 머릿속에서는 '그럴 수 있을 것이다', '없을 것이다' 가 갑론을박하고 있었다.

잠시 후, 생각을 정리한 온기도가 무겁게 고개를 끄떡였다.

"그래, 어차피 그것이 외길이다."

자미룡이 무가내의 말이라면 맹목적으로 순종한다지만, 그녀가 구룡방의 지존은 아니다.

그러므로 그녀가 황룡표국을 포기하자고 대방주에게 의견을 제시할 수는 있을 테지만, 대방주가 거부해 버리면 그것으로 끝이다.

그리고 지금으로써는 대방주가 황룡표국을 단념해야 할 이유가 없다. 그럴 가능성은 거의 없는 것이다.

더구나 무가내가 구룡방 외전 건곤전주 이하 사십 명의 고수와 천기표국의 총표두와 육십 명의 표사를 모조리 죽였으며, 구방주 쇄금룡을 중상 입혔으니 대방주가 가만히 있을 리없다.

그러므로 구룡방은 황룡표국을 접수하는 것만이 아니라무가내를 제압해서 치죄하려는 목표가 하나 더 생겼다.

지금 이대로 있으면 구룡방은 계속 더 강한 고수들을 더 많이 보낼 것이다. 자미룡이라고 해도 대방주를 거스를 수는 없는 일이다.

그러느니 차라리 우표두의 말처럼 무가내가 구룡방으로쳐들어가서 담판을 내는 것도 나쁘지 않을 터이다.

아니, 사실은 그 방법밖에 없다.

지금까지 은기도와 양신웅 등 황룡표국 사람들은 무가내가 불가능을 가능하게 만드는 것을 직접 목격해 왔다.

건곤전주를 죽일 때가 그랬고, 자미룡을 수하처럼 부리는것이나 쇄금룡을 중상 입힐 때 또한 그랬다.

그래서 어쩌면 이번에도 무가내가 불가능을 가능하게 만들지 않을까 조심스럽게 기대할 수밖에 없었다.

무가내가 부랴부랴 자신의 거처로 돌아왔을 때, 예기치 않은 일이 벌어져 있었다.

집에 갔던 석중명이 돌아와 있었던 것이다.

사흘 휴가는 내일까지지만 그는 무가내를 혼자 둔 것이 염려되어 이틀 만에 서둘러 돌아왔다.

　그런데 자신의 방에 무가내는 없고 방금 하늘에서 하강한 듯한 절색의 미녀 한 명이 침상 가에 다소곳이 앉아 있는 모습을 발견하고는 이것이 꿈인가 싶어서 몇 번이나 눈을 비비고 다시 쳐다봤지만 절대 꿈은 아니었다.

　석중명은 감히 미녀를 쳐다보지도 못할뿐더러 무가내는 어디 갔느냐고 묻지도 못한 채 전전긍긍할 뿐이었다.

　그때 미녀가 말하기를, 무가내는 잠시 표국주의 부름을 받고 갔으니 잠시 후면 돌아올 것이라고 했다.

　그래서 석중명은 미녀와 한방에 있을 엄두를 내지 못하고 방문 밖 낭하로 나와 무가내를 기다리고 있었다.

　"어? 돌아왔구나, 중명!"

　계단을 올라온 무가내는 석중명을 발견하고는 반갑게 다가와 어깨를 감싸 안았다.

　"무가내, 안에 웬 여자 분이 계시던데……."

　"응, 상아야."

　무가내는 대답하면서 석중명을 데리고 방 안으로 들어갔나.

　밖에서 무가내의 목소리가 들려오자 은예상은 일어서 있다가 그를 맞이했다.

　은예상이 무가내를 바라보면서 방그레 미소를 짓자 뒤따

라 들어오던 석중명이 그것을 발견하고 눈이 부셔서 어지러운 듯 문기둥을 붙잡았다.

"중명, 주방에 가서 술과 요리를 가져와라."

한 시진 만에 돌아온 무가내는 은예상에게 오래 기다리게 해서 미안하다는 말도 하지 않았고, 석중명에게 그녀를 소개하지도 않았다.

"뭐 하게?"

당연히 그렇게 물을 수밖에 없는 석중명이다.

"먹어야지."

무가내의 대답은 간단했다.

석중명은 조심스럽게 은예상을 쳐다보았다. 저런 미녀를 어떻게 이런 누추한 곳에 모실 수 있느냐는 뜻이었다.

그러자 은예상이 살포시 미소를 지었다.

"저는 괜찮아요."

석중명은 그녀의 미소에 조금 전보다 더 심하게 비틀거리다가 어깨를 벽에 부딪쳤다. 은예상의 목소리는 절색의 미모만큼이나 고왔다.

석중명이 비틀거리면서 밖으로 나가자 무가내는 좁은 실내를 두리번거리다가 구석에 있는 낡은 나무 궤짝 하나를 가져와 침상 아래 바닥 한가운데 놓았다.

은예상은 무가내를 자신의 거처인 별채로 데려가서 야참이든 술이든 대접할 수도 있지만 그러지 않았다.

누군가에 대해서 알기를 원한다면 그 사람이 하는 대로 묵묵히 따르면서 지켜보는 것이 최선의 방법이라는 것을 그녀는 잘 알고 있었기 때문이다.

은예상은 무가내에게 호감을 느끼고 있었다. 그래서 그를 더 알고 싶었다.

"배고프지?"

"조금."

무가내를 기다리는 동안 허기를 느낀 은예상은 솔직하게 대답했다.

"잠시만 기다려. 여기 주방의 찬모 요리 솜씨가 그만이거든."

무가내는 스스럼없이 은예상의 손을 잡고 침상 가에 앉게 하고 자신은 그 옆에 앉았다.

일각 만에 석중명이 돌아왔다. 그는 한 손에 몇 가지 요리와 술잔, 젓가락이 담긴 쟁반을 들었고, 다른 팔로 술 항아리를 옆구리에 끼고 있었다.

방에 들어선 그가 쭈뼛거리고 있을 때 은예상이 일어나 쟁반을 받아 요리들과 술잔, 젓가락 따위를 방바닥에 놓인 나무 궤짝 위에 조심스럽게 차렸다.

"저기… 계단 아래에 웬 여자 분이 서 있던데……."

석중명이 쭈뼛거리면서 말하자 무가내는 생각났다는 듯 은예상에게 물었다.

"그 여자 이름이 뭐야?"

"냉운월이에요."

그러자 무가내는 즉시 방 밖으로 나가 낭하 난간 밖으로 냉운월을 굽어보면서 손짓을 해보이며 외쳤다.

"운월아! 이리 와라!"

그리고는 방 안으로 들어가 버렸다.

냉운월은 은예상에게 무슨 일이 생긴 줄 알고 깜짝 놀라 쏜살같이 달려 올라왔다.

방으로 막 들어선 냉운월은 그 자리에 굳어버렸다.

좁은 바닥에 술상처럼 차려져 있는 나무 궤짝과 그곳에 올망졸망 둘러앉아 있는 무가내와 은예상, 석중명의 모습이 가관이 아니어서 기가 막혔다.

더구나 은예상은 무가내 옆에 다소곳이 찰싹 붙어 앉았는데, 침상과 벽 사이의 공간이 좁아서 책상다리를 하고 앉은 무가내의 한쪽 다리가 무릎을 꿇고 앉은 은예상의 허벅지 위를 아예 덮고 있었다.

"소저……."

"앉아요."

냉운월이 어이없는 표정으로 입을 열자 은예상은 배시시 미소를 지으며 석중명의 옆 자리를 가리켰다.

그 바람에 석중명은 화들짝 놀라 벌떡 일어섰고, 냉운월은 방금 전보다 더 어이없는 표정을 가득 떠올렸다.

무가내는 서둘러 표자(瓢子:표주박)를 들어 술 항아리에서 술을 떠내 네 개의 잔에 넘치도록 따르면서 말했다.

"어서 마시자!"

무가내가 잔을 들자 은예상도 두 손으로 고이 잔을 잡아 들어 올렸다.

두 사람이 잔을 든 채 기다리고 있자 석중명은 주춤거리면서 쪼그리고 앉아 잔을 들었다.

물론 냉운월이 앉을 자리를 비켜주느라 벽 쪽으로 몸을 찰싹 밀착시키는 것을 잊지 않았다.

세 사람은 잔을 든 채 냉운월을 쳐다보며 기다리고 있었다.

여걸인데다 강직한 성격인 냉운월은 우뚝 서서 세 사람을 차례차례 굽어보더니 이윽고 가벼운 한숨을 내쉬면서 방문 쪽으로 몸을 돌렸다.

그때 무가내가 조용히 입을 열었다.

"운월아, 친구처럼 함께 술 마시는 것이 싫으냐?"

냉운월은 뚝 걸음을 멈추었다.

'친구?'

그녀는 뒤돌아보았다.

웃고 있는 세 사람의 얼굴이 보였다.

문득 그들이 친구 같다는 것과 함께 어울리고 싶다는 생각이 들었다.

그러나 결정적으로 냉운월은 이십삼 세가 되도록 한 번도 술을 입에 대본 적이 없었다.

그녀의 마음을 읽었는지 은예상이 방그레 미소를 지으며 무가내에게 물었다.

"소녀는 술을 한 번도 마셔본 적이 없는데, 무척 쓰겠지요?"

무가내가 벌쭉 웃었다.

"쓰긴, 오히려 향긋해. 그리고 마시고 나면 근심 걱정이 없어지면서 행복해지지."

은예상은 호기심으로 눈을 빛냈다.

"정말이에요?"

그녀만큼 근심 걱정이 많은 사람도 없을 터이다.

냉운월도 은예상보다 더하면 더했지 못하지는 않았다. 그래서 그녀도 귀가 솔깃했다.

"무엇이든 처음이 어려워. 술을 마시는 것이나 사람을 사귀는 것, 무공을 배우는 것들이 말이야."

무가내가 마치 세상을 달관한 노인네처럼 고개를 끄떡이면서 말했다.

하지만 은예상과 냉운월, 심지어 석중명까지 그 말에 크게 공감하여 고개를 끄떡였다.

이윽고 냉운월이 주춤거리면서 다가오자 석중명은 그녀가 앉을 자리를 더 넓게 만들어주느라 아예 몸을 벽에 찰싹 밀착시켰다.

냉운월은 석중명 옆에 절도있는 자세로 단정하게 무릎을 꿇고 앉아 마치 성스러운 물건인 양 두 손으로 조심스럽게 술잔을 집어 들었다.

무가내가 술잔을 높이 들면서 외쳤다.

"건배!"

은예상이 아름다운 미소를 지으면서 물었다.

"무엇을 위해서죠?"

"친구를 위해서."

무가내의 대답에 모두들 잔을 들면서 입을 모아 외쳤다.

"친구를 위해서!"

그렇게 합창을 하자 그 순간만큼은 모두의 마음이 하나가 된 것 같은 기분이 들었다.

무가내와 석중명은 단숨에 한 잔을 비웠다. 입을 벌리고 술을 입속에 쏟아 붓는 것 같았다.

은예상과 냉운월이 막 잔을 입술에 대고 있을 때, 무가내와 석중명은 빈 잔을 내려놓고 있었다.

그것을 보고 냉운월은 단숨에 술을 입속에 털어 넣었고, 은예상은 조금씩 천천히 한 잔을 다 비웠다.

"어때?"

무가내가 묻자 은예상은 아미를 곱게 찌푸렸고, 냉운월은 입맛을 다셨다.

"써요."

"맛있군요."

두 사람의 대답은 각기 달랐지만 한 잔 술을 마신 몸의 느낌은 같았다.

뱃속이 찌르르 하는 것 같더니 곧 뜨거운 기운이 온몸으로 싸아 하고 퍼졌다.

그리고는 세 호흡쯤 지나자 기분이 좋아지기 시작했다.

두 번째 건배는 냉운월이 외쳤다.

"건배합시다!"

"근심 걱정을 날려 버리자!"

축시(丑時:새벽 2시) 무렵.

그동안 석중명은 다람쥐 제집 드나들 듯이 주방에 다섯 번이나 더 다녀왔고, 무가내 등은 모두 여섯 항아리, 즉 육십 근의 술을 마셨다.

다섯 잔을 넘기지 못하고 취해 버린 은예상은 일찌감치 쪼그린 채 무가내의 무릎을 베고 잠이 든 상태였다.

취기 때문에 발그레해진 얼굴은 잘 익은 능금 같았고, 긴 속눈썹과 갸름한 턱 선, 도톰하면서도 빨간 입술은 평상시의 모습과는 사뭇 다른 묘한 아름다움을 발산하고 있었다.

냉운월은 처음 술을 마셔보고 또 내공으로 취기를 몰아내지 않았는 데도 불구하고 지금껏 버티고 있었다.

그러나 상체를 전후좌우로 흔들면서, 때로는 옆에 앉은 석중명의 어깨에 머리를 기대고 잠깐 잠이 들었다가도 번쩍 고개를 들고 건배를 외치기를 반복했다.

늦게 배운 도둑질이 무섭다고, 그녀는 이십삼 년 만에 처음 마셔보는 술맛에 푹 빠져서 헤어날 줄을 몰랐다.

석중명도 술이 꽤 센 편이고, 냉운월보다는 조금 나았지만 무가내의 상대는 되지 못했다.

무가내는 꼿꼿하게 앉은 채 자작을 하면서 술을 마셨다.

그가 처음 술을 입에 댄 것은 첫돌이 지나기도 전이었다.

술을 밥보다 더 좋아하는 오악도의 네 마물은 어린 무가내에게 곡식이나 물고기를 으깨어 만든 이유식보다 술을 더 많이 먹였다.

그래서 술은 무가내에게 주식이나 다름없게 되었다.

술을 마시면 그는 마음이 차분해져서 이윽고 내면의 세계가 눈을 뜬다.

그것은 생각이라는 것을 도무지 하지 않는 사람처럼 덜렁거리기만 하는 무가내의 외향적인 성격하고는 상반되는 전혀 다른 세계였다.

그 내면의 커다란 나무에는 그가 살아온 십팔 년 동안 만든 추억들과 고뇌와 수많은 생각들이 수천 개의 열매가 되어 매달려 있었다.

사실 그는 누구보다도 생각을 많이 하는 사람이었다. 다만 겉으로 표현을 하지 않을 뿐이다.

만약 그가 내면에 감추어져 있는 성격처럼 세상을 살아간다면 지금하고는 전혀 다른 사람으로 살게 될 것이다.

과묵하고도 신중한, 그리고 고민이 많은 사람으로 탈바꿈할 것이 분명하다.

지금 그는 오악도를 떠나기 전에 혈검이 말해주었던 부모에 대해서 생각하고 있는 중이었다.

사실 혈검이 부모에 대해서 말해준 이후 무가내는 줄곧 그것에 대해서 고민하고 생각해 왔다. 다만 겉으로 드러내지 않았을 뿐이다.

드러낸다고 해서 고민이 해결되는 것이 아니기 때문이다.

"아버지를 찾으라고?"

문득, 무가내는 잔을 만지작거리다가 자신도 모르게 지금 생각하고 있던 것을 중얼거렸다.

그때 몹시 취해서 건들거리던 냉운월이 게슴츠레한 눈으로 무가내를 쳐다보았다.

"너… 아버지를 찾고 있는 것이냐?"

처음에 술이 서너 잔쯤 돌기 시작할 때부터 냉운월은 무가내와 석중명에게 반말을 했다. 그렇지만 은예상에게는 깍듯한 예의를 잃지 않았다.

"그래."

무가내는 고개를 끄떡이고 나서 술잔을 비웠다.

"아버지가 어디에 있는데? 딸꾹!"

냉운월이 딸꾹질을 시작했다.

"몰라."

"딸꾹! 그… 럼 어떻게 찾을 건데?"

탁탁!

무가내는 자신의 무릎을 벤 채 자고 있는 은예상의 등을 가볍게 두드렸다.

"이걸 보고 찾으랜다."

냉운월은 무가내가 은예상의 등에 새긴 지도를 말하는 것이라고 여겨 눈을 조금 크게 떴다.

"그… 럼 그 지도가 네 아버지 있는 곳을 가리키고 있는 것이냐? 딸꾹!"

"그래."

"음… 그렇구나."

냉운월은 고개를 끄떡이다가 마침내 한계에 이르러 정신을 잃고 옆으로 쓰러졌다.

때마침 석중명도 그녀 쪽으로 쓰러지고 있었기 때문에 두 사람은 부딪쳐서 한 덩이가 되어 뒤로 넘어갔다.

무가내는 그들이 쓰러지든 말든 상관하지 않고 술을 마셨다.

그의 생각은 부모에 대한 것에서 오악도의 네 마물로 자연스럽게 넘어갔다.

이것저것 생각하다가 그는 히죽 웃었다.

"골치 아프게 끙끙거릴 필요없다. 네 마물이 중원에 오면 자연히 알게 되지 않겠는가."

그는 네 마물이 오래지 않아서 중원에 올 것이라고 믿었다.

그들이 무가내를 키우면서 무공을 가르치고 금만등을 이루게 하여 중원으로 보냈을 때에는 반드시 무슨 목적이 있을 것이라고 생각했다.

"클클… 나더러 그동안에 중원을 배우고 있어라 그거겠지. 내가 중원에 대해서 웬만큼 파악하고 나면 그제야 나타나서 무엇이든 얘기해 주겠지."

무가내는 또 한 잔의 술을 입에 붓고 나서 고개를 끄떡이며 웃었다.

"클클클… 그때까지 실컷 즐기는 것이다."

문득 그는 자신의 무릎을 베고 자고 있는 은예상을 물끄러미 굽어보았다.

아름다움이 무엇인지 아직 잘 모르는 그의 눈에도 은예상은 정말 아름다웠다.

더구나 그녀의 감미로운 목소리와 꽃이 피는 듯한 미소, 마주 바라보면 가슴이 시원해지는 듯한 맑은 눈빛이 너무나도 좋았다.

그래서 할 수만 있다면 은예상과 늘 같이 있고 싶었다. 그리고 헤어지고 싶지 않았다.

언제라도 그녀의 얼굴과 미소를 보고, 목소리를 들으며, 그녀를 만지고 싶었다.

무가내가 생각하기에 그럴 수 있는 방법은 하나뿐이었다.

은예상을 자신의 것으로 만드는 것이었다.

물론 그는 그 방법을 모른다. 그저 그녀가 자신의 것이라고 생각하면 되는 줄 알고 있었다.

그는 손을 들어 가만히 은예상의 뺨을 어루만졌다.

몹시도 보드랍고 또 따스했다.

그의 손이 닿자 무슨 좋은 꿈이라도 꾸고 있는지 은예상이 배시시 미소를 지었다.

무가내는 미소를 짓는 입술이 너무나 예뻐서 이끌리듯 손을 뻗어 손가락으로 그녀의 입술을 더듬었다.

촉촉하고 부드러운 입술이 그의 손끝에 느껴졌다.

바로 그때 은예상의 입술을 더듬던 무가내의 손가락이 뚝 멈추었다.

이어서 은예상을 가볍게 안고 일어나 침상에 눕히고 이불을 잘 덮어준 후 방을 나서서 계단을 내려갔다.

마당에 이른 그는 걸음을 멈추지 않고 멀지 않은 곳에 있는 인공으로 조성된 숲으로 곧장 걸어갔다.

새벽이지만 야공에 떠 있는 보름달 때문에 울창한 숲 속은 그리 어둡지 않았다.

무가내는 숲 깊숙이 들어와 자그마한 공터에 멈추었다.

숲에는 아무도 없었다. 새들도 잠들어 괴괴한 적막만이 무겁게 내려앉아 있을 뿐이었다.

그는 두리번거리지도 않고 정면 삼 장 거리에 있는 한 그루 거목을 주시하면서 조용히 입을 열었다.

"왜 나를 불러냈느냐?"

슥!

잠시가 지나자 거목 뒤에서 두 사람이 모습을 나타냈다.

그들 중 한 사람은 낯익은 얼굴이었다.

무가내가 합비까지의 첫 표행에 나섰을 때 수양강 상류에서 표물을 약탈하려다가 실패했던 사파 무리가 있었다.

거목 뒤에서 나타난 두 명 중에 한 명은 그때 사파 무리를 이끌었던 홍의인, 즉 당주였다.

당주는 공손한 자세였다. 그것은 수하가 상전을 모시고 있을 때 취하는 자세다.

무가내는 당주 옆에 서 있는 인물을 쳐다보았다.

그자는 무가내보다 더 키가 크고 체격은 반 이상이나 컸다.

그렇지만 뚱뚱하지는 않았다. 단지 키가 크고 체격이 우람할 뿐이었다.

일신에는 흑포를 입었으며, 가슴까지 이르는 검은 수염을 탐스럽게 길렀고, 무기는 지니지 않았는데 육십여 세 정도의 나이였다.

그는 그저 우뚝 서 있을 뿐인데 전신에서 파도 같은 패도적인 기도가 뿜어지고 있어서 굳이 설명을 하지 않아도 그가 일파지존(一派至尊)임을 짐작하게 했다.

무가내는 당주가 수양강 상류에서의 일 때문에 복수를 하려고 자신의 상전을 데려왔을 것이라고 짐작했다.

그런데 흑포인은 모습을 드러내어 무가내를 보는 순간 얼굴에 적잖이 놀라는 표정이 떠올랐으며, 어깨까지 움찔 가볍게 떨었다. 무가내를 보고 놀라는 것이 분명했다.

흑포인은 바로 곁에 벼락이 떨어져도 외눈 하나 꿈쩍하지 않을 인물 같았는데, 무가내를 보자마자 놀라다니 이상한 일이었다.

또한 그는 한동안 뚫어지게 무가내를 주시했으며 놀라는 표정은 오랫동안 지워지지 않았다.

무가내는 흑포인이 패도적인 기도를 뿜어내든 자신을 보면서 놀라든 개의치 않고 태연히 입을 열었다.

"용건이 있으면 빨리 말해라. 나는 술을 마시러 다시 방에 가야 한다."

사실 조금 전에 무가내가 술을 마시고 있을 때, 누군가 그에게 이곳으로 나오라고 전음을 보내왔다.

무가내는 전음을 보낸 자가 흑포인이라고 여긴 것이고, 그의 짐작은 맞았다.

무가내의 말에 흑포인은 비로소 원래의 군림자(君臨者)로

서의 늠연함을 되찾았다.

그가 보기에 무가내는 전혀 무공을 익힌 적이 없는 평범한 청년에 불과했다.

사람들이 착각을 하듯이 그 역시 무가내를 이십 세 전후의 청년이라고 생각했다.

이윽고 흑포인이 굵고 나직한 목소리로 입을 열었다.

"귀하가 수양강 상류에서 내 수하 여섯 명을 죽인 초식 명을 말해줄 수 있소?"

평소 그는 어느 누구에게도 말을 높이지 않는 사람이다. 그 정도로 높은 지위에 있으며, 자신이 고개를 숙여야 할 인물이 없다고 여기기 때문이다.

그러나 그는 지금 무가내에게 말을 높이고 있었다.

보름 전, 수양강 상류에서 수하들을 잃고 자신의 방파로 돌아간 당주는 지존인 흑포인에게 당시의 상황에 대해서 자세히 보고했다.

흑포인은 당주의 보고 중에서 한 가지 사실에 크게 놀라고 또 주목했다.

황룡표국의 일개 쟁자수가 부당주를 비롯한 여섯 명을 일장에 죽였다는 대목이었다.

흑포인은 당주에게 무가내가 전개한 장풍에 대해서 여러 차례 반복해서 묻고 또 물었다.

그리고는 그 장풍이 자신이 알고 있는 어떤 무공과 매우 흡

사하다는 결론을 내렸다.

그가 알고 있는 한, 천하무림에서 그런 종류의 장풍을 사용하는 사람은 단 한 명뿐이었다.

그래서 그는 자신의 눈으로 직접 확인하기 위해서 당주를 앞세워 무가내를 찾아온 것이었다.

그런 사정을 알 까닭이 없는 무가내는 가볍게 의아한 표정을 지었다. 흑포인이 복수를 하러 왔을 것이라고 여겼는데 뜬금없는 소리를 하기 때문이었다.

무가내는 굳이 그것을 밝히지 못할 이유가 없었다.

"혈옥섬강(血玉閃罡)이야."

순간 흑포인의 몸이 눈에 띄게 움찔 떨렸고, 얼굴에는 놀라움과 기쁜 기색이 뒤섞여서 잔잔하게 떠올랐다.

그가 알고 있는 그 무공의 이름과 같았기 때문이다.

하지만 그는 감정을 잘 억제하고 있었다. 아직은 그 감정을 터뜨릴 때가 아니다. 확인이 더 남았다.

그는 방금 전과는 달리 박빙여리(薄氷如履), 살얼음을 밟듯이 조심스럽게 다시 입을 열었다.

"혈옥섬강을 한번 보여줄 수 있겠소?"

무가내의 표정이 가볍게 굳어졌다. 그는 흑포인이 소기의 혈옥섬강을 알고 있다고 판단했다.

무가내가 중원에 온 이후 그의 무공을 알아보는 최초의 사람이 나타났다.

그것은 무가내를 조금쯤은 흥분시켰다.

슥—

그는 느릿하게 왼손을 내밀었다.

흑포인과 당주는 눈도 깜빡이지 않고 뚫어지게 무가내의 왼손을 주시했다. 그들의 얼굴에는 극도의 긴장과 기대가 가득 떠올라 있었다.

스으으……

무가내의 왼손이 순식간에 핏빛 투명하게 혈옥처럼 변하더니 은은한 광채, 즉 투명광이 뿜어졌다.

뒤이어 그는 먼지를 털 듯이 흑포인을 향해 가볍게 손목을 떨쳤다.

스파아—

순간 한줄기 핏빛의 투명한 빛줄기가 흑포인을 향해 섬전보다 더 빠른 속도로 뿜어졌다.

흑포인은 이미 자신의 일 장 거리까지 쇄도하고 있는 빛줄기를 보면서 표정이 가볍게 변했다.

이런 상황에서 그저 약간 표정이 변한 그는 과연 일파지존다운 면모를 갖추고 있었다.

피하거나 빛줄기가 멈추지 않으면 흑포인의 가슴 한복판이 관통되고 말 것이다.

그러나 흑포인은 도저히 피할 수 없다는 사실을 깨달았다. 빛줄기는 그 정도로 빨랐다.

그 옆에 서 있던 당주는 아예 눈을 질끈 감았다.

파아아—

순간 빛줄기가 흑포인의 반 장 앞에서 여러 줄기로 쫙 나누어졌다.

빛줄기는 모두 열 개였는데, 흑포인과 당주의 좌우로 갈라졌으며, 그들을 아슬아슬하게 스쳐 지나 뒤로 향하기도 했다.

퍼퍼퍼퍼퍽!

그리고 흑포인과 당주의 좌우와 뒤쪽에서 거의 동시에 나직한 격타음이 터져 나왔다.

흑포인과 당주는 즉시 주위를 둘러보고는 가깝게는 일 장, 멀리는 삼 장여에 이르는 거리에 있는 열 그루 나무들이 하나같이 구멍이 뻥 뚫려 있는 것을 발견했다.

구멍의 크기는 엄지손톱 정도였으며, 구멍은 완전히 숯처럼 탔는데, 그곳에서 짙은 연기가 뿜어지고 있었다.

그로 미루어 무가내가 전개한 일장, 즉 혈옥섬강은 극양지기라는 사실을 알 수 있었다.

흑포인의 몸이 눈에 띄게 부르르 떨렸다. 그의 얼굴에는 잔잔한 격동이 떠올라 있었다.

무가내가 전개한 혈옥섬강은 초식명뿐만 아니라 전개되는 광경이나 위력까지 흑포인이 알고 있는 그 사람이 전개하는 것과 똑같았다.

아니, 오히려 더 위력적이었다.

이것으로써 무가내가 혈옥섬강을 알고 있는 것은 분명해
졌다.

무가내는 궁금한 것이 있었으나 흑포인이 입을 열기를 묵
묵히 기다렸다.

흑포인은 지금까지와는 달리 자세를 바로 하고 약간 떨리
는 목소리로 입을 열었다.

"존가(尊家)께선 누구에게 혈옥섬강을 배우셨습니까?"

게다가 상대에 대한 극존칭인 '존가'라는 호칭으로 무가
내를 불렀다.

"소기에게 배웠어."

무가내가 대수롭지 않게 대꾸하자 흑포인의 얼굴에 약간
실망의 기색이 스쳤다. 그러나 그는 공손함을 잃지 않고 다시
한 번 물었다.

"소기라는 분이 본명입니까?"

"아니."

소기는 무가내가 지어준 이름이니 본명일 리가 없다.

흑표인의 얼굴에 다시 기대가 일렁였다.

"그분의 본명을 알고 계십니까?"

"응."

"말씀해 주실 수 있으십니까?"

"구주사황(九州邪皇) 잔극(殘極)이야."

"오오!"

흑포인은 번갯불에 관통당한 것처럼 몸을 격렬하게 떨었다.

"그분… 사황께선… 살아 계십니까?"

무가내는 소기의 모습을 떠올리며 히죽 미소 지었다.

"그 영감탱이, 징그러울 정도로 쌩쌩해."

"아아… 사황께서 생존해 계시다니……!"

흑포인은 격동을 이기지 못하고 기어코 굵은 눈물을 흘리기 시작했다.

옆에 서 있는 당주는 '구주사황 잔극'이라는 말을 듣고는 혼이 달아날 정도로 경악하여 한동안 멍한 얼굴이더니 급기야 펑펑 울어대고 있었다.

무가내는 오악도의 네 마물의 본명과 별호는 알고 있지만 그들이 과거 어떤 사람들이었는지는 모른다.

그는 흑포인과 소기의 관계가 궁금했지만 이번에도 먼저 묻지는 않았다.

흑포인이 무가내를 찾아왔으므로 가만히 있어도 이야기를 할 것이라고 생각했다.

그때 흑포인은 마치 장수가 황제를 알현하듯 그 자리에 무릎을 꿇고 땅바닥에 머리를 조아리며 더한 나위 없이 공손히 아뢰었다.

"속하 균현(鈞玄)이 소주(小主)를 뵈옵니다."

휘이이—

한줄기 미풍이 공터를 훑고 지나갔다.

흑포인 균현과 당주는 이마를 바닥에 붙인 채 납작하게 엎드려 있고, 무가내는 적이 놀란 표정으로 두 사람을 바라보고 있었다.

第十九章
불가사의(不可思議)

숲에서 나온 무가내는 주방에 들러 술 항아리 두 개를 양 옆구리에 끼고 자신의 거처로 걸어갔다.

그리고 흑포인 균현과 당주가 약간의 거리를 두고 무가내를 뒤따랐다.

방에 들어선 무가내는 바닥에 서로 얼싸안은 채 골아떨어져 있는 석중명과 냉운월을 한꺼번에 번쩍 들어 침상 발치께의 구석으로 옮겨놓았다.

이어서 원래 자신이 앉았던 자리에 털썩 주저앉은 후 나무 궤짝 맞은편을 턱으로 가리켰다.

"앉아."

방문 밖에 서 있던 균현은 즉시 실내로 들어서 무가내 맞은편에 무릎을 꿇고 앉았다.

당주는 균현이 무가내에게 무릎을 꿇었는데도 전혀 놀라지 않았다. 오히려 당연하다는 표정이었다.

무가내는 당주를 쳐다보며 대수롭지 않게 말했다.

"너도 들어와서 앉아라."

"아니, 속하는……."

당주가 놀라서 몸 둘 바를 몰라 허둥대자 무가내는 가볍게 고개를 끄떡였다.

"괜찮다. 자고로 사람이란 술 앞에서 평등한 거야."

균현이 돌아보면서 가볍게 고개를 끄떡이자 당주는 방문 밖에서부터 무릎을 꿇은 채 고개를 푹 숙이고 무릎걸음으로 거의 기다시피 안으로 들어왔다.

"너, 균현이라고 했나?"

문득 무가내가 조용한 어조로 묻자 균현은 즉시 고개를 깊숙이 숙였다.

"그렇습니다, 소주."

"지금부터 우리 셋이 제대로 앉아서 친구처럼 술을 마셔보든가, 아니면 지금 당장 가거라."

흑포인은 누구보다 경륜이 풍부하고 상대의 내심을 잘 헤아리는 인물이다.

그는 무가내가 예절에 구애받지 않고 번문욕례(繁文縟禮)

를 싫어한다는 사실을 깨달았다.

그는 무릎걸음으로 들어오다가 멈춰 있는 당주를 돌아보며 조용히 중얼거렸다.

"탈당주(奪堂主), 소주의 말씀을 들었느냐?"

그러자 당주, 아니, 탈당주는 무릎걸음으로 쏜살같이 달려들어와 균현 옆에 무릎을 꿇고 앉았다. 그러나 더없이 공손한 자세를 취했다.

무가내는 각자의 잔에 넘치도록 술을 따랐다.

"내가 한 잔 마시면 너희도 한 잔 마셔라."

이어서 단숨에 한 잔을 비웠다.

그러자 균현과 탈당주도 서둘러 술잔을 비웠다.

탁!

무가내는 잔을 내려놓은 후 균현을 주시했다.

"너는 소기와 어떤 관계냐?"

균현은 무가내가 그렇게 물을 줄 이미 예상하고 있었기 때문에 즉시 입을 열었다.

"실례지만 소주께서는 천하무림에 대해서, 그리고 구주사황에 대해서 얼마나 알고 계십니까?"

무가내는 각지의 빈 잔에 술을 따르면서 대답했다.

"나는 중원에 나온 지 이십 일밖에 안 됐어. 그리고 중원에 오자마자 이곳 황룡표국의 쟁자수가 된 거야."

그 말은 곧 중원, 아니, 무림에 대해서 아무것도 모른다는 뜻이었다.

"그리고⋯ 소기에 대해서도 잘 몰라. 그가 뺀질뺀질하게 생겨먹은 얼굴에 여자를 무지하게 밝힌다는 것, 그리고 교활하기 짝이 없는데다가 유치하고⋯ 또⋯ 그렇지! 지저분하기는 비길 데가 없으며 공짜를 무지하게 좋아해."

균현은 씁쓸한 미소를 지었다. 무가내가 말한 것들 중에서 한 가지만은 확실했다. 구주사황은 예전에도 지독한 색광(色狂)이었다.

그는 무가내가 구주사황의 예전 신분에 대해서는 모르고 있는 것으로 판단했다.

그는 잠시 숨을 고른 후 조심스러운 표정을 지었다.

"먼저 이십 년 전에 무림에 무슨 일이 있었는지부터 말씀드리겠습니다."

무가내가 술을 마셨기 때문에 균현은 말을 중단하고 술잔을 집었고, 탈당주도 급히 따라 했다.

"이십여 년 전, 중원무림에는 크게 세 개의 무림계(武林界)가 형성되어 있었습니다. 구파일방이 주축이 되어 천하의 불문(佛門)과 도문(道門)이 모인 불도진명계(佛道眞明界), 천하 각 지역의 방, 문파들로 이루어진 강호유림계(江湖儒林界), 사파(邪派)와 독림(毒林), 요계(妖界), 마도(魔道)의 집합체인 사마총혈계(邪魔總血界)가 그것입니다. 그렇지만 불도진명계와 강호유림계는 자신들 이계(二界)만이 무림일 뿐, 사마총혈계는 무림으로 인정하지 않았습니다. 그러므로 중원무림이 삼계(三界)로 이루어졌다고 하는 것은 어디까지나 사마총혈계 쪽 사람들 생각일 뿐, 저쪽 사람들의 생각은 그렇지 않습니다."

균현은 머릿속으로 생각을 정리하면서 되도록 간략하게 요점만 설명하려고 애썼다.

"그 당시 중원무림은 사상 초유의 대위기를 맞이했습니다. 변황삼세(邊荒三勢)와 새외사벌(塞外四閥)을 일통시킨 대천신등(大天神等)이 돌연 중원무림을 침공한 것입니다."

무가내는 묵묵히 술만 마셨다. 마치 균현의 이야기를 듣고 있지 않는 것 같았다.

나중에 알려진 사실이지만, 대천신등은 수십 년 전부터 중원 침공을 치밀하게 준비해 왔다.

변황삼세 중에서도 가장 세력이 큰 대천궁(大天宮)이 십여 년에 걸쳐서 변황이세와 새외사벌을 차례차례 합병시켜 끝내 일통하여 대천신등이라는 전대미문의 초거대집단(超巨大集團)을 탄생시켰다.

이후 대천신등은 장장 삼십여 년에 걸쳐서 무려 십만 명이라는 어마어마한 고수들을 육성, 정예화했다.

그리고 마침내 지금으로부터 이십 년 전 겨울, 대천신등은 십만 명의 고수로 이뤄진 중원정벌군(中原征伐軍)을 앞세우고 중원무림을 침공했다.

그로써 중원무림이 수백 년 동안 누려왔던 태평성대는 산

산이 깨어졌다.

자신들만의 이익과 영달만을 추구하던 불도진명계나 강호
유림계의 수천 방, 문파들은 제대로 반격조차 하지 못한 채
도처에서 무너졌다.

대천신등은 처음부터 중원무림의 항복을 받으려는 생각이
아예 없었다.

그들은 닥치는 대로 중원무림을 짓밟으며 죽이고 또 죽였다.

추수가 끝난 논밭을 모조리 갈아엎은 다음에 씨를 뿌리듯,
그들은 중원무림을 통째로 괴멸시킨 후 자신들만의 무림을
세울 계획이었던 것이다.

저마다 잘났다고 큰소리치던 불도진명계와 강호유림계는
대천신등의 침공에 그야말로 속수무책, 불과 석 달여 만에 중
원무림의 절반 이상을 잃어버리는 치욕을 당했다.

불도진명계와 강호유림계, 즉 진명유림(眞明儒林)은 뒤늦
게야 이대로 중원무림을 내줄 수는 없다고 크게 각성하여 부
랴부랴 살아남은 방, 문파와 고수들을 끌어 모았다.

그렇지만 그런 상황에서도 사, 독, 요, 마의 사마총혈계에
게는 아예 전갈조차 보내지 않았다.

마침내 진명유림의 대문파, 대방파 삼십육파가 주축이 되
어 불과 보름여 만에 운집한 고수의 수는 무려 십오만.

그것이 바로 저 유명한 정협맹(正俠盟)의 탄생이었다.

정협맹은 십오만 고수들로 충분히 대천신등을 물리칠 수

있을 것이라고 낙관했다.

정협맹은 대천신등의 중원정벌군과 정면으로 맞부딪쳐서 싸웠다.

하지만 결과는 정협맹의 참담한 패배였다.

패인은 정협맹이 중원정벌군에 비해서 형편없이 약했다는 사실 한 가지뿐이었다.

정협맹은 수만 십오만 명이지, 기실 중원정벌군과 대등하게 맞서 싸울 수 있는 정예 고수는 삼만여 명에 불과했다.

정협맹은 하늘을 찌를 듯한 사기와 의협심, 그리고 구름처럼 운집한 십오만 명이라는 엄청난 수에 스스로 도취되어 정확한 형세 판단을 하지 못했던 것이다.

대패한 정협맹은 겨우 사만여 명만이 살아남아 도주했고, 대천신등의 중원정벌군이 그들의 씨를 말리기 위해서 악착같이 추격했다.

바야흐로 정협맹, 아니, 진명속림의 무림은 풍전등화의 위기에 직면했다.

정협맹은 그제야 자존심을 꺾고 사마총혈계에 사람을 보내어 구원을 청했다.

정파와는 달리 그 당시의 사마총혈계는 한 인물에 의해서 일통, 단단하게 결속되어 있었다.

그 인물이 바로 제일대 대마종(大魔宗)인 마군황(魔君皇) 독고중천(獨孤中天)이었다.

마군황은 정협맹에 한 가지 조건을 제시했다.

만약 사마총혈계가 대천신둥을 물리친다면, 이후 사독요마의 사마총혈계를 정식으로 무림의 한 축계(軸界)로 인정해 달라는 것이었다.

정협맹은 쾌히 승낙했다. 막바지에 몰려 있는 상황에서 승낙하고 자시고 할 상황이 아니었다.

그뿐만 아니라 대천신둥을 물리쳐 주기만 한다면, 사마총혈계의 대표격인 사독요마 네 개의 파(派)를 구파일방과 같은 반열로 승격시켜서 십삼파일방(十三派一幇)으로 숭상하겠다고 굳게 약조했다.

드디어 사마총혈계의 대마종 마군황은 사독요마의 최고 우두머리인 종사(宗師) 네 명과 그 휘하의 최정예 고수 팔만 명을 친히 이끌고 대천신둥의 중원정벌군을 맞이하여 닷새 낮과 닷새 밤, 즉 오주야(五晝夜)의 대혈전을 벌였다.

규칙적으로 술잔을 비우던 무가내는 술 마시는 것도 잊은 채 어느덧 팔짱을 끼고 균현의 이야기에 깊이 심취해 있었다.

균현은 이야기를 잠시 멈추었다.

아니, 그의 이야기는 거기에서 끝이 났다. 더 이상 할 말이 없는 것이다.

"그래서 사마총혈계는 대천신둥을 물리쳤나?"

무가내는 습관적으로 술잔을 들어 입으로 가져가면서 지나가는 말처럼 물었다.

"그런 것 같습니다."

균현의 표정이 처음 이야기를 시작했을 때와는 달리 착잡하게 변해 있었다.

"그러면 그런 것이고 아니면 아니지, 그런 것 같다는 것은 또 뭐야?"

무가내는 술잔이 비었다는 것을 깨닫고 표자로 술을 퍼서 잔에 따르면서 중얼거렸다.

"생존자가 단 한 명도 없었기 때문에 어느 쪽이 이겼는지, 대천신등이 패퇴하여 변황으로 물러갔는지 알 수가 없기 때문입니다."

무가내는 술잔을 막 들어 올리려다가 다시 내려놓았다.

"생존자가 없어?"

"그렇습니다."

"단 한 명도?"

"그렇습니다."

"뭐… 야? 대천신등의 중원정벌군 십만 명과 사마총혈계의 팔만 명 중에서 살아남은 사람이 단 한 명도 없다는 것이 말이 된다고 생각해?"

균현은 씁쓸한 표정을 지었나.

"그렇지만 사실이 그렇습니다. 대마종이신 마황군께서는 물론이고, 네 분의 종사와 그분들이 이끌었던 팔만 명 중에서 사마총혈계로 귀환한 사람은 아무도 없었습니다."

무가내는 술잔을 만지작거리면서 입맛을 다셨다.

"괴이한 일이로군."

"그 당시의 일은 아직까지도 풀리지 않은 채 불가사의(不可思議)로 남아 있습니다."

"어쨌든 사마총혈계는 대천신등을 물리친 셈이로군."

"그렇지요."

"중원무림은 다시 평화를 되찾은 것이고."

"그렇습니다."

무가내는 술을 마시고 나서 턱에 흐르는 술을 손등으로 닦아내며 균현을 쳐다보았다.

"더 할 얘기가 없다면 이제 소기와 너희가 어떤 관계인지 말해봐라."

균현과 탈당주는 원래 단정한 자세를 더욱 바르게 했다.

"대마종이신 마군황을 측근에서 모시던 사독요마의 네 종사 중 한 분이 구주사황이십니다."

"……."

무가내는 움찔 놀라서 표자로 술 항아리 밑바닥을 긁다가 뚝 멈추었다.

그러나 그것뿐이다. 그는 표자의 술을 잔에 부으며 조용히 중얼거렸다.

"그렇다면 소기는 사파의 종사였겠군."

"그렇습니다."

균현은 진지한 표정을 지었다.

"원래 사파의 최고 지휘부를 사도종(邪道宗)이라고 칭하는데, 구주사황께서는 사도종의 종사, 즉 사도종사(邪道宗師)라는 신분이셨습니다."

"사도종사……. 소기에겐 어울리지 않는군."

문득 무가내는 오악도에서 소기와 장기를 두어 이겨서 그의 항문에 빨대를 꽂고 피를 빨아먹던 일을 떠올리고는 피식 실소를 흘렸다.

균현은 조심스럽게 말을 이었다.

"사도종사를 모시는 열 명의 측근 수하가 있는데, 그들을 사도십존(邪道十尊)이라고 합니다. 흔천대전 당시에 사도종사께서 여섯 명, 즉 육존을 데리고 가셨고, 네 명이 남아 사도종을 지켰는데 속하는 그 넷 중 한 명입니다."

"음, 그러니까 네가 과거에 소기의 수하 중 한 명이었다는 것이로군."

"그렇습니다. 사흔귀존(死痕鬼尊)이 속하의 별호이고 사흔보(死痕堡)의 보주를 맡고 있습니다."

무가내는 고개를 끄떡였다.

"얘기 잘 들었다. 이제 기뵈라."

순간 균현과 탈당주는 고개를 번쩍 들고 놀라는 얼굴로 무가내를 쳐다보았다.

그리고 두 사람의 얼굴에는 자신의 귀를 의심하는 듯한 표정이 떠올라 있었다.

무가내는 두 사람을 보면서 오히려 의아한 표정을 지었다.

"왜? 아직 할 말이 더 남았어?"

그렇게 묻자 균현은 뭐라고 말해야 할지 떠오르지 않았다.

사실 조금 전까지 그의 생각은 이랬다.

무가내는 구주사황의 제자가 분명하지만 그의 과거 신분에 대해서는 전혀 모르고 있다.

그러므로 균현이 구주사황에 대해서 자세히 설명을 하고 또 자신의 신분을 밝힌다면 필경 무가내가 크게 놀라고 기뻐하면서 지금 이 자리는 극적의 상봉의 장소로 변하게 될 것이라는 것이었다.

그런데 극적인 상봉의 장소는커녕 이제 그만 가라고 하니 기가 막힐 일이 아니겠는가.

무가내는 표자로 빈 술 항아리 바닥을 득득 긁으면서 중얼거렸다.

"술도 다 떨어졌고… 나는 동이 트면 할 일이 있기 때문에 이제부터 좀 쉬어야겠어."

충격이 컸지만 균현은 빠르게 정신을 수습했다. 과거에 그는 지금보다 더 큰 충격과 고난을 여러 차례 무난히 견뎌온 경험이 있다.

"다시 찾아뵈어도 되겠습니까?"

균현은 일단 지금은 물러가기로 했다.

300 대마종

무가내는 고개를 끄떡였다.

"거야 뭐, 너희 마음이지. 술친구는 언제든 환영이야."

균현과 탈당주는 무가내에게 무릎을 꿇고 공손히 절을 하며 주인을 뵙는 예절을 취한 후 뒷걸음질로 조심스럽게 방을 나왔다.

균현은 나무 계단을 내려가면서 내심 생각했다.

'내 안목이 틀리지 않다면 소주께선 최고의 골격인 천골을 지니셨다. 또한 안광이 깊고 맑은 것으로 미루어 더없이 총명하신 분이다. 사황께선 실로 뛰어난 제자를 거두어 훌륭하게 키우셨구나.'

사혼귀존 균현에게 주군인 구주사황이 살아 있다는 소식은 천하를 얻은 것보다 더 크고 기쁜 사실이었다.

이십 년 전에 비해서 삼분지 일도 남아 있지 않은 현재의 사파 무림이지만, 구주사황과 그 제자의 능력이라면 언젠가는 예전의 사파무림의 영화(榮華)를 다시금 구축할 수 있을 것이라고 굳게 믿었다.

균현은 무가내에게 묻고 싶은 것이 너무나 많았다.

구주사황이 살아 있다면 지금 어디에 있는 것인지, 그분의 세사인 무가내가 이께서 표국의 쟁자수 따위를 하고 있는 것인지 이루 셀 수도 없었다.

그러나 그는 무림에서 잔뼈가 굵은 인물이다. 구주사황의 심복인 사도십존이라면 산천초목이 떨고 대다수의 무림인들이 숨을 죽였던 사파의 지존들이다.

그중 한 명인 사혼귀존이 바로 균현인 것이다. 그의 풍부한 경륜은 지금은 잠시 물러설 때라고 가르쳐 주었다.

진퇴를 알면 낭패를 당하지 않는다. 그것은 사혼귀존 균현의 오랜 좌우명이었다.

냉운월은 열어놓은 창으로 쏟아져 들어온 햇살에 눈이 부셔 잠에서 깼다.

'왜 이렇게 답답하지?'

그녀는 부스스 눈을 떴다. 이상하게 온몸이 쇠사슬에 꽁꽁 묶여 있는 것처럼 답답하기 짝이 없었다. 뿐만 아니라 숨을 쉬는 것도 어려울 정도였다.

눈을 뜬 그녀는 잠깐 동안 멍하니 가만히 있었다.

자신의 눈앞에 이상한 물체가 있는 것을 발견한 것이다.

아니, 그 물체는 눈앞에 있는 것이 아니라 그녀의 얼굴에 찰싹 맞붙어 있었다.

그녀는 그것의 정체를 알아내기 위해서 눈을 깜빡거리다가 한순간 소스라치게 놀랐다.

'허억!'

그것은 바로 사람, 그것도 남자의 넙데데한 얼굴이었다.

눈을 꾹 감고 있는데 송충이 같은 짙은 눈썹이 보였으며, 그의 커다란 콧구멍에서 씩씩 콧바람이 쏟아져서 그녀의 코로 고스란히 끼쳐 왔다.

'으아악!'

순간 그녀는 심장이 목구멍 밖으로 튀어나올 정도로 놀라 속으로 처절한 비명을 터뜨렸다.

눈동자를 아래로 굴려보고는, 자신의 입술이 그 사내의 입술과 밀착, 아니, 너무 밀착해서 짓눌려 있는 것을 발견했기 때문이다.

냉운월은 화들짝 놀라서 다급히 얼굴을 뒤로 빼며 그 남자의 얼굴과 떨어졌다.

'이놈 자식!'

반 자쯤 떨어진 거리에서 보고서야 그 남자가 지난밤에 자신의 옆에서 술을 마셨던 석중명이라는 사실을 깨닫고 얼굴 가득 분노가 떠올랐다.

술이 취해서 잠든 사이에 줄곧 입을 맞대고 있었다니, 절대 용서할 수가 없었다.

석중명의 목을 당장 베어버리고 말겠다는 살심이 그녀의 속에서 치밀어 올랐다.

그러나 그녀는 곧 살심이 눈 녹듯이 사라져 버렸다.

몸을 새우처럼 웅크린 자세를 한 채 옆으로 누워 있는 석중명을 앞쪽에서 두 팔과 두 다리로 칭칭 옭아 묶듯이 붙잡고 있는 자신의 모습을 발견한 것이었다.

'이… 이건 말도 안 돼.'

지금 이 상황으로 유추하자면, 그녀가 술에 취해서 잠든 사이에 석중명이 입을 맞춘 채 잠들었다고는 도저히 생각할 수가 없었다.

　아니, 오히려 그 반대다.

　냉운월이 석중명을 거미가 벌레를 포획하듯이 꽁꽁 붙잡은 상태에서 강제로 그의 입술을 범한 것이었다. 그것은 움직일 수 없는 사실이었다.

　더구나 냉운월은 석중명이 얼굴을 잔뜩 찡그리고 있는 것과 그가 무엇인가로부터 벗어나려는 듯한 자세를 취하고 있는 것을 발견하고는 그만 하늘이 무너져 내리는 듯한 절망감을 맛보아야만 했다.

　후닥닥!

　쿵!

　다음 순간 그녀는 붙잡고 있던 석중명의 몸을 놓아주는 것과 동시에 벌떡 일어났다.

　그 바람에 석중명의 뒷머리가 바닥에 심하게 부딪치며 꽤 큰 소리가 났다.

　뭐라고 설명할 수 없는 심정이 돼버린 냉운월은 주춤주춤 방문 쪽으로 물러나다가 떨리는 손으로 문을 열었다.

　"어땠느냐?"

　"악!"

　그때 갑자기 잔잔한 목소리가 들려오는 바람에 그녀는 소스라치게 놀라 짧은 비명을 내질렀다.

숭검문이 멸문하던 날, 그 처절하도록 치열한 싸움 속에서도 신음 한마디 내뱉지 않던 그녀가 방금 목구멍이 찢어질 듯한 비명을 지른 것이다.

냉운월은 심장이 벌렁벌렁 뛰는 것을 느끼면서 조심스럽게 목소리가 들려온 침상 쪽을 돌아보았다.

그리고 그곳에 천정을 보고 누워 있는 무가내와 그의 팔을 베고 가슴에 팔을 얹은 채 포근히 안겨서 곤히 잠들어 있는 은예상의 모습을 발견했다.

그러나 지금은 은예상이 무가내 품에 안겨서 잠들어 있는 모습 같은 것은 냉운월의 눈에 들어오지 않았다.

그때 무가내가 냉운월을 보면서 히죽 웃으며 또 물었다.

"좋았어?"

순간 냉운월은 온몸의 피가 머리로 확 몰리는 것을 느끼며 쏜살같이 방문 밖으로 달려나갔다.

그녀는 낭하와 나무 계단을 바람처럼 달려 내려가면서 바위에 머리를 부딪쳐서 죽고 싶다는 충동을 느꼈다.

술에 취하게 되면 감추어져 있던 인간의 본성이 나타난다는 것은 상식이다.

그렇다면 냉운월의 본성은 남자를 밝힌다는 것이다. 그녀는 그 사실이 무섭고 또 가증스러웠다.

조금 전에 무가내가 '좋았어?'라고 물었던 말이 머리에서 떠나지를 않았다.

석중명을 끌어안고 입을 맞춘 기분이 좋았느냐는 물음인 것이다.

그렇다면 무가내는 모든 것을 다 봤다는 뜻이다.

'아아, 정말 나 자신을 죽여 버리고 싶다!'

냉운월은 절망의 밑바닥에서 몸부림치면서 달리고 또 달렸다.

"술맛이 좋았느냐니까 대답도 하지 않고… 쯧."

무가내는 열려 있는 방문을 바라보면서 중얼거렸다.

그는 이제 일어나야겠다고 생각했다.

그때 품속의 은예상이 눈을 뜨고 자신을 말끄러미 바라보고 있는 것을 발견했다. 방금 냉운월에게 한 말 때문에 잠에서 깬 것 같았다.

"깼어?"

"네."

무가내가 부드러운 미소를 지으며 묻자 은예상은 살포시 얼굴을 붉히며 작은 목소리로 대답했다.

"미안해요. 너무 취해서 그만 잠들어 버렸어요."

그녀는 정말 미안한 듯 눈을 내리깔고 이마를 무가내의 가슴에 가만히 댔다.

무가내는 술을 못 마시는 사람을 좋아하지 않는다. 그렇지만 은예상은 예외였다.

그녀가 다른 사람이었다면 술을 못 마신다는 이유 때문에 이후로는 절대 상종을 않았을 테지만, 기분이 나쁘기보다는 안쓰러운 마음이 들었다. 정말 이상한 일이었다.

"괜찮아. 다음에 더 잘 마시면 돼."

그래도 마시지 말라는 소리는 하지 않는다.

"아……!"

은예상이 아미를 찌푸리면서 작은 신음을 흘리자 무가내는 의아한 듯 물었다.

"왜 그래?"

"머리가 깨질 듯이 아파요. 속도 더부룩하고."

"그래? 어디 보자. 내가 낫게 해줄게."

무가내는 은예상에게 팔베개를 해준 상태에서 그녀를 향해 옆으로 돌아눕고, 그녀를 똑바로 눕게 하여 손바닥을 그녀의 이마에 대고 약간의 진기를 일으켰다.

그녀의 머릿속에 차 있는 탁한 기운, 즉 숙취를 손바닥으로 빨아내는 것인데, 매우 간단했다.

문득 은예상의 커다란 두 눈이 더욱 동그랗게 커지며 놀라움이 떠올랐다.

"아, 머리 아픈 것이 씻은 듯이 나았어요. 정말 신기해요! 어떻게 한 것이죠?"

"네 머릿속의 탁기를 빨아낸 거야."

"아, 그렇군요."

깨질 듯한 머리가 낫자 은예상의 표정은 밝아졌다.

"배도 해줄까?"

무가내의 말에 은예상은 더욱 신기하다는 표정을 지었다.

"배도 낫게 할 수 있어요?"

"물론이지."

사실 무가내는 방금 전에 은예상의 머릿속에 있는 탁기를 뽑아내면서 체내의 탁기까지도 뽑아낼 수 있었다.

그런데 일부러 그렇게 하지 않았다. 문득 교활한 잔꾀가 떠올랐기 때문이다.

"그럼 해주세요."

"알았어. 그럼 상의를 걷어 올려서 배를 드러나게 해."

은예상은 깜짝 놀란 표정을 지었다. 몸까지 약간 떨었는데 그 떨림이 무가내에게 고스란히 전해졌다.

하지만 그녀는 이상한 생각 같은 것은 하지 않았고, 무가내를 의심하지도 않았다.

머릿속의 탁기를 뽑아내기 위해서 이마에 손바닥을 댄 것처럼 뱃속의 탁기를 뽑아내려면 그렇게 해야만 할 것이라고 이해를 했다.

그렇지만 자신의 속살을, 그것도 배를 드러내는 일은 순결한 소녀에게는 쉬운 일이 아니었다.

무가내는 보채지 않고 가만히 기다렸다. 이런 상황은 처음이지만, 이럴 때에는 잠자코 기다려야 한다고 그의 본능이 사악하게 속삭였다.

은예상은 뱃속이 너무 더부룩하고 쓰려서 금방이라도 토할 것만 같았기 때문에 머리가 맑아진 것처럼 배도 한시바삐 개운해지고 싶었다.

'이 사람은…….'

그녀는 천하의 모든 사람을 두려워하고 경계하지만 무가내만은 아니었다.

그 이유는 그에게 알몸을 적나라하게 내보이고, 무수히 입맞춤을 당했으며, 젖가슴을 주물렀다는 사실 때문이기도 했다.

하지만 그보다 더 큰 이유가 있었는데, 그것이 무엇인지 정확하게 알지 못했다.

다만 무가내와 함께 있으면 두려움이 사라지고 한없이 평온해졌다.

어젯밤 술에 취해서 그의 무릎을 베고 잠이 든 것도, 조금 전에 눈을 떠보니 그의 품속이었던 것도 무가내를 더욱 신뢰하게 만들었다.

이윽고 은예상은 결심을 하고 두 손을 내려 조심스럽게 상의를 약간 들어 올렸다.

그러사 박속처럼 희고 잡티 한 점 없는 뽀얀 살결이 아주 조금 드러났다.

그녀의 배를 예의 주시하고 있던 무가내의 손이 먹이를 발견한 한 마리 뱀처럼 재빨리 미끄러져 갔다.

'아……!'

손바닥이 그녀의 배에 닿자 그는 속으로 나직한 탄성을 터뜨렸다. 너무도 부드럽고 따스한 느낌이 손바닥 가득 느껴졌기 때문이다.

그는 즉시 탁기를 뽑아내지 않고 손을 이리저리 움직여 그녀의 배와 옆구리를 골고루 쓰다듬고 만지면서 욕심을 채우기 시작했다.

은예상은 들어 올린 상의를 두 손으로 꼭 잡고 눈을 질끈 감은 채 온몸이 극도로 경직되어 숨도 크게 쉬지 못했다.

은예상의 속살을 마음껏 만지고 있는 무가내는 왠지 기분이 몹시 좋았다.

그렇다고 욕정이나 음심 같은 것을 느끼고 있는 것은 아니었다. 그저 따스하고 부드러워서 좋았다.

"흐음……."

무가내는 은예상의 몸을 음미하느라 자신도 모르게 나직한 소리를 냈다.

그 소리 때문에 은예상은 가볍게 놀라 조심스럽게 물었다.

"왜… 요?"

"음, 생각보다 상태가 좋지 않군."

무가내는 은예상의 젖가슴 아래쪽의 봉긋한 부분을 어루만지면서 조금 더 위를 만져 보려고 손가락을 꼼지락거리면서 짐짓 심각하게 대꾸했다.

"어… 떻게 하죠?"

"날 믿어. 안 아프게 해줄게."

검지 끝이 마침내 정상을 정복했다. 그 바람에 은예상은 깜짝 놀라서 몸을 움찔 떨었다.

하지만 그것이 치료의 과정이라고 철석같이 믿고 있기 때문에 입술을 깨물면서 참았다.

숙취 때문에 배가 아픈 것하고 유두하고 무슨 연관이 있는지 모를 일이었다.

그는 그러고도 한참을 더 은예상의 몸을 농락한 후에 손을 거두고 나시 그녀의 입술에 살짝 입을 맞추었다 유두에 이어서 입술마저도 함락했다.

쪽!

"이제 됐다."

"아……!"

은예상은 배 아픈 것이 사라진 것은 물론이고, 심신이 더할 나위 없이 상쾌한 것을 느끼고 낮은 탄성을 흘렸다.

사실 무가내는 그녀의 체내에서 탁기를 제거해 주고 나서 약간의 진기를 주입시켜 주었던 것이다.

그녀를 조금 농락한 것에 대한 보상이라고나 할까?

선천적으로 타고난 체질 때문에 무공을 익히지 못하는 그녀가 진기라는 것을 주입받았으니, 생전 처음 맛보는 상쾌함을 느끼는 것은 당연했다.

그러나 상체를 일으키던 은예상은 화들짝 놀라고 말았다.

자신의 치마가 아래로 내려가 골반에 걸려서 아랫배가 드러나 있었고, 상의가 위로 말려 올라가서 젖가슴까지 훤히 드러나 있는 것을 발견했기 때문이다. 잠시 정신을 놓고 있는 동안 무가내가 무슨 짓을 했는지 알 만했다.

"당신……."

그녀는 얼굴을 발그레 붉히면서 무가내를 곱게 흘겼다.

"으흐흐……."

그녀의 흘기는 모습에 무가내는 자신도 모르게 세차게 몸서리를 쳤다.

"뭐… 뭐야, 그거?"

생전 처음 느끼는 굉장한 느낌이었다.

아름다운 은예상이 빨개진 얼굴로 흰자위를 내보이면서 살짝 흘기는 모습은 천둥벌거숭이 무가내를 잠시 동안 무아지경에 빠지게 만들었다.

『대마종』 3권에 계속…

새델
크로이츠

화사무쌍 편 전 2권
이경영 판타지 장편 소설

『가즈나이트』의 명성과 신화를 넘어설
이경영의 판타지의 새로운 상상력!

자신만의 독특한 세계관을 창조한 작가
이경영의 새로운 도전과 신선한 충격.

바란투로스의 특수부대 새델 크로이츠의 리더 파렌 콘스탄.
야만족을 돕는 안개술사를 물리치기 위해 아시엔 대륙에서 온
불을 뿜는 요괴 소녀 카샤.
너무나 다른 두 사람이 운명의 길에서 만나다.
친구란 이름으로 시작된 모험, 그 앞에 놓인 난관과 운명의 끈은
어떻게 될 것인지……

"질투가 날 만도 하지.
요괴가 산신령을 엄마로 두는 건 흔한 일이 아니거든.
괜찮아, 파렌. 본좌가 아는 요괴들 전부 본좌를 질투하고 부러워하니까."
소녀는 손에 잔뜩 받은 빗물을 훌쩍 마셨다.
파렌은 그 순수함에 웃음을 흘렸다.
그는 지금까지 자신이 봤던 그녀의 기이한 행동들을 어렴풋이나마 이해할 수 있을 것 같았나.
그렇게 친구가 된 둘은 그 길로 긴 여행을 떠나게 된다.

-본문 중에-

세상을 보는 또 하나의 창 - inthebook.net
유행이 아닌 자유추구 - chungeoram.net

B o o k   P u b l i s h i n g   CHUNGEORAM

학교에서는 가르쳐주지 않는
10대들을 위한 # 인생수업

작가 : 이빙 | 역자 : 김락준

10대들을 위한 나침반 같은 인생 교과서!
사회 초입에 들어서게 될 청소년들에게 들려주는
100가지 인생 이야기

내 인생의 방향잡기!
여행길에 오르기 전에 접해보자!

100가지 이야기, 100가지 명언

사람은 태어나면서부터 각기 다른 모습으로, 각기 다른 사고로 "인생" 이라는
여행길에 오르게 된다. 내가 지금 서 있는 이 위치에서 그리고 사회라는 공간에서
한 사람의 몫을 당당하게 해낼 수 있는 역량을 키워나가기 위해서는 어떠한 생각을
가지고 있어야 하는 걸까.

늦지 않게 준비하자! 스스로의 마음가짐이 자신의 미래를 결정한다!

설레는 마음으로 떠난 길일지라도 기존에 생각하고 있던 것과는 다르게 흘러가는
사회의 모습에 당혹스럽기도 할 것이다.

그러한 곳에 발을 들여놓기 위해 첫 발걸음을 막 뗀 청소년이라면 학교에서는
미처 배우지 못한 상황에 더욱이 큰 혼란스러움을 느낄 수밖에 없다.
시간이 흐를수록 사회가 한 인간에게 요구하는 것은 다양하고 세밀해지고 있다.
그러한 사회 속에서 자신만이 앞으로 나아가지 못해 제자리걸음을 하게 된다면 어떠할까.
미리 대비를 하지 않는다면 당신 역시 그러한 현상에 빠지는 또 한 명의 사람이 되고 말 것이다.

책장을 넘기는 순간, 책과 당신의 공감대가 형성된다!

적응을 위해 도움이 될 만한
인생의 지혜와 경험, 깨달음이 한가득 담겨있다.
그 속에 담긴 100가지 이야기 그리고 그와 관련된 100가지의 명언은
가슴 깊이 새겨 놓고 되뇌어 보기에 충분하다.

Book Publishing CHUNGEORAM

세상을 보는 또 하나의 창 - inthebook.net
유행이 아닌 자유추구 - chungeoram.net

공부하는 감각의 차이가 자녀의 미래를 결정한다.
이 시대가 필요로 하는 명품 인재 만들기!

Luxury Study habit

올바른 습관이 명품 자녀를 만든다

명품
공부습관
87가지

저자 : 친위
역자 : 오혜령

❖ 똑소리 나는 부모의 똑소리 나는 자녀 교육법!

어린 시절의 습관은 평생을 결정한다.
제대로 바로잡지 못한 나쁜 습관은 자녀의 미래에 검은 그림자를 드리울 수도 있다.
대부분의 부모들은 아이의 잘못된 습관을 발견하면 언성을 높이는 경향이 있다.
하지만 그것이 문제 해결의 방법이 아님을 당신은 이미 알고 있을 것이다.
지금 당신은 적절한 대안을 찾지 못해 힘겨워 하고 있지는 않은가.
내 아이가 명품 인생으로 살아가길 희망하는 부모라면 이 책에 귀를 기울여 보자.

❖ 내 아이가 세상의 중심에 우뚝 설 수 있게 하는 방법!

이 책은 잘못된 공부습관과 대인관계 형성 등의 문제 등을
87가지 이야기를 통해 알아보고 그에 걸맞는 올바른 해결책을 제시해주고 있다.
이 한 권의 책을 통해 똑소리 나는 부모가 되어보자.
그리고 내 아이가 최고의 명품으로 거듭날 수 있도록 노력해보자.
이 책은 분명 당신에게 꼭 맞는 효과적인 자녀교육서가 될 것이다.

세상을 보는 또 하나의 창 - inthebook.net
유행이 아닌 자유추구 - chungeoram.net

Book Publishing CHUNGEORAM

Rhapsody Of Cardinal

카디날 랩소디

송현우 판타지 장편 소설

놀라운 경험(the enormous experience)!

He created a completely new world.
It is a place who have never known and where never been able to imagine.
This splendid world will introduce the enormous experience for the
person only who reads.

그 누구에게도 알려진 것이 없으며 상상조차 할 수 없었던 새로운 세계를
작가는 완벽하게 창조해내었다.
이 멋진 세계는 독자들만이 체험할 수 있는 놀라운 경험으로 인도할 것이다.

판타지는 허구다? 아니다. 판타지는 일상이다.
우리의 삶은 연속된 판타지의 연장선상에 놓여 있고,
상상은 우리의 일상을 더욱 살찌운다.
『카디날 랩소디(Rhapsody of Cardinal)』를 경험하는 독자들은
더욱 풍부한 일상 속에서 새로운 삶을 경험할 것이다.
멋진 만남! 흥미로운 경험! 이것이 『카디날 랩소디』가 가진 장점이며,
작가 송현우가 독자들에게 바라는 꿈이다.

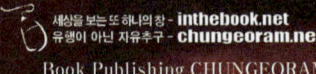

세상을 보는 또 하나의 창 - inthebook.net
유행이 아닌 자유추구 - chungeoram.net

Book Publishing CHUNGEORAM